# エドワード・D・ホックの
# シャーロック・ホームズ・ストーリーズ

エドワード・D・ホック 著
日暮雅通 他訳

原書房

# エドワード・D・ホックの
# シャーロック・ホームズ・ストーリーズ

# 目次

# はじめに

私が初めてエラリー・クイーンの小説に接したのは九歳のときだったが、そのすぐ翌年、水疱瘡《みずぼうそう》で寝込んでいる私に祖父が見舞いとしてくれたのが、分厚い『シャーロック・ホームズ全集』だった。それから数日間ですべての物語を読み終えた私は、一生を通じてのホームズ・ファンとなったのである。

一九八〇年代後半から、この名探偵の新たな冒険を物語る、書き下ろし作品のアンソロジーが増えていった。そうしたアンソロジーの中には、ドクター・ワトスンが名称だけ記して内容を書かなかった事件に限定しているものもあれば、著者の思いつくことがなんでも許される場合もある。私もいくつかのアンソロジーの編者に依頼され、オリジナル作品を書くという名誉に浴してきた。気がつけば、そうした作品が一ダースとなり、今回ゲアリ・ラヴィシの要請によって一冊にまとめることとなったしだいである。私はこれらの作品を楽しみながら書くことができたのだが、同じような楽しさを読者のみなさんにも味わっていただければ、これ以上の喜びはない。

各作品が最初に世に出たときの編者たちに、この場を借りてお礼を申し上げておきたい。フレッド・ダネイ、マーヴィン・ケイ、マーティ・グリーンバーグ、マイク・アシュリー、オットー・ペンズラー、アンドルー・ガリ、ジョージ・ヴァンダーバーグ、そしてジャネット・ハッチングズ。――実にそうそうたる面々ではないか。

二〇〇七年九月九日
ニューヨーク州ロチェスターにて
エドワード・D・ホック

ROYAL BOTANIC GARDENS
HERTFORD HOUSE
SOUTH VILLA
PADDINGTON
EDGWARE ROAD
OXFORD
BAYSWATER ROAD
MARBLE
W
HYDE PARK
MAGAZINE
BARRACKS
DEPUTY RANGER
DAIRY
BOAT HO.
SERPENTINE RIVER
KENSINGTON GARDENS
ROUND POND
HYDE PARK CORNER
ALBERT MEMORIAL
KNIGHTSBRIDGE
PRINCES GATE
ALBERT HALL

# いちばん危険な人物　山本俊子訳

## The Most Dangerous Man

Prologue: January 22-23, 1891

教授は二項定理についての新しい論文をひろげてある机から目を上げた。踊り場で聞こえた音を耳ざとくキャッチしたのだ。さして大きな音ではなかったが、感覚をとがらせるに足るだけの音だった。その音がもう一度聞こえたとき、教授は椅子から立ち上がり、部屋を横切って、ボルトをしめたドアの前に行った。

「だれだ」と教授は聞いた。

「ドウィギンズです、先生。あけてください！」

教授はドアにさしたボルトをひきぬき、ガスの炎を少し高くした。「何だ、早いじゃないか。うまくいったのか」

ドウィギンズと呼ばれた男はやせ形で、もじゃもじゃの黒い髪に、もみあげを長くのばしている。彼の特技は、無能力な商人のふりをするのがうまいことで、どうやらこれは彼の持って生まれたものらしい。教授はこの男を知って以来、何度も彼を使い、その都度成功してきた。

「完璧です。先生」ドウィギンズが答えた。「アーチボルド・アンドリューズに会ってこちらの希望を話しました。報酬の金額を言ったら、すぐに引き受けてくれましたよ」

「でかした、ドウィギンズ！」教授はポケットから手帳を出してチェックマークをつけた。それから、名前のリストに鉛筆の先を走らせながら言った。「あすの晩、最終の打ち合わせをする。

かならず全員出席するように連絡してくれ」

「かしこまりました、先生」

また一人になると、背の高い、やせた教授は窓に近く寄り、道の向こう側の車寄せを歩いていくドウィギンズの姿を目で追った。教授の深くくぼんだ目は、もじゃもじゃ頭の男のあとをつけている警察の手下でもいはしまいかと、あちこちの横丁を探った。しかし、それらしい人影は見えなかった。この時点まで、彼のこの大計画を危うくするようなことは何も起こっていない。


ちらちらと揺れるガスの炎は、その翌日教授のもとに集まってきた五人の男の上に不安げな光を投げかけた。それは社会のさまざまな分野から引きぬいてきた寄せ集めのチームだったが、どの男も、それぞれの特技や経験から、注意深く選ばれてきた者たちだった。ドウィギンズの隣りに座っているのは、コックスという悪名高い銀行強盗、そしてその隣りはクインという、ナイフ使いの名人。彼はつい二年ばかり前の切り裂き魔事件の容疑者だったことを自慢にしている。それから、昔陸軍で大佐だったというモランと、馬の扱いのうまいごろつきのジェンキンズ。

「さて、と」教授は前に集まった男たちに向かって目をしばたたきながら言った。「仕事の話に移ろう」

「明日、やるんですね」とコックスが言った。

教授はうなずいた。「明日、つまり一月二十三日、シティ・アンド・サバーバン銀行は、金曜朝の各支店への定期現金輸送を行う。明日の朝九時過ぎに、二頭立ての馬車がファリンドン街から横丁を曲がって銀行の裏口にとまる。ちょうどその横丁を見下ろすところに、アーチボルド・アンドリューズという男のアパートがあるんだが、われわれの仲間のミスター・ドウィギンズが、そのアンドリューズを、明日の午前中アパートから誘い出すことに成功した。そのへんのところを報告してくれ、ドウィギンズ」

もじゃもじゃ頭の男はすばやくこれに応じた。「昨日の午後、アンドリューズに会ってね。彼が今失業中なのを知っていたんで、オックスフォード街にスパイスの小さな店を開こうとしている商人というふれこみで訪ねていき、金曜日の午前中、何種類かのスパイスの価格を調べてきてくれたら、報酬として十ポンド払うといって店のリストを渡した。最初のがコヴェント・ガーデン市場で、そこに八時に行くことになっているから、ファリンドン街のアパートからかなり遠くまで誘い出すことになる」

教授は舌打ちして首を振った。「アーチボルド・アンドリューズは必要以上にスパイスの値段を知ってしまうかもしれんぞ。コックス、お前さんは彼のアパートのドアをこじあけるんだが、それはお手のものだろう。お前さんとクインとはかっきり八時半に彼の部屋に入り、横丁を見下ろす窓で待機している。二頭立ての馬車が金を運びに来たら、窓を開けて飛び下りる用意をするんだ。さっきも言ったように、金を積みこんでいる間に盗むことはできない。武装した警備員が目を光らせているからな。それから、馬車が横丁を出てロンドンの繁華街を走っているときも、われわれが手を出すすきはない。奴らのウィーク・ポイントは、車に金を積み終わって鍵をかけ、横丁を走り出す瞬間だ。警備員は荷を積んだ車の前を走る四輪馬車に乗りこむだろう。車はゆっくりと走っているから、ミスター・アンドリューズの二階の窓から車の上に飛び下りるのは簡単だ」

「ちょっと、先生」とコックスが言った。「手順はよくわかったがね、しかし、前の車に乗った二人の警備員が、われわれが現金車に乗りこんだことに気づいたらどういうことになるかね」

教授はしわの寄った目をしばたたかせて笑った。「それはちゃんと考えてある。ここにいるジェンキンズがハンサム型二輪馬車の御者《ぎょしゃ》に化けて近くにいるんだ。彼は適当な時に馬が暴れだすようにする。そして、警備員の車と荷を積んだ車の間にハンサム馬車を乗り入れるのさ。その間にクインが金を積んだ車の御者を殺し、お前さんが車をファリンドン街の逆の方向に向かって走らせる。警備員の車がハンサム馬車をうまくかわして追いかけてきたら、モランが空気銃で立ち向かう、というわけだ」

「先生はどこにいるのかね」とクインが聞いた。

「ドウィギンズと私は近くで待っている。きみらがうまく走り出したら、あとを追う」教授は後ろを向いてカットグラスのデカンターをサイドボードから取り出した。「さて、諸君、明日の仕事の成功を祈って乾杯といこうじゃないか」

次の朝、八時少し前にアーチボルド・アンドリューズがアパートの玄関を出ていくのをドウィギンズと教授は通りの向かい側から見ていた。一月の、肌寒い荒れ模様の朝で、教授は冷たい風の中でオーバーの襟を立てていた。

「律儀な男だ」ドウィギンズは通りを遠ざかっていくアンドリューズを見ながら言った。「結構、結構」教授は内かくしから時計を出し、パチンと音を立ててふたを開けた。「コックスとクインはもう上がっていったほうがいいな」

二人は店員の女の子や事務員たちがにぎやかな通りを歩いているのを見ながらじっと待った。やがて八時半になると、二人の共犯者がアーチボルド・アンドリューズの部屋に通じる玄関を入っていくのが見えた。ドウィギンズは見まわりから戻ってきて報告した。「コックスとクインがアパートに入りましたよ、先生。窓のそばにいるのが見えました」

「モランは？」

「今来て、横丁の向かい側の道端に待機してます。空気銃を仕込んだステッキを持って」

「ジェンキンズは？」

「すぐそこにハンサム馬車をとめて待機してます」

教授はうなずいた。すべてはうまくいっている。

九時六分過ぎに二頭立ての荷馬車がやってきて横丁に入った。四輪馬車があとから来て、二人の制服の警備員がおりた。教授はそれを見ながらゆっくりと顔を左右に振った。それは妙に卑しげなゼスチュアだった。

刻々と時間が経ち、教授は鋭い目で、不審なものを見逃すまいと通行人を観察していた。異常なものは見あたらないと思っていると、突然……

「ドウィギンズ！」

「なんですか、先生」

「通りをやってくるあの男……あれはアーチボルド・アンドリューズじゃないか。もう帰ってきたのか」

「まったくそのようです！」

「行こう、とめなくちゃ」

二人は急いで通りを横切り、ドウィギンズが声をかけた。「おい、あんた！　頼んだ仕事はどうした！」

アーチボルド・アンドリューズは足を止め、二人を代わる代わるながめた。「私は……その……」

「おい、どうしたといってるんだ」ドウィギンズが強く言った。「この人は私のパートナーとしてスパイスの店をやってる人だ。値段は調べてくれたのかね」

「いいえ、まだですが」アンドリューズがつぶやくように言った。「実は、ちょっと報酬が多すぎるような気がしたんで、昨日友だちに相談したんですよ。その友だちは医者で、私立探偵とかいう人と一緒に住んでいるんですが、なにかへんなことがからんでるんじゃないか、っていうんでね」

「早く」教授は叫んだ。「そいつがここに来たら……」

しかし、横丁はもうざわめきはじめていた。警備員の車は移動し、二頭立ての現金輸送車は大切な荷を積み終わって動きはじめていた。教授が見ている目の前で、コックスとクインが窓の鎧戸をあけて荷物車の屋根の上にとびおりた。

それと同時に、警察のホイッスルが響き、突然、輸送車は制服の警官にとりかこまれた。コックスとクインはたちまち十二本のたくましい腕におさえられてしまった。

「急げ！」教授はドウィギンズに言った。「逃げるんだ」

「ほかの連中はどうします」

しかし、時すでにおそかった。ハンサム馬車を捨てて逃げだそうとしたジェンキンズは、背の高い、鋭い顔立ちをした男の、鉄のようにくいこむ白い長い指に押さえられてしまった。

「あいつらはもうだめだ」教授は見切りをつけた。「モランだけは何とかうまく逃げてくれればいいが」

「警察はどうしてこんなに早く計画を見破ったんでしょう」

「あの男だよ！　ジェンキンズをつかまえた背の高い男さ。あいつはアンドリューズのアパートが銀行のわきの横丁を見下ろす場所にあると知って、おれたちが輸送車を乗っとるのにそこを使うために何時間かあの男を誘い出した、と感づいたんだ」

「あっしがアンドリューズに十ポンドの報酬をやると言っただけで？」ドウィギンズは雑踏を逃れてわき道に入った教授のあとを追った。「おれたちを出しぬいたそいつはいったい何者です？」

「シャーロック・ホームズという男だ」とモリアーティ教授は言った。「ロンドンでいちばん危険な人物さ」

# まだらの紐の復活

高橋 豊訳

## The Return of the Speckled Band

September, 1883

一八八三年の四月は、私が、「まだらの紐」という題で発表したあのきわめて特異な恐ろしい事件で、シャーロック・ホームズとともにサリー州のストーク・モーランへ旅をしたことで、いつまでも記憶に残るだろう。私はその注目に値する出来事の続篇ともいうべきもっと奇怪な事件については、いままで記録していなかった。私とホームズは、じつに巧妙で卑劣なある殺人犯人によって、ストーク・モーランのヘレン・ストーナーの寝室で待機していたあの忘れられない夜と同じように危険な状況に、巻きこまれるところだったのである。

しかし、前置きはさておいて、話を進めよう。その事件はまだらの紐の事件が解決してから五カ月ほど後の、一八八三年の九月にはじまった。ベイカー街の私たちにとっては静かな時期で、ホームズはその一時的な平穏を利用して、かねてから計画していた人間の耳に関する実証的な研究に取り組みはじめていた。私はタイムズ紙の朝刊を読んでいた——そのとき、ハドスン夫人がノックして、客の到来を告げた。

「男ですか、女ですか?」ホームズは書き物から頭をあげて訊いた。

「男です。まっ黒な髪の、黒い目をした、背の高い男で、とても重要な用件だとおっしゃっています」

「では、こちらへ通してください、ハドスンさん」

まもなく彼女は、説明したとおりの男を連れてもどってきた。彼はヘンリー・デイドと名乗って、ホームズが指示した椅子の方へ行った。「さっそくお会いいただいて、ありがとうございます」ちょっと訛りがあったが、私はどこの訛《なま》りなのかわからなかった。「とても重要な用件でうかがったんですが――」

ホームズは微笑を浮かべて身を乗り出した。「ああ、デイドさん、あなたはロマの流浪生活をやめて、鍛冶屋という上等な仕事をするために定住しているんですね」

髪の黒い男はびっくりしてのけぞった。「私がロマだったことを、だれから聞いたんです。サラが私より先にここへきたんですか」

「いえ、そうじゃありません。あなたの両方の耳たぶの、かつてはイヤリングをつけていた穴が、ほとんどふさがっているのを見ただけです。それから、ふいごの操作に不慣れなために、焼け焦げのできたシャツと――その焼け焦げは、鍛冶屋のエプロンでおおわれているところで、急に途切れています」

「おうわさはいろいろうかがっていましたが、本当に天才なんですね、ホームズさん」

「さあ、おかけください。熱いコーヒーをさしあげましょう。九月の朝はかなり冷えこみますからね。では、ご用件をうかがいましょうか」

ヘンリー・デイドは不安なまなざしを私の方へ投げた。「これは内密の話なので――」

「ワトスン君は私の右腕なんです。彼がいなかったら、私はどうすることもできないんですよ」

「ああ、そうですか。わかりました」デイドは了解して、事情を説明しはじめた。「あなたがおっしゃったとおり、私は最近ロマの流浪生活をやめて、サリー州西部にあるストーク・モーラン村で鍛冶屋になり――」

その話はすぐさまホームズの反応を呼んだ。「ストーク・モーランですか！　あなたは、今年の四月にも、そこで鍛冶屋をやっていましたか？」

「はい。あなたが解決されたロイロット博士の一件は、私も知っています。あなたが村を訪ねていらっしゃる少し前、三月の最後の週のことですが――私がロイロットとけんかをして、ロイロットが私を橋の欄干《らんかん》から川へ投げこんだことも、ご存じでしょう。私はあの男を警察に突き出してやろうと思ったんですが、彼の義理の娘のヘレン・ストーナーがことを内密におさめるために、相当な金を払ってくれました」

ホームズはハドスン夫人への呼び鈴を鳴らして、彼女がやってくると、コーヒーをもってくるように頼んだ。「あの四月の不幸な事件の後、ミス・ストーナーはどうしていますか」

「彼女はあの災難からすっかり立ち直って、南フランスで休暇をとっています」

「それはよかった！　では、話をつづけてください」

「グリムズビー・ロイロットは以前からずっと流浪の民ロマの友人で、彼らが自分の土地でキャンプをするのを許していました。じつは、私が川へ投げこまれたけんかの原因は、それだったんです。私の弟のレイモンは、ロイロットの所有地にキャンプしているロマ集団にとどまっていて、私をそこへ連れもどそうとしたのです。彼は村の若い娘サラ・ティンスデイルと私の結婚にも、反対しました。私がロマの生活にそむいた裏切り者だといったのです。で、あの日私は、ロイロットがレイモンの心を毒して、私との兄弟仲を裂こうとしていると、彼を非難したところが、彼は私をいきなり川へ投げこんだのです。

　ご存じのとおり、ロイロットは豹と狒々《ヒヒ》を屋敷に放し飼いにしていました。四月に彼が死んだ後、レイモンはミス・ストーナーがそれを処分したがっているのを知って、引き取ってやろうと話をもちかけ、彼女は承諾しました。いや、それればかりでなく、彼が屋敷の中で見つけたほかのどんな動物でも、もしよかったら、一緒に引き取ってくれという話になったのです。とにかくミス・ストーナーは何もかもぜんぶ追っ払いたい一心だったんですよ」

「なるほど」

「ところが、ロイロットの死後弟があの屋敷の中で見つけたものの一つが、例の恐ろしいまだらの紐の——四月の悲劇的な事件をひき起こしたあの猛毒をもった沼毒蛇《スワンプ・アダー》の——つがいの片割れでした」

「そんなはずはない！」と、私は叫んだ。「蛇は一匹しかいなかったし、ホームズがそれを鉄の金庫に入れたのを、私は見たんだ。後で警察がそれを始末した」

「いや、ロイロットはもう一匹を金網の籠に入れて、離れの小屋の中で飼っていたのです。弟はそれを見つけて、豹と狒々と一緒にもって行きました。たぶん彼はロイロットがやったように、それを使って、私か、私の妻に危害を加えようとしてるんじゃないかと思うんです」

「彼はあなたをおどしたんですか？」

「それよりももっと悪いことに、彼はサラをおどしました。二日前に彼女が村で彼に出会ったとき、彼は荷車に積んでいたその蛇を彼女に見せたのです。彼女はふるえあがり、あまりの怖さに心臓が止まりそうだったといってます」

ホームズはパイプを手にとってタバコをつめた。「あなたの問題はロンドンの諮問探偵よりも、地方の警察がふさわしいようですね。解明しなければならないような謎がないし、ボディガードの仕事は私の性分に合いませんから」

「前の事件があったので、あなたのところへきたのですよ、ホームズさん。沼毒蛇はインドのもっとも恐ろしい毒蛇だそうです。あなたはそれに立ち向かって負かしました。どうかサラと私を、弟の怒りから守ってください」

私はホームズの顔からはっきりとためらいが読めるような気がした。ちょうどそのときハドスン夫人が湯気の立ったコーヒー・ポットをもって入ってきて、彼の表情がいつもの微笑に変わった。「もちろん、彼によく話してあげることはできますがね。犯罪を事前に防止することは、犯行がおこなわれた後でそれを解決するよりはましですから」

「それじゃ、ストーク・モーランへきてくださるんですね」

「私たちは明日の朝の汽車に乗ることにします」と、ホームズは約束した。「あなたは私たちのためにクラウン旅館の部屋をとっておいてください。あそこはとても感じのいい宿でしたから」

コーヒーの後、私たちの客は去り、ホームズは窓から彼を見送った。「どうしたんだ。気分が落ち着かないようだね、ホームズ」と、私はたずねた。

「この話は掛け値が極端に高そうな気がするんだ。二番目の蛇というのは、ロマのくだらないいたずらでしかないかもしれない」

「それじゃ、なぜ行くことにしたんだい」

ホームズは苦笑して答えた。「たとえいたずらであっても、その目的が何なのか、そしてミス・ストーナーが旅行から帰ってきたとき、それが彼女に何らかの危険をおよぼすのかどうかを知りたいんだよ」


翌朝出発するとき、私はこの前のストーク・モーランへの捜査旅行のことを思い出して、拳銃を上着のポケットにしのばせた。例年になく快適だった夏がすぎ、秋になってからはじめてのじめじめした日だった。汽車はウォータールー駅から定刻に発車し、私たちは約六カ月前の旅行のときと同じようにレザーヘッドで降りて、駅の旅館で小型の馬車をやとった。

「こんどは天気があまりよくないね」と、ホームズはいった。「しかし、春は秋よりも天気が変わりやすいからね……おっ、あれを見たまえ、ワトスン！　ロマのキャンプだ」

亡くなったグリムズビー・ロイロットの屋敷の高くとがった切妻屋根を通りすぎると、遠くの森のあたりにキャンプファイヤーの一筋の煙が見えた。「うん、そうらしいね。それに、例の動物の一つが――豹が――うろついているのが見える」

「ここでおろしてくれ！」と、ホームズは御者に呼びかけた。

黒い帽子をかぶった御者は私たちをふり返った。「村までまだ一マイルありますよ」

「いいんだ。歩いて行くから」

「この道をまっすぐです」

ホームズは彼に金を払い、私たちは馬車を降りて、それが路上で向きを変えてレザーヘッドへひき返して行くのを見送った。それからしばらく田舎道を行き、やがて道ばたの生け垣の間を通りぬけて、傾斜のゆるい丘を登ってロマのキャンプへ向かった。そこへ近づくと、豹が私たちの匂いをかぎつけて、いまにも襲いかからんばかりに身をかがめた。一瞬私は緊張してポケットの中の拳銃に手をやったが、そのときはでな色彩のシャツを着た若いロマが走ってきて、その猛獣の首輪をつかんだ。

「レイモン・デイドを探しているんだが。彼がその動物の持主だそうだね」と、ホームズはいった。

浅黒い顔の硬い表情がちょっとゆるんだ。「おれがレイモンだ。だれがあんたをここへよこしたんだ」

「私はシャーロック・ホームズだ。きみのお兄さんのヘンリーからの強い要請で、ロンドンからきたところなんだ」

「ヘンリーだって？」彼はその名前を吐き捨てるようにいった。「あいつはもう兄弟じゃねえよ。あいつは村に住むために自分の仲間を捨てたんだ」

「彼は結婚して、いまは鍛冶屋をやってるそうだね」

「おれたちは馬をもってるからな。あいつはおれたちの鍛冶屋になれたんだが、でも、あの女があいつを横取りしちまいやがった」

「奥さんのサラが？」

「あの女のことは、しゃべりたくもねえ」

「お兄さんの話によると、きみは彼女を蛇でおどして、心臓が止まってしまうほどふるえあがらせたそうだね」

「そんなのはみんな嘘だ」

「しかし、きみが蛇を飼ってるのは事実だろう——ロイロット博士を殺した沼毒蛇のつがいの一方を」

「おれはミス・ストーナーから動物を買ったんだ。豹と狒々をな」

「それと、沼毒蛇も?」

「彼女は屋敷の中の動物を何でもみんなもってってってくれといったんだよ。彼女の義父は古い狩猟小屋に蛇をもう一匹、籠に入れて飼っていたんだ」

「そこへ連れて行ってくれないか」と、ホームズはいった。

若いロマはためらった。キャンプの中のほかの数人が、それぞれの活動を休止して、われわれの対決を見守っており、私はまたしても、拳銃をもってきてよかったと思った。だが、だれもナイフやほかの武器を取り出さなかった。そのとき小さな少年が狒々を連れて現れて、雰囲気がぱっと明るくなった。私がこのロマたちに脅威を感じたのは、たぶん間違っていたのだろう。

「蛇を見たきゃ、見てもいいさ」レイモン・デイドはしぶしぶ決断した。「こっちへきてくれ」

私たちは彼のあとについて、いまは雑草や草花が一面に生い茂っている形ばかりの庭園の端にある狩猟小屋へ行った。「ミス・ストーナーはこの家を売らないつもりなのかね」

「いや、彼女にとっちゃ、ここはいやな思い出が多すぎるんで、もう売りに出してるよ。新しい持主はおれたちを締め出すだろうから、おれたちはほかの州へ引っ越すことになるだろう」

「だからきみは兄さんと別れないように、彼を連れもどそうとしているのか」

「兄貴はあの女か仲間か、どちらかを選ばなくちゃならないんだ」彼は木のドアの掛金をはずし、私たちは彼について中へ入った。そこは蜘蛛の巣だらけで、それを通してさしこむ薄暗い光の中で、蜘蛛がその中に群がっている光景が目に浮かんだ。そのあまりにもぞっとするような光景に、私はインドのもっとも恐ろしい毒蛇を、蜘蛛よりもはるかに危険な生き物を見るためにそこに入ったことを忘れた。

レイモンは棚の上を手探りしてランタンをとり、灯をともした。それから、どなりつけるような調子でいった。「さあ、まだらの紐をようく見ろ！」

ランタンの光が金網の籠を照らし出したとき、私ははっと息をのんだ。それは最初は男のこぶしより少し大きい岩と、木の枝のように見えたが、目の焦点が合ったとき、それは岩の上にとぐろを巻いたまだらの紐になった。そして、私たちが見守るうちに、それは無気味に動き出した。

「ああ、ホームズ！」

「落ち着け、ワトスン」と、ホームズは私をたしなめた。

二人の命を奪うほどの猛毒をもった、まだらの紐といわれる生き物をよく見るのは、私ははじめてだった。「これが沼毒蛇か」と、私はうなった。

「あまり知られていないクレイト科の種だ」といってから、ホームズはロマをふり返った。

「この蛇は殺すか、少なくとも動物園に引き取ってもらうべきだね。これに咬《か》まれたら、十秒以内に死んでしまうんだ。きみたち全員の命が危険にさらされているのだぞ」

「おれはこいつの毒液をしぼり出してるんだ」と、レイモン・デイドは答えた。「おれたちはまもなく移動するだろうが、そのときはこの蛇も一緒に旅行することになるだろうよ」彼がそういっているあいだに、蛇は菱形の頭を私たちに向けて軽く振りながら、鎌首をもたげて立ちあがった。私はそれが金網を突き破って向かってきそうな気がして、一歩あとずさった。

私たちが小屋の外へ出たところで、ホームズは最後の忠告をした。「きみの兄さんと女房を、平和に暮らさせるんだ。彼女を蛇でおどすようなことは、よしたまえ」

「おれにはもう兄貴なんかいねえし、あの女をおどしたこともねえ」

ホームズと私が道路へもどったとき、ロマの一人が私たちをじっと見つめているのに気づいた。彼は何者なのか。私たちの訪問に何か特別な関心をもっているのだろうかと、私はいぶかしく思った。「これからどうする、ホームズ」

「この問題に何か新しい光を照らしてくれるかもしれないもう一人の人物に——ヘンリーの新妻のサラ・デイドに——会ってみよう」

寝室と居間からなるクラウン旅館の私たちの部屋は、この前のようにロイロットの屋敷を見渡せる位置ではなくて、こんどは村に面していたが、同じように快適だった。私たちは階下の食堂で軽い昼食をして、ホームズはそこで鍛冶屋への道順を訊いた。それはつぎの区画にあって、村を二分する小川に近いことがわかった。

「疑いもなくこれは、ロイロット博士がヘンリー・デイドとけんかして、彼を橋の欄干から投げこんだ川だろう」と、ホームズはそこを通りかかったときにいった。やがて彼は先に立って鍛冶屋の店に入った。デイドが金敷き台の上で蹄鉄《ていてつ》の型を作っているのが見えた。

彼は私たちを見ると仕事をやめて、赤く焼けた鉄を細長い水槽の水の中にじゅうっと突っこんだ。「やあ、ホームズさん、ワトスン博士！　われわれのちっぽけな村へ、ようこそまたいらっしゃいましたね。道中は快適でしたか」

「とてもよかったですよ」と、ホームズはいった。「ここへくる途中でロマのキャンプに立ち寄って、弟さんに会いました」

ヘンリー・デイドの顔がこわばった。「彼はどんなことをいってました。蛇を飼ってることを認めましたか」

「ええ。それればかりか、見せてくれましたよ」

「まったく厚かましいやつなんですよ」

「もしよろしければ、奥さんと話をしたいんですが」

「ええ、どうぞ。呼んできましょう」

彼らの住まいは店の上の二階で、彼女は彼の呼びかけに答えてすぐ降りてきた。サラ・デイドはきれいな顔ときゃしゃな手をした、ほっそりした体つきの女で、黒っぽい色の髪は後ろへ引いてうなじのあたりで束髪に結われ、床までとどくこげ茶色のドレスの上に、手編みのショールを肩にかけていた。「シャーロック・ホームズさんですね」と、彼女はたずねた。「あなたをお訪ねしたことについては、主人から聞きました」

「あなたが義理の弟さんに出会ったときのことについて聞きたいと思いましてね」

「何をしゃべっても構わないから、とにかくできるかぎり、このかたがたに協力してくれ」と、ヘンリー・デイドは妻にいった。「すみませんが、私はちょっと失礼して、しばらく二階で休ませていただきます。蹄鉄を作るのは、難儀な仕事でしてね」

サラ・デイドはひき下がる夫の後ろ姿に微笑を投げた。「彼は昼寝が好きなんですの。鍛冶屋の生活は若い人向きのようですわ」

「彼はいくつですか」

「あと二、三カ月で四十五歳です。弟のレイモンは彼より十も若いんですの。あの家族は金塊を少しもっていて、それが長男のヘンリーの手に渡り、彼はこの店を買うためにそれを使ったんです。レイモンは彼がロマの生活をやめたことも恨んでるんですけれど、とくに彼が私と結婚したことや、この店のために金塊を手放したことを恨んでるんですのよ」

「レイモンはあなたをおどしたそうですね」

「それも一度だけじゃありませんわ。彼はあの呪われた生き物を——ええ、あれはほんとにこの世の始まりから神に呪われた生き物なんです——それをあたしに見せて、このまだらの紐はおまえたちを狙って、どこにでも現れるだろうといったんです。聖書にある蛇になったアロンの杖の話が、思い出されましたわ」

「あっ、ホームズ！」私は通りの向かい側を急ぎ足で行く人の姿を指さしていった。

「何だ、ワトスン」

「キャンプで見たあのロマだよ！　われわれの後をつけてきたらしい」

「あれはマニュエルです」と、サラはいった。「まぬけですけど、おとなしいんですよ。よく私たちの使いをしてくれるんですの。ロマのぜんぶがぜんぶ私たちの敵なわけじゃありません。いやがらせをしてるのは、レイモンだけなんです」

「私たちの今日の訪問が彼を思いとどまらせることを期待しましょう」と、ホームズはいった。

「とりあえず今夜はクラウン旅館に泊まって、明朝の汽車でロンドンへ帰るつもりですが、もし何か異常なことが起こったら、すぐ駆けつけますから」

「お帰りになる前に、ヘンリーに会ってください」

「そうしましょう」

私たちは彼女のあとについて狭い階段を登って、二階の住まいへ行った。彼女が居心地のよさそうな居間のドアをあけると、彼女の夫が大きな肘掛け椅子に坐って、うたた寝しているようにうなだれているのが見えた。彼女はまるで突然寒けをおぼえたかのように肩のショールをかき寄せながら、彼のそばへ行って、腰をかがめ、夫をゆさぶり、そして呼びかけた。「ヘンリー！　ホームズさんとワトスン博士がお帰りになるのよ」

「彼はだいじょうぶですか？」と、ホームズは突然何か危惧に襲われたような口ぶりで訊いた。

「おお！」サラは手で口をおさえて後ずさった。「彼が――」

気を失って倒れる前に、私は彼女をささえることができた。ホームズは急いで椅子の中の男のそばへ駆け寄った。一瞬おいて、彼は私に警告した。「気をつけろ、ワトスン！　この部屋にいるぞ」

私はすばやく拳銃を構えて、部屋のすみずみに目を走らせた。「ホームズ、まさか――？」

「ヘンリー・デイドは死んでる。首に蛇の牙の痕が一対ある。またしても、まだらの紐のしわざだ！」

芳香塩をかがせると、サラの意識は回復した。彼女は警官を呼んでくると言い張って出かけた。

ホームズと私は恐ろしい沼毒蛇を探して、部屋のあちこちを調べまわった。「やつの牙はからっぽになってるかもしれないが、それでもまだ危険だぞ。その銃を離すなよ」

「窓はちゃんとしまってるよ、ホームズ。あの怪物はどこから部屋へ忍びこんだのだろう」

「そいつを見つけたら、その解答がわかるかもしれない」

だが、ヘンリー・デイドの死体のあるその部屋の中に、沼毒蛇はおろか、どんな蛇の姿も見当たらなかった。部屋のすみずみまで探したが、無駄だった。私は傘立てにとくに注意して、そこにある杖の一つが、アロンの場合と同じように、私の手の中で生き返るのではないかと思ったが、しかし、それらの杖はただの木のままだった。「どうやら、ここにはいないようだ」私は三十分間もの捜索のあげく、そう結論した。

「まったく異議なしだ、ワトスン」

サラはリチャード巡査という、たくましいが暴力による死についての経験のほとんどない、若い男を連れてもどってきた。「これはロンドン警視庁に頼む以外にありませんね」と、彼はいった。

「毒蛇による殺人事件を調べる設備は、私どもにはまったくないのです」

「ロイロット博士も――」と、私はいいかけた。

「公式の調査の結果で、ロイロット博士は危険なペットとたわむれていたときに、偶発的な事故によって死亡したとされています。しかし、これは殺人だと、あなたはおっしゃってるのですから」

「いや、被害者の奥さんがそういってるんだよ」と、ホームズは訂正した。「私はその事実の調査をまだ終えていないんだ」

「彼の弟が殺したんですよ」と、サラは主張した。「ほかに考えられませんわ」

「そのようですね」と、ホームズは同意した。「しかし、どのようにして毒蛇をこの部屋に入れられたのか、説明できますか」

「私は階下へ降りるとき、あの窓を少しあけておきました。きっとヘンリーは昼寝をするためにここへ上がってきたとき、それをしめたのでしょう。蛇はその前に窓から入って、どこかに隠れていたのですよ」

「しかし、いまは蛇はここにいないんです」と、ホームズは指摘した。「ご主人が蛇に咬まれた後で、その蛇のためにドアか窓をあけてやる余裕があったとは思えません。あなたも知っているでしょうが、ロイロット博士はわずか十秒で死んだのですよ」

「それはそうですわね」と、彼女は同意した。「ひょっとすると、レイモンは杖を蛇に変える魔力をもってるのかしら」

「彼がどんな力をもってるにせよ、彼と話をする必要があるようです」と、ホームズはいった。

「もう一人のロマ、マニュエルともね。彼は犯行がおこなわれたころに、通りを歩いていた」

村には医者がいないので、私がヘンリー・デイドの死を公式に告知した。私は毒蛇に咬まれて死んだ症例について、あまり経験がなかったが、その症状はそう判断するにたりると思った。毒蛇による死がこれほど瞬間的であることはまれだったが、ロイロット博士の例から見ても、たしかにありうることだった。

レイモン・デイドはリチャード巡査に連れられて到着すると、すぐさま兄の遺体に会いにきた。そしてふり返って私たちにこういったとき、その目には涙が浮かんでいた――「おれはこんなことをやりゃしねえ。あの蛇は今日は一日じゅうずっと、狩猟小屋の籠の中にいたんだ」

シャーロック・ホームズは二、三歩近づいて彼をじっと見つめた。「きみは兄さんの妻をおどしたことを、まだ否定するかね」

「そりゃ、おどしたよ」と、彼は白状した。「彼女はヘンリーがもっていた金塊がほしくて、彼を誘惑して家族と手を切らせた。彼は彼女の仲間じゃなくて、おれたちの仲間だったんだ」

ホームズは巡査をふり返った。「蛇はどうした」

「籠に入れたまま、私の馬車の中においてあります」

「それから、もう一人のロマ、マニュエルは？」

「彼は階下にいますが、たぶん彼からはどんな情報も聞き出せないでしょう」

「とにかく会ってみよう」

私はマニュエルというロマの話を聞くために、彼のあとについて階下へ降りた。そしてそのロマをまぢかに見たとき、その顔の醜さに驚かされた。子供のころ何か重い小児病をわずらって、頭脳に障害をきたしたままになっているようだった。彼の口から出るわずかな言葉は、ほとんど聞き分けられない雑音のようなものでしかなかった。

ホームズはいった。「マニュエル、きみは今日の午後の早い時刻に、ここへきたね」

「へえ――」

「きみはヘンリーとサラが好きだったのかい」

「ああ、好き」

「きみは彼らのために使いをしてやっていたのか」

彼は質問の意味がわかると、満足したように、にやっと顔をくずしてうなずいた。

「で、きみは今日彼らに蛇を、あのロマの蛇を、もってきてやったのか」

この質問はもっとしばらく考える時間を要したが、やがて彼は首を振った。「蛇なんか、もってこねえ」

「きみは籠の中の蛇にさわったことがあるかい」

「ねえよ！　おっかねえ蛇だもん」

ホームズはじれったそうにため息をつくと、質問の角度を変えた。「レイモンは今日、その蛇をもって行ったかい。きみは彼がその蛇を連れて行くのを見たかい？」

彼はおびえた顔になって、首を振った。

「よし、ここにはもうこれ以上調べるべきことはないようだ」と、ホームズは決断した。「あの籠の中のくせ者を見に行こう。たぶんあいつは、この犯罪がどのようにしておこなわれたのかを教えてくれるだろう」

その沼毒蛇は、数時間前とほとんど同じように見えたが、その褐色の斑点がこんどはふしぎに美しく思われて、それが恐ろしい殺し屋であることを忘れそうだった。「こいつの長さは三フィート近くありそうだね、ホームズ」

「杖と同じくらいの長さだ」

「まだそれにこだわってるのかい。傘立ての中の杖は調査ずみなんだよ」

「それはそうだが、しかし、鍛冶屋をやっている体のかなり頑健な四十代の男が、あんなふうに杖を何本ももっているなんて、おかしいと思わないか。明らかに彼に杖の必要はなかったし、昨日ロンドンへきたときも、杖なんかもっていなかった。あの居間の杖は、いったい何のためにあるのだろう。どんなことに使われているのだ」

「ホームズ、まさかあのうちの一本の中に蛇が隠れていたなんて、思っているんじゃないだろうね。たとえそうだとしたって、レイモンはどうやってそれを取りもどすことができたんだ」

「サラ・デイドにこの不必要な杖についての興味深い問題を、問いただしてみよう」

サラはホームズの質問に驚いた様子だったが、すぐさま答えた。「あれは、前の鍛冶屋の、去年亡くなったお父さんのものだったんですの。前の鍛冶屋は引っ越すとき、杖はいらないといって、おいて行ったんです。すてきな杖だから捨てるのは惜しいと思って、そのまま傘立ての中に飾ってあるんです」

「そんな簡単なことだったんですか」と、ホームズは笑っていった。「ワトスン、こんどぼくが思いあがって、自分の推論に固執しすぎているときは、これを思い出させてくれたまえ」

ひょっとすると蛇は二匹いて、その一匹はまだ鍛冶屋の店の上の彼女の部屋に隠れているかもしれないという、万が一の危険を避けるために、その晩はサラもクラウン旅館に泊まるべきだということに決まった。巡査は明朝ロンドン警視庁の捜査陣が到着したら、家具や物入れの中をもっと徹底的に調べることを約束した。

私たちは旅館の食堂でサラと一緒に夕食をとったが、当然のことながら彼女は夫の死のショックで、まだ心が乱れている様子だった。「彼をあなたのところへ行かせたのは、私でした」と、彼女はホームズにいった。「私はこんなことが起こりそうな気がして、心配でたまらなかったんです。やはり彼は殺されてしまって、私にはもはや、彼と一緒にすごした、つかのまの思い出しかなくなりましたわ」

「彼を殺した犯人は、きっと正義の裁きを受けるでしょう」と、ホームズは彼女に約束した。

私はその晩は早く寝て、平和な夜をすごすようになるだろうと思っていたが、部屋へもどると、私の親友は考えにふけったまま、檻の中の動物のように床の上を行ったりきたりしはじめた。それからやがて彼は、結論に達したような口ぶりでいった。「ワトスン、今夜やらなければならないことがある。さあ、行こう。拳銃を忘れるなよ」

「ホームズ、いったい何を――?」

しかし、彼はそれ以上何もいおうとしなかった。私たちは裏口からこっそり、暗闇にまぎれて旅館を抜け出した。彼は裏道をたどって行って、鍛冶屋の店に裏の方から近づき、裏口のドアを静かにあけた。「帰りぎわに、このドアの掛金をこっそりはずしておいたんだ」と、彼は小声で説明した。「さあ、そっと。二階へあがるんだ」

「きみは蛇がまだそこにいると思ってるのかい」

「いずれわかるよ」

私はまっ暗闇の中を彼のあとについて行った。階段を一段ずつ、きしるかどうかを試しながら登る彼の姿さえも、ほとんど見分けがつかなかった。「この段はまたげよ、ワトスン」と、途中でささやいた。「音を立てるな！」

私たちはヘンリー・デイドが殺された居間に入り、彼は私を誘導してソファの後ろに隠れた。

「拳銃を貸そう、ホームズ」私はそれを彼の方へさし出した。

彼は押し返した。「構えていてくれ。しかし、ぼくが合図するまでは、使うなよ」

ミス・ストーナーの寝室ですごしたあの夜と同じ、暗闇の中の恐怖にみちた寝ずの番がつづいた。私はロイロットがまだらの紐を呼び寄せる低いはっきりとした口笛が、また聞こえてきそうな気がしてならなかった。しかし、聞こえるのは、マントルピースの上の時計の秒を刻む音だけだった。長いあいだに足がしびれてきて、ついにこらえきれなくなり、もっと楽な姿勢に坐り直そうとした。

ちょうどそのとき、階段のきしむ音が聞こえた。だれかが、何かが近づいてくる気配が感じられた。やがて部屋のドアがゆっくり内側へあけられたとき、私はいっそう堅く拳銃を握りしめた。入ってきた人影は、暗闇につつまれてほとんど見分けがつかなかったが、すばやく部屋を横切って、一つの椅子のそばにひざまずいたようだった。

ホームズが動いたのは、その瞬間だった。

彼はしゅっとマッチをすって叫んだ。「動くな！　こっちは二人だ！」

人影ははっと息をのんだ。ホームズは相手の攻撃を防ごうとするかのように、右腕をあげて身をかばいながら突進した。マッチが床に落ちて火が消え、あたりはまた暗闇につつまれた。格闘とあえぐ音が聞こえ、私は銃を構えて駆け寄った。「ホームズ、だいじょうぶか」

「だいじょうぶだと思うが、きわどいところだったよ。もう一度マッチをつけてくれ」

私が急いでつけたマッチの光で、彼がサラ・デイドを床に押さえこんでいる光景が浮かびあがった。彼は彼女の右手をとくに注意深くがっちり押さえつけていて、その手には、糸で並べて結わえられた一対の皮下注射器が握られていた。

ホームズはもがく彼女を押さえこんだまま、息をはずませていった。「これだよ、ワトスン！　これがまだらの紐の牙だ。ほんものにまさるとも劣らないほど恐ろしい凶器だ！」

リチャード巡査が呼ばれ、サラ・デイドが警察へ連行されてから、ホームズは説明した。

「ぼくは彼女が今夜あの注射器を取りもどすために、ここへくるにちがいないと思った。明日の朝警視庁が現場を調べることになっているから、彼女はそれが発見される前に、取りもどしておかなければならなかったんだ」

「ヘンリー・デイドは明らかに毒蛇に咬まれて殺された症状を示していたので、ぼくはてっきり蛇が使われたものと思いこんでいた」

「たしかにこれは、金塊ほしさに結婚した夫を処分する方法としては、ずいぶん巧妙なやりかただったよ。ロイロット博士の犯罪は、事故死という評決にはなっていたが、もちろん村じゅうに知れ渡っていたし、ぼくがその捜査で果たした役割もよく知られていた。また、ヘンリーの弟のレイモンが彼女に蛇を見せて、どうともとれるようなことをいったので、彼女はそれをおどしと解釈することにした。それからさらに彼女は、ぼくを呼び寄せて彼らを保護させるために、夫を説き伏せてぼくのところへ来させた。ヘンリーが殺されたときにぼくたちがその場にいたら、たしかにそれはあの恐ろしい毒蛇がからんだ、この前と同じ犯罪のように見えるはずだ。このようにして、とうてい彼女の犯行とは思われないような方法で、夫を殺す計画を立てたのだ」

「たしかに、彼女の犯行とは思えなかったよ、ホームズ！」と、私はいった。「夫が殺されたとき、彼女はわれわれと一緒に鍛冶屋の店にいたんだからね」

「あのときは、たしかにそうは思えなかった。しかし、ヘンリーがちょっと昼寝をするために二階へ行ったことは事実だし、われわれがあの部屋に入ったときも、彼はうたた寝しているように見えた。つまり、彼がじっさい椅子の中でそうしているうちに、サラはわれわれの目の前で彼の首に毒液を注射して、彼の命を奪ったのだ」

「ぼくたちは殺人が犯されているのを見たというのかい」

「そういうことになるだろうね、ワトスン。思い出してごらん、彼女は肩にかけたショールをかき寄せた――あのショールの下に、用意していた注射器が隠されていたんだ。彼女は毒を注射したとき、彼が反射的にぴくっと動いたのを隠すために、彼をゆすぶった。彼はほとんど瞬間的に死んだから、彼女はその決定的な二、三秒間、われわれから彼の顔を隠しているだけでよかった。あとは注射器を始末するだけだった。で、彼女は気を失ったふりをして床に横たわっているあいだに、それを椅子の下にさしこんだのだ。そして今夜それを取りもどそうとして、われわれがその現場を押さえたわけさ」

「注射器には何が入っていたんだ、ホームズ」

「レイモン・デイドが沼毒蛇の牙からしぼり出した毒液だよ。彼は安全のためにそうしてるんだと、ぼくたちにいってたろう。おそらく彼はサラに蛇を見せたときも、そういったのだろう。彼女は少し頭の弱いマニュエルに金をやってその毒液を盗ませ、こっそりもってこさせたのにちがいない。彼はたびたび彼らのために使いをしていたし、その仕事の重大な意味には気づかなかっただろう」

「彼女が犯人だと、どうしてわかったんだ」

「それよりもむしろ、蛇は無実であるにちがいないということがわかるまでが、大変だったよ。彼女は窓を少しあけておいたのだが、おそらくヘンリーは昼寝をするためにあがってきたとき、それをしめたのだろうと、まことしやかにいった。ところが、蛇が脱出する方法がまったくなかったし、またわれわれが探したときは部屋にいなかった。それに、彼の首にあけられた一対の穴も、ぼくにとってはきわめて示唆に富んでいた。それはちょうど、サラが眠っているヘンリーの上に腰をかがめて立っていた位置にあったのだ。しかしそれでも、ぼくは決定的な証拠をつかむために、彼女がこの注射器を取りもどそうとする現場を押さえる必要があった」

「彼女はきみを殺したかも知れないぞ！」

「このあいだきたときのまだらの紐だって、そうだった」

「こんどわれわれがストーク・モーランへくるときは――」

シャーロック・ホームズは笑ってさえぎった。「いや、ワトスン、ここを訪ねるのは、もうこれっきりにしたいよ。明日の朝は一番の汽車で、ロンドンの平和へもどることにしよう」

# サーカス美女ヴィットーリアの事件

## The Adventure of Vittoria, the Circus Belle

August, 1886

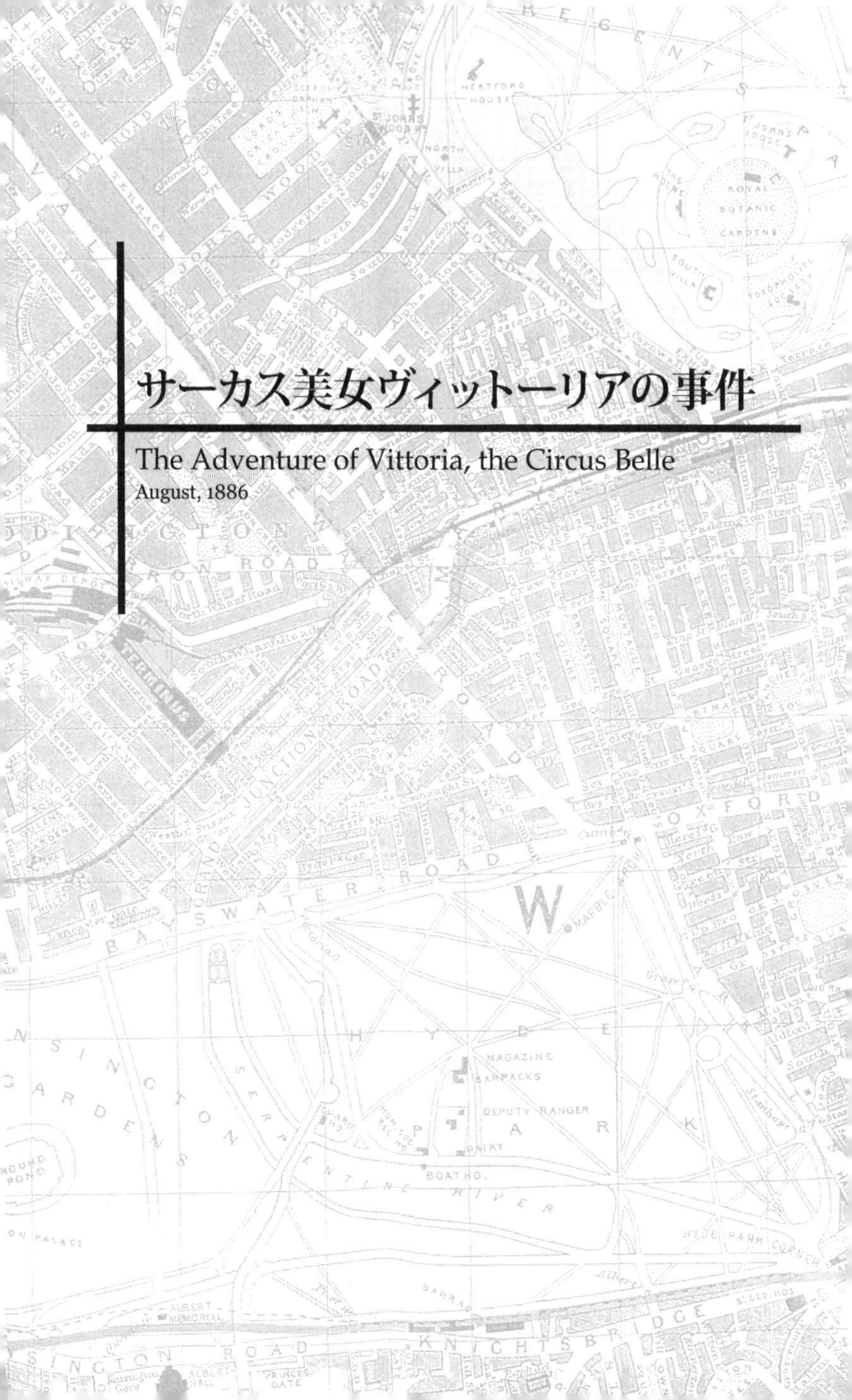

ある日、過去の事件を記した例の備忘録に目を通していたわが友シャーロック・ホームズは、私があの《サーカス美女ヴィットーリア》の事件について記録していないことを指摘した。私があの事件の記録を怠《おこた》った理由は、一八八六年の夏には興味深い事件が次々と起こり、あのときの覚書がそのほかの事件の資料に紛れてしまったからにほかならない。また、あの事件にはいささかばつの悪い側面があったという事情も無視できない。

その頃、ヴィットーリアの名はサーカスに一度も足を運んだことのない者にさえ広く知れ渡っていた。一八八〇年、アメリカではバーナムやリングリング・ブラザーズのライヴァルであったアダム・フォーポーが、自分たちのサーカスを宣伝するユニークなアイデアを考案した。当時フォーポーは、新しいアイデアを次々と打ち出す、サーカス界でも最も独創的な人物として知られていた。デラウェアの海岸で実施されたアメリカ初の美人コンテストに目をつけた彼は、コンテストの後援者としてアメリカ一の美女に一万ドルの賞金を出すと申し出た。そして、一位の栄誉に輝いたルイーズ・モンタギューをすぐさま騎手として雇い入れ、「一万ドルの美女」と銘打ってサーカスのパレードに出演させたのだった。

まもなく同様の宣伝キャンペーンはイギリスでも定着し、一八八二年にはイギリス版リングリング・サーカスを名乗るローヴァー・ブラザーズが、イギリス一美しい娘を選ぶコンテストを開催した。このコンテストでは若い女店員のヴィットーリア・コステロが優勝し、彼女はたちまちのうちに《サーカス美女ヴィットーリア》としてその名を知られるようになった。ヴィットーリアの似顔絵がサーカスのチラシやポスターに載りはじめると、彼女の名が女王陛下の名前と似ているとの非難もあがったが、これは本名だったため、ヴィットーリアとしてもこの名を使わないわけにはいかなかった。

八月の初めのある晴れた朝、ハドスン夫人が面会の約束がない客人の——ヴェールで顔を覆った若い女性の来訪を知らせてきたとき、ホームズも私も彼女についてはこれくらいのことしか知らなかった。「お通ししてください！」ホームズはパイプを置くと、挨拶のために立ち上がりながら言った。「身元を隠そうとする依頼人ほど興味をかきたてられるものはないね」

まもなく、私たちの前にその女性が現われた。ほっそりとした長身の体を黒い乗馬服に包み、乗馬用の帽子とヴェールをつけている。二重のネットの下にあるその表情は、ほとんどうかがえなかった。

「お会いくださってありがとうございます、ホームズさん」と彼女は言った。「急を要する用件でこちらにうかがいました」

「どうぞ、おかけください、お嬢さん。こちらはぼくの友人で仕事仲間の、ドクター・ワトスンです。どのような件でお困りですか？」

彼女は尾行者を恐れるかのように、ドアの向かい側にある椅子に腰を下ろした。「ホームズさん、私、命の危険にさらされているんです」

「ほう、どうしてそう思われるんですか、ミス・コステロ?」

そのホームズの言葉に彼女の体がピクリと震えた。実は私もホームズのこの言葉に驚いていた。

「私をご存じなんですか? 一度もお目にかかったことがないのに」

「ヴェールをつけているということは、顔を見られたらあなたが誰だかわかってしまうということを示しています。それにあなたからは、サーカスのリングを思い出させるタン革の匂いがする。いや、もちろん不快な匂いではありませんよ。子供時代を思い起こさせてくれる懐かしい匂いだ。それに、あなたの乗馬靴にもタン革が少しこびりついている」

それを聞いた私は思わず、私の靴と同じくらい大きい彼女の長靴と、スカートの下からのぞく革飾りに目をやった。

「今、ロンドン周辺で興行中のサーカスはローヴァー・ブラザーズ・サーカスだけです。また、彼らのパレードにはサーカス美女ヴィットーリアが騎手として出演している。だとすれば、あなたがヴィットーリア・コステロだということは明らかだ。どうぞ話を続けてください」

彼女はヴェールを上げ、はっとするほど美しい顔を私たちに見せた。その目は憂いを含んではいるが若々しさに輝き、つややかな髪はカラスの濡れ羽色だ。サーカスのポスターに描かれた似顔絵など足元にも及ばぬ美しさだった。

「あなたの並外れたお力についてはうかがっておりましたが、それでもその鋭い観察力には驚かされましたわ、ホームズさん。新聞の記事でご存じかもしれませんが、ローヴァー・ブラザーズのコンテストに出場しないかと友人に勧められたとき、私はピカデリーにあるハッチャーズという本屋で働いておりました。でも優勝するなど夢にも思ってもいませんでしたから、優勝したときには、それまでの生活を捨てて《サーカス美女ヴィットーリア》になることにいささか抵抗がありました」

ホームズはパイプを手に取ると、射るような鋭い目で彼女を観察した。「実は、サーカスについてはほとんど知らないんですよ。あなたはサーカスでどんなことをしているんです？」

「コンテストの直後にローヴァー・ブラザーズに雇われたときは、サーカスのパレードで馬に乗るだけでいい、あとはショーの始まりと終わりに一度、リングを馬で回るだけだと言われました。つい最近まで、サーカスはただ乗馬の技を見せるだけのもので、あとは乗馬の実演の合間に道化が軽業を交えた喜劇をしたり、団長と冗談を言い合ったりしていたんです。でも、今はサーカスも変わってきました。アメリカのP・T・バーナムはあの国の習慣にならって、二万人を収容するテントと三つのサーカス・リングを持っています。ここロンドンでもアストリー・サーカスは、馬やそのほかの動物たちが演技をする背景付きの大舞台を備えた、常設小屋を構えています。フランス人の体操教師、レオタードが紹介した空中ブランコも多くのサーカスで大人気ですし、ハーゲンベックはそのうち野生動物に曲芸をさせる大型の檻を導入すると言われています」

「ご自分の職業についてずいぶんと詳しいようですな」ホームズが小さな声で言った。

「でも、この仕事をするのもあと少しかもしれませんわ、ホームズさん。昨年、ローヴァー兄弟に言われたんです。私の印象をもっと強くするために、馬術以外の芸を身につけたらどうかって。綱渡りかヘビ使いの技を試してみないかとまで、言われました。どちらも考えただけで身が凍りました。そのうえ今年の春には、ディアスというスペイン人のナイフ投げを手伝わされたんです」そう言うと、彼女は左腕にかすかに残った傷痕を見せた。「これがそのときの傷です。それもリハーサルだけで！」

「それでここにいらしたんですか？」

「まさか！　私たちのサーカスには、もうひとり若い女性がいます。軽業師なんですが、彼女は自分こそが《サーカス美女》の肩書きにふさわしいと思っているんです。エディス・エヴァレッジという娘です。それまでにも何度か彼女に《サーカス美女》の肩書きを返上しろと言われたことがありますが、今では彼女、私の命を狙っているようなのです」

「実際に殺されかけたことがあるんですか？」

「ええ、二回ほど。一週間前のきのうは、ストラトフォードでの公演で馬に振り落とされそうになりました」

ああ、そんなこと、と言うようにホームズは手を振った。「まあよくある話ですね」

「誰かが鞍の下に座金を仕込んだんです。私の重みで座金が背中に食い込んだせいで、馬は私を振り落とそうとしました。さいわい、まわりの人たちが助けてくれましたけれど」

「もう一回は？」

「そちらはもっと危険でした。オックスフォードで月曜の午後の公演を終えた直後、ナイフ投げのディアスが毒を盛られたんです。これは、ホームズさんも新聞でごらんになったかもしれません。その毒は、私が乗馬の演技の合間に飲む水筒の水に仕込まれていました。あれは絶対に私の命を狙ったのだと思います」

「ナイフ投げの男は死んだんですか？」

「ええ。私、もう恐ろしくて！」

「今、サーカスはどこにいるんです？」

「明日の午後の公演のためにレディングでテントの設営をしています。今晩、新しいトラと調教師が到着することになっているんですが、今度はトラと一緒に演技しろと言われるかもしれません。ホームズさん、私、殺されるかもしれません！」

「これまでの二つの出来事は、それぞれなんの関係もない単なる事故かもしれませんね。ですが、サーカスは子供のころに観たきりでもう長いこと行っていない。どうだい、ワトスン？　明日レディングにサーカスを観に行かないか？」


翌日の午前中、われわれはパディントン駅で汽車に乗った。常日ごろ愛用している旅行用の外《がい》套《とう》を着るには暖かすぎたため、ホームズは簡素なツイード服姿だ。車中、彼はいつものようにいくつかの新聞に目を通していたが、オックスフォードでのディアスの死を報じる記事を見つけると、うれしそうな声を上げた。ディアスは毒殺されたと書かれていたが、オックスフォード警察はそれ以上の情報を発表していないらしい。

「たぶん、事故だったんだよ」と私はあえて言ってみた。「彼女が気にしすぎてるだけだ」

「まあ、そのうちわかるさ、ワトスン」列車がレディングの駅に滑り込み、ホームズは最後の新聞を脇に置いた。右手の車窓からはキングズ・メドウが見え、そこにはサーカスのテントが設営されている。すでに馬車や乳母車が続々とテントに向かいはじめており、動物用の囲いには子供たちが群がっていた。

列車から降り立った私たちの目に真っ先に飛び込んできたのは、サーカス美女ヴィットーリアが描かれたローヴァー・ブラザーズ・サーカスの大きなポスターだった。ポスターの下隅には、人食いトラの曲芸が今日の午後に初お目見え、と書かれた紙が貼られてある。ヴィットーリアを実際にこの目で見ていた私は、このときもまた、ポスターでは彼女の本当の魅力や美しさはほとんど伝わらないと痛感した。しばらくそのポスターをながめたあと、ふたたび通りを歩き出したホームズは、馬車を拾うと、少し離れたところにあるサーカスのテントに向かった。

ヴィットーリアは私たち二人のためにチケットを二枚、切符売り場に用意してくれていた。正門を抜けたとたん、タン革の匂いが鼻をくすぐった。ヴィットーリアからかすかに香っていたその匂いは、今や子供時代の思い出をも一緒に運んできた。

「ホームズ、きみの言ったとおりだね」と私は言った。「サーカスには郷愁を誘う懐かしい匂いがある」

入口の近くには、ローヴァー・ブラザーズ・サーカス事務所と記された看板のある小さなテントがあり、ホームズはその中にずかずかと入っていった。テントの中には、黒髪で豊かな口ひげをたくわえた細身の青年が、帳簿に目を走らせていた。「ミスター・ローヴァーですね?」ホームズが話しかける。

男性は顔をしかめてこちらを見た。「チャールズ・ローヴァーだよ。おれに用事かい？　それともフィリップに会いに来たのか？」

「いや、どちらでも結構です。ぼくはシャーロック・ホームズ、こちらはドクター・ワトスン。このサーカスの花形のひとり、ディアスという名のスペイン人ナイフ投げが不審な死を遂げたから調べてもらいたいと依頼されましてね」

チャールズ・ローヴァーは不愉快そうに何やらつぶやいた。「あれには不審な点なんてひとつもない！　ただの事故なんだから！」

「だがヴィットーリアは、彼が死んだのは毒を盛られたからで、本当は自分が殺されるはずだったと思っています」

「誰があんなにかわいいお嬢さんの命を狙うってんだ？　あの子はこのサーカスの花形だぜ！」

「ということは、われわれがここに来たのは無駄足だったということかな？」

「そうみたいだな」

「まあ、わざわざロンドンから来たんだから、ほかの人たちとも話してみましょう。もし時間があれば、あなたのお兄さんのフィリップと、軽業師のエディス・エヴァレッジとも話したいんですがね」

チャールズ・ローヴァーは懐中時計に目をやった。「もう十二時じゃないか。一時には午後のショーの準備にかからなきゃならない。一時までに会いたいやつに会って、さっさと帰ってくれ」

「ミス・エヴァレッジにはどこで会えますか？」

「大テントで演《だ》し物の稽古をしてるよ。今日はベンガルトラの初お目見えだから、それに合わせて出番の調整をしなきゃならんのでね」

ローヴァーと別れると、私たちはホームズのあとについて大テントに向かった。途中、出店の用意を始めた食べ物屋や、二人の道化師がメーキャップの仕上がりを互いに点検しているのが見えた。ゲートが開くと、ちらほらと姿を見せはじめていた観客は徐々に増え、絶え間ない人の流れが生まれていた。まだ大テントへの入場が許されないため、観客はサーカスの余興を冷やかしている。ホームズと私は入場禁止の看板を無視し、テントの入口の垂れ幕をめくって中に入っていった。

大きなサーカス・リングには、レオタードが考案したというぴったりした衣装を着た五、六人の軽業師たちが、前転や側転や宙返りをしていた。空中ブランコで大きく前後に揺れているものもいる。彼らが休憩に入ると、ホームズは近くにいた女性に声をかけた。「きみがミス・エディス・エヴァレッジかね？」

「エディス！」その女性は大声で、まだ学齢期に見える茶色の髪の娘を呼んだ。見事なスタイルをぴったりとした衣装で包んだエディスが歩いてくる姿に、私の顔は赤らんだが、彼女の顔にはその幼さに不似合いな険しい表情が浮かんでいた。

「何か用？」その口調にはかすかにロンドン訛り《コクニー》があった。

ホームズは自己紹介をするとすぐに本題に入った。「ぼくたちはヴィットーリア・コステロ、すなわちサーカス美女ヴィットーリアが最近、命を狙われた件について調べているんだ。彼女の落馬事故について何か知っているかね？」

「馬が彼女を振り落としたのよ。でも別に命が狙われたわけじゃないわ」

「だが彼女はそう思っているんだ。じゃあディアスが毒を盛られた件はどうだね？」

エディス・エヴァレッジはかぶりを振った。「あれは事故だって話よ」

「彼は以前、ナイフ投げでヴィットーリアに怪我をさせたんだろう？」

「まさか。あの二人、すごく仲がよかったわ」

「でもきみは、彼女の代わりにサーカス美女になりたいんだね」

「あたりまえじゃない！　あたしは十五のときからここで働いてるのよ。それに今じゃ空中ブランコの練習までしてる。でも彼女は、あのくだらないコンテストに優勝したっていうだけで、なんの経験もないのに雇われたのよ。そのうえフィリップさんは、彼女を特別扱いしてる。この意味わかるでしょ？」

そのとき、リングに檻が運ばれてきた。檻はキャンバスで覆われていたが、洩れてくる唸り声を聞けば、そこにいるのが例のトラなのは間違いなかった。鞭を構えた調教師とフロックコートを着た男がひとり、檻に付き添っている。かなり遠くにいた私でさえ、男がチャールズ・ローヴァーの兄だとわかったくらいだから、ホームズもそれがわかったのだろう。彼は男を見ながらエディスに訊ねた。「あれはフィリップ・ローヴァーかい？」

「そうよ」エディスが言った。「彼がひとりでいるなんてびっくりだわ。いつだってヴィットーリアか、巡業に連れてきた金髪女と一緒なのに」

「それは誰だい?」

「ミリー・ホーガンよ。以前、ライシーアム劇場の舞台に出たことがあるもんだから、自分は一介のサーカス芸人より上等だと思ってるのよ。公演のあいだはいつも彼のテントにいるんだけど、けさは二人で新しく来たトラと遊んでたわ」

「さあ、みんな」フィリップ・ローヴァーは軽業師たちに声をかけた。「そろそろリングから出てくれ。もうすぐお客がテントに入ってくるぞ。客が席に着くときは、リングには檻だけを置いておきたいんだ」

エディスがほかの軽業師たちと一緒にあわただしくリングを出て行くと、ローヴァーが私たちのほうを見た。「あんたがシャーロック・ホームズだな。あんたが来てるって弟から聞いたんだが、おれにはその理由がさっぱりわからなくてね。あのスペイン人が死んだのは事故だよ。毒が入っていた瓶は、年をとって弱ったニシキヘビを始末するために用意しておいたもんだ。そいつをディアスが間違えて飲んじまったのさ」

「このサーカスの花形であるヴィットーリアは、そうは言っていませんでしたね。彼女は命の危険に怯《おび》えている。彼女を恨んでる人間はいますか?」

「そんなやつはいないね」

「エディス・エヴァレッジは? あの軽業師のか?」

「エヴァレッジ? あの軽業師のか?」

「ああ、そう聞いています。彼女をサーカス美女にしようと考えたことは?」

「あのエディス・エヴァレッジを？　まさか！　サーカス美女を選ぶために、おれたちは全国規模の美人コンテストをやったんだぜ。そしてヴィットーリアが優勝した。エディスをサーカス美女にしようなんて考えたこともないね」

「だがヴィットーリアは二度、命を狙われている。狙ったのはエディスかもしれない」

「そう弟から吹き込まれたのか？」フィリップの表情には怒りがにじみはじめていた。「言っておくがな、このサーカスにいる若い男たちのあいだじゃ、ヴィットーリアは人気者だ」

「チャールズもそのひとりですかな？」ホームズは鋭い灰色の目で彼を観察していたが、相手がそれ以上言うより先に、トラの檻のほうから悲鳴が上がった。

フィリップ・ローヴァーは声のするほうを振り返ると、悲鳴を上げた道化のほうへ走り出した。

「何があったんだ⁉」

駆け寄ってきた道化は、声を落として言った。「ローヴァーさん、たいへんだ！　キャンバスの下をのぞいたら、檻の中にヴィットーリアとトラがいた。彼女、死んじまってるみたいだ！」


そのあとの数分はまるで悪夢だった。調教師はその大きなトラを長い棒で檻の奥に押さえ込むと、ようやく檻の鍵を開け、ヴィットーリアを救い出した。ヴィットーリアの体が檻から引っ張り出されると、医者である私に彼女の容体を調べる役が回ってきた。死亡を宣告するのは難しくなかったが、ズタズタに引きちぎられたドレスや、爪あとの付いた血まみれの顔を見るのはなんとも痛ましかった。その小さな足からぱっくりと開いた首筋の傷まで、体全体にトラの爪あとがついている。

ホームズは変わり果てた彼女の姿を無言で見つめ、私が検分を終えるまで何も言わなかった。

「ワトスン、どう思う？　あのトラが彼女を殺したと思うか？」

今回もまた、ホームズの推理は私より一歩先を行っているらしい。私は大きく開いた首筋の傷口に注目した。「トラの爪ではあんな傷はできないな。そもそもあのトラの口にも歯にも血がついてない」

「そう、そのとおりだよ！　檻に入れられたとき、彼女はすでに死んでいたんだ。檻にはキャンバスの覆いがかけられていた。だから犯人は、公演が始まるまで死体は発見されないと思っていたんだ」彼は青ざめたフィリップ・ローヴァーを振り返った。「この檻の鍵を持っているのは？」

「調教師だけだ。もうひとつの合鍵はおれのテントの中にある」

「合鍵はきみの弟も持っているのかね？」

「いや、持っていないと思う」

そこへ団長に呼ばれたチャールズ・ローヴァーがやってきた。「いったい何ごとだ？」

「誰かがヴィットーリアを殺して、死体をトラの檻に押し込んだんだ」フィリップが答えた。

「なんだって？　じゃあ、午後の公演は中止しなきゃいけないのか？」

フィリップ・ローヴァーはその言葉を一蹴した。「外にはもう五百人の観客が待ってるんだぞ。そのうえ客はまだ続々と集まってきてる。今、公演を中止するわけにはいかない。だが、このトラの檻はどかさなきゃならん。警察が調べたがるだろうからな」

何かが――この犯罪の衝撃を超えた何かがホームズを悩ませているのは、私にもわかった。「きみたちはヴィットーリア・コステロに保険をかけていたのか？」とホームズ。

だが、フィリップはその質問の意味に取り合いもしない。「そんな余裕なんかあるもんか。団員に保険をかけてるサーカスなんて聞いたこともないね。どうしてそんなこと聞くんだ？」

「死者の顔が傷つけられている場合、その遺体の身元はきちんと確かめなければならない。なんらかの詐欺行為が関与している可能性は常にあるからね」

「おまえ、死体を見てこい」フィリップが弟に命じた。「あれがヴィットーリアだとミスター・ホームズに証明してやれ」

チャールズはすぐに戻ってきたが、その顔からはすっかり血の気が引いていた。「あれはヴィットーリアだ。間違いない。団長もヴィットーリアだと言ってる」

ホームズはうなずいた。「じゃあ、彼女を殺害した犯人を捜さなければならないな」

「うちはあんたを雇っちゃいないぜ」フィリップがぴしりと言い放った。「それはここの警察の仕事だ」

「確かにそうだ。だが警察はオックスフォードでもちゃんとやれなかったんじゃないかね？　あのスペイン人の死もまだ解決されてない」

「その話はしたはずだ」とフィリップ。「あれは事故だった。うちにはあんたに払う金はないぜ、ミスター・ホームズ」

「ぼくはヴィットーリア・コステロから、命を守ってほしいという依頼を受けたんだ。だがこうなったら、彼女を殺した人物を突き止めなければならない」

「雇われただと?」弟のほうが言った。「いったいどういうことだ?」

「きのう、ベイカー街の下宿を訪ねてきた彼女は、ぼくに落馬の一件とオックスフォードでのディアスの毒殺の件を打ち明けた。また命を狙われるかもしれないと怯えていたんだ」

「そんなのは嘘っぱちだ!」フィリップは声を張り上げた。「ヴィットーリアは自分で馬から落ちたんだ。落馬は初めてじゃない。それにさっきも言ったように、あのスペイン人が死んだのも単なる事故だ。あの毒は、病気のニシキヘビを始末するためのものだった」

「どうして彼女がそんな嘘をつくんだね?」とホームズ。「ヴィットーリアが死んだということは、彼女が真実を語っていた証拠だ」

しかしすでにローヴァー兄弟はその場から歩き出していた。やってきた警察を迎えに出ていったのだ。

そのあとすぐ、遺体は大テントの裏口から運び出され、観客たちはようやくテントへの入場が許された。ざわめく観客たちがあれこれと憶測をささやきあっている。警察の馬車がやってきたのを見て、何かがおかしいと感じているのだ。ホームズと私は特別観覧席の正面近くの座席に座ると、サーカス側からの説明を待ったが、それは拍子抜けするほどあいまいで簡潔なものだった。団長はアメリカ製の拡声器を手にしてこう言ったのだ。「みなさま、ローヴァー・ブラザーズ・サーカスにようこそおいでくださいました!　不幸な事故により、サーカス美女ヴィットーリアは本日出演できませんが、どうぞごゆっくりショーをお楽しみください」観客の何人かから不満げな声が上がった。

公演が始まると、まずは道化が登場し、次に軽業師の一団が宙返りや空中ブランコの曲芸を披露した。ショーの中盤では伝統的な馬術の曲芸が行なわれた。一方エディス・エヴァレッジは、たとえヴィットーリアを殺したのだとしてもそんな動揺などみじんも見せず、秒刻みの軽業を淡々とこなしていた。そしてついにトラの檻がふたたびリングに運び入れられ、調教師は堂々たるトラを観客たちに披露した。わずか一時間ほど前、そのトラがかぎ爪で女性の体を引き裂いていたなどとは、とても思えない。

公演は、英国とその植民地の旗を手にした旗手たちが繰り広げる見事な馬術の技で幕を閉じた。観客たちが出口へ向かう中、私はホームズに、これからどうするのかと訊ねた。

「ここにいても、もうこれ以上のことがわかりそうにはないね」

「確かに、知っておくべき情報はもうすべて集まったよ、ワトスン。ではここで、トラに関するけさの奇妙な出来事についてきみに考えてもらいたい」

「奇妙な出来事ってなんだい？　けさ、トラは何もしていないぞ」

「そこが奇妙なところなのさ」


ヴィットーリアの死はもみ消すことも、事故として片付けることも不可能だった。彼女は殺害され、あのトラの檻に入れられたのだ。自殺でも事故でもあるはずがない。翌朝、新聞は彼女の殺害をディアスの殺害事件と関連付けて報道し、あの有名な私立探偵、シャーロック・ホームズが事件を捜査しているというわさも流れはじめた。ローヴァー・ブラザーズ・サーカスは、今後の捜査のためにレディングに留め置かれた。

その晩、私とホームズは駅のむかいにあるステーションホテルに宿泊した。翌朝になると、私たちが朝食を終えもしないうちに、ローヴァー・ブラザーズの弟、チャールズが私たちに会いにやってきた。

「この恐ろしい事件についてあんたと話しに来たんですよ」彼は椅子をテーブルに引き寄せながら言った。「フィリップもおれも、あんたを雇いたいと思ってる。この件に関して、兄貴はすっかり気が変わったらしくてね」

ホームズはにっこりと笑った。「ぼくはすでにこの件を依頼されている。ヴィットーリア・コステロにね」

「だがね、ミスター・ホームズ、あいにく死人はそう簡単に報酬を払っちゃくれねえよ。おれたちはできるだけさっさとこの件を片付けちまいたいんだ」

「結構」とホームズは答えた。「じゃあ、今日の午後までに片付ければご満足いただけるかな?」

チャールズ・ローヴァーは、このホームズの言葉にぎょっとしたらしかった。「もうこの事件の謎を解いちまったっていうのか?」

「まあ、そうだな。今日の午後も公演はあるのかね?」

「警察から足止めを食ってるから、二時にもう一度公演をすることにしたよ」

「それは結構。じゃあ、ぼくとワトスンのチケットを用意しておいてくれたまえ」

チャールズが帰ると、私は驚いた顔でホームズを見た。「犯人を今日明らかにするって言うのかい？」

「あとひとつ証拠が見つかれば、この事件は完全に解決するさ」彼はお茶を飲み終えるとテーブルから立ち上がった。「さあ行こう、ワトスン。獲物が飛び出した《ザ・ゲーム・イズ・アフット》ぞ！」

一時を少し回ったころ、私たちはキングズ・メドウに到着した。事件のせいで多くの観客が押し寄せていたが、その大半は大人たちだった。さらなる凶行を恐れ、観客も子供たちを連れては来ないのだ。なるほど、ローヴァー・ブラザーズが助けを求めてきたのも無理はない。驚いたことに、ゲートを入ったホームズは大テントではなくローヴァー・ブラザーズが使っている小さなテントへと向かった。ちょうど、フィリップ・ローヴァーが見覚えのある金髪の若い女性と一緒にそのテントから出てきたところだった。女性はグリーンのロングドレスをまとい、手袋をはめている。サーカスでの午後というよりは、劇場での一夜を過ごすにふさわしい装いだ。

「ホームズ！」フィリップが声を上げた。私たちを見ていささか驚いたらしい。「こちらは、友人のミリー・ホーガンだ」

そのとき私は、エヴァレッジがこの女性のことを、フィリップと一緒に巡業しているがほとんど公演を見に来ない金髪女、と言っていたのを思い出した。ホームズは握手をするように彼女に手を伸ばした。だが手を握る直前、彼は相手の左手首をつかんだ。

「な、なんですか？」女性が小さく息を詰めて言った。しかしすでにホームズは彼女の袖をまくり上げ、うっすらと残っている小さな傷をあらわにした。

「またお会いしたようですね、ミス・ホーガン。あなたは火曜日、ベイカー街のぼくのもとへヴィットーリア・コステロになりすましてやってきた。あの女性を殺害するたくらみの一環としてね」

レディング警察とローヴァー・ブラザーズに説明を求められたホームズは、このうえない上機嫌でその求めに応えることにした。ミリー・ホーガンが別の場所で尋問されているあいだ、私たちはフィリップのテントに移り、ホームズは彼女が私たちを訪ねてきたときのことから話しはじめた。

「黒髪のカツラをかぶるのも、ヴィットーリアになりすますのも、女優にとってはごく簡単なことだ。だから、もしことが彼女の計画どおりに運んでいれば、われわれが本物のヴィットーリアに会うことはなく、彼女がヴィットーリアでないこともわからなかっただろう。ぼくが彼女の正体について誤った推理をしなかったら、彼女は顔をヴェールで隠し続けるつもりだったに違いない。実はぼくもワトスンも、彼女がポスターの絵とまったく似ていないのに気づいていたが、それをほとんど気に留めていなかったんだ。おそらくディアスの死は本当に事故だったのだろうが、あの一件で彼女はこの計画を思いついたんだろう。その二日後、彼女はヴィットーリアの命が狙われた二つの事件のことを話すため、ぼくの下宿を訪れた。翌日、本物のヴィットーリアがトラに殺されたように見せかけ、その現場にぼくが居合わせるようにするためにね」

そのとき私は、ホームズがきのうの晩言っていたことを思い出した。「ホームズ、確か、あのトラは朝、何もしていないと言っていたね」

「そのとおりだ。ヴィットーリアが殺されてからあの檻に入れられたことはすぐにわかった。だがそうだとしても、やはり犯人は檻を開けなければならない。調教師と一緒に到着したばかりのトラの檻を開けるのは、かなり危険な行為だ。なのにそのトラが周囲の注目を集めるようなことを何もしなかったということは、檻を開けた人物がトラにとっては見知らぬ相手ではなかったからだ。とはいっても、それが調教師だとは考えられない。前日の晩着いたばかりの彼に、ヴィットーリアを殺害する動機があるとは思えないからね。だがね、フィリップ。エディス・エヴァレッジは、きのうの朝、きみとミリーが到着したばかりのトラと遊んでいるところを見ていたんだ。たぶん、ヴィットーリアが殺害される一、二時間前のことだろう。だから、トラはミリーを覚えていた」

「そんなことあり得ない！」フィリップは憤慨して声を上げた。「あのトラの檻はおれたちのテントの外に、丸見えの状態で置かれていたんだ。ミリーであれ、ほかの人間であれ、誰にも見られることなくヴィットーリアを殺してあの檻に入れるなんて、できるはずがない」

「たとえ丸見えの場所にあったとしても、檻はキャンバスで覆ってあった。おそらくミリーは、新しいトラを見ないかといって、ヴィットーリアを誘い出したんだろう。そして、トラがよく見えるようにとキャンバスの覆いの中にヴィットーリアを誘い、彼女が悲鳴を上げられないようにのどを刺してから、檻を開けて彼女を押し込んだんだ。フィリップ、確かきみは、テントの中に合鍵があると言っていたね」

「どうして彼女がそんなことをするんだ？　動機はなんだ？」

「エヴァレッジは言っていたよ。きみは彼女たち両方を気に入ってるとね。嫉妬に燃えたミリーは、ヴィットーリアひとりを殺すだけでは飽き足らず、罪をエヴァレッジになすりつけようとしたんだ。だからヴィットーリアになりすましてぼくのところにきたのさ」

そこで私が口をはさんだ。「ホームズ、どうしてそれがわかったんだい？　そもそもあの依頼人をヴィットーリアだと推理したのはきみだ。そのきみが今度は、みずからの推理を否定するのかい？」

「ぼくはだまされたんだよ、ワトスン。トラの檻から引きずり出されたヴィットーリアの遺体の小さな足に気づくまで、ぼくにはそれがわからなかった。きみも気づいたと思うが、ロンドンのぼくたちを訪ねてきたあの女性の足は、きみと同じくらい大きかった。足のサイズはひと晩では変わらない。そこであれは別の女性だったとわかったんだ。だが、フィリップもチャールズも、あれがヴィットーリアの遺体だと確認した。ということは、ぼくたちを訪ねてきたのはヴィットーリアではなかったということになる。そこでぼくは、じゃあ、あれは誰だったのかと考えたが、その答えは明らかだった。ぼくたちを訪ねてきた女性こそがヴィットーリアを殺した犯人、もしくはその共犯者だ。そのうえ、トラの檻の合鍵は、ミリー・ホーガンが滞在しているフィリップのテントにあるという。さらには、きのうの夜、フィリップとミリーがサーカスに到着したばかりのトラと遊んでいたという情報も得た。ミリーはかつてロンドンのライシーアム劇場に出演していた女優だし、ヴィットーリアに嫉妬する理由もある。もしそれが動機なら、フィリップ、きみがこの犯行に関わっていたとは考えにくい。きみたち二人がともに殺人を企てるほど親密なら、そもそも彼女が嫉妬する理由などないからね。それに、もしきみがヴィットーリアを殺したがっていたのなら、商売の妨げにならないようにサーカス場から離れた場所で殺しただろうし、ディアスとヴィットーリアの死を結び付けて二重殺人に仕立てるこの企みの共犯者なら、ディアスの死が事故だとも言い張らなかったはずだ」

ミリー・ホーガンが犯行を自白したのち、私はロンドンに戻る車中でホームズに言った。「結局、われわれは《サーカス美女ヴィットーリア》には会えなかったというわけだね」

「ああ。でも、ぼくたちはミリー・ホーガンに二度会ったじゃないか。それにぼくのような職業にとっては、サーカス美女より女性の殺人者のほうがずっと魅力的さ」

# マナー・ハウス事件

## The Manor House Case

August, 1888

一八八八年夏の出来事を記したノートに目を通すと、そのころシャーロック・ホームズが手掛けていた事件とはかなり様相の異なる、風変わりな事件を見つけることができる。この事件の顚《てん》末《まつ》を書くにあたって、私は題名を『イギリス屋敷《マナー・ハウス》の謎』にしようかと思ったのだが、ホームズが手掛けた事件は事実上どれもみなイギリスで起きているのだから、そう名づけてはくどいような気がした。

そのマナー・ハウスの主《あるじ》は、有名なアフリカ探検家のサー・パトリック・ステイシー・ホワイトで、当時は、リヴィングストンの捜索をしたスタンレーの足跡をたどる冒険旅行から帰国したばかりだった。屋敷はロンドンから西へ一時間ほど行ったレディングの近くにあるが、サー・パトリックはホームズに、そこで週末を過ごしてもらえないかという電報をよこしたのであった。

「行くのかい?」金曜日の朝、その話を聞いた私は訊ねてみた。

「電報によれば、屋敷で不審な死に方をした者がいて、また死人が出るんじゃないかと心配らしい。事件を徹底的に捜査するため、少なくとも二泊はしたほうがいいと言っている。夕方の列車に間に合えば、今夜のうちに向こうへ着ける。一緒に行く気はあるかい、ワトスン?」

週末の予定はないし、まばゆい八月の日々が私たちを田園地方へ誘っているような気がした。

「連れがいてもいいのかな?」

「サー・パトリックの電報には、ぜひご一緒にとあるよ。すでにほかにも何人か客がいるようだし」

まだ明るいうちにレディング駅で列車を降りると、サー・パトリックの迎えの馬車が私たちを待っていた。

「気持ちのいい天気だね」ホームズが若そうな御者に声をかけた。

「ほんとにいい天気でさぁ」彼の言葉にはわずかながら訛りがあるようだが、どこのものかはわからなかった。

「お屋敷に雇われてから、もう長いのかい？」ホームズは、つねにこうして情報収集をする。いずれ役立つように保管しておくのだ。

「三、四年になりますかね」と御者。「ハスキンといいます。今は御者のかわりをやってますが、本来は動物の世話をしてまして」

ホームズは急に興味を抱いたようだった。「どんな動物がいるんだね？」

「だんなさまは、あのお屋敷にちょっとした動物園をおもちでしてね。アフリカ遠征から連れ帰った動物たちを飼っています。つい先ごろの旅じゃ、ライオンの子を二匹連れてお帰りで」

ほどなく馬車が丘の頂きまでのぼりつめると、眼下の平原にぽつんと建つマナー・ハウスが見えた。三階建てのレンガ造りで、左手にオークの木立、正面玄関から百フィートほどのところに広い池がある。ひとつがいの白鳥が水面をすいすい泳いでいた。

「ステイシー・マナーへようこそ」ハスキンはそう言いながら、建物へ長々と続く丸石敷きの馬車道に乗り入れていった。

馬車が近づくと玄関扉が開いて、執事が私たちを招き入れた。

「まもなく奥さまがおいでになります」

ホームズと私は玄関ホールで待った。戸口の向こうには、ゾウの頭が飾られているのが見える。すぐに姿を現わしたのは四十歳ほどの美人で、女帝然とした雰囲気をたたえていた。

「エリザベス・ステイシー・ホワイトでございます。こちらがシャーロック・ホームズさんでいらっしゃいますわね」

「そのとおりです」ホームズは微笑《ほほえ》むと、小さくお辞儀のようなしぐさをした。「こちらは相棒のドクター・ジョン・ワトスンです。今回の不幸な事件について、われわれがご主人のお力になれると思います」

「主人から詳しいお話をお聞きになりまして?」

「まだうかがっていません」

「どうぞおかけください。わかっていることを、私からお話しいたします。主人は、多少は名の知られたアフリカ旅行家です。暗黒大陸へ出かけるたびに、あちらの生きものをつかまえてきて、母屋の裏手にある私設動物園で飼っております。のちほどごらんにいれますわ。先だっての旅でも二匹の子ライオンを連れ帰ったので、友人を何人かお招きして、夏の休暇を過ごしてもらうことになりました。みなさん先週の日曜日にいらして、この日曜日にお帰りの予定です」

そこで話が途切れた。あごひげをはやした大柄の男がずかずかとやってくるなり、会話の主導権をさらったのだ。

「お迎えに出られず、失礼いたしました」この屋敷の主人であることがはっきりわかるような物言いだ。「私が来るまで、家内がお話相手になれたことと思いますが」

「もちろんです」とホームズ。「あなたがサー・パトリック・ステイシー・ホワイトでいらっしゃいますね？」

「いかにも」

彼は、屋敷全体を示すように手をぐるりと回した。「ここにいる生き物はみな、剝製《はくせい》になったものも含めて、すべて私がこの手でつかまえたのです」

妻のエリザベスのことまで含めているのだろうか、と私は思った。どうやら、嫌われやすいタイプのようだ。だが、ホームズはその自慢話を受け流し、事件のことを質問しはじめた。

「殺されたのはオスカー・ラインベックという男で、ロンドンにある出版社の経営者です。今回わが家に招いたのは、彼を含めて六人いました。最近のアフリカ旅行のことを本にしようと思いましてね、日曜日の夕方、彼と打ち合わせをしていたんです。ほかの客も到着したあとでした。私が書斎に彼を残してちょっと席をはずし、戻ってくると、死んでいたんです。暖炉の火搔《ひか》き棒でめった打ちにされていました」

かたわらで話を聞いていたエリザベスが、いきなり口をはさんだ「今度こそは、すぐに警察を呼びましたわ」

「今度こそ？」ホームズが聞き返す。

サー・パトリックは、話の腰を折られてむっとしたようだった。

「その前に、ラインベックが着いてすぐにちょっとした出来事がありましてね。動物園を案内して母屋へ戻ろうとしたところで、屋根からコーニス（建物の最上部で壁面から突出した装飾的な水平帯）が落ちて、危うく彼にぶつかるところでした。エリザベスにその話をしたところ、ひどく心配して、すぐに地元の警察を呼ぼうというんです。それはばかばかしいと言って、私はわざわざ屋根にのぼって調べました。コーニスはただ剝がれて落ちただけでしたよ。風のせいでしょう」

「このあいだの日曜日は風なんか吹いていませんでしたわ」妻がくいさがる。

「でも、その前の晩には吹いていたじゃないか」

そのうち、日が照っていたかどうかまで言い争うのではないかと思えた。

「コーニスが落ちたとき、屋敷にはほかにどなたかいらっしゃいましたか？」とホームズ。

「そのときにはもう、客は全員到着していました。女優のマデリン・オークス、そのマネージャーで私の旧友のマクスウェル・パーク。わが家のかかりつけ医であるドクター・プラウティと奥さんのドロシー、それに奥さんの妹のアグネス」

「ドロシーとアグネスは、子供のころこのあたりに住んでいました」とエリザベス。「ステイシー・マナーにときどき遊びに来ていたそうです」

ホームズがうなずく。「ステイシーというのはあなたのミドル・ネームですね、サー・パトリック？」

「そのとおりです。ここは母の先祖代々の屋敷で、八年前にその母が亡くなって私が相続しました」

「オスカー・ラインベックが殺された話に戻りましょう。現場に手掛かりは何もなかったのですか？」

「ひとつだけありました。ラインベックの手に、トランプのカードが握られていたのです──スペードの10でした。犯人を示すメッセージのようにも思えます」

「奇妙な話ですね」とホームズ。「スペードの10が、あなたやお客さんたちにとって何か意味があるのでしょうか？」

「まったくありません」

「たまたま握っていただけだったのかもしれませんね」

サー・パトリックは首を振った。「そんなことはなさそうです。カーペットの血の跡からすると、ラインベックは瀕死《ひんし》の状態でカード・テーブルまで這いずっていったようでした。ひと組のトランプから、わざわざスペードの10を選び出したらしい」

エリザベスがその部屋にあるグランドファーザー・クロック（床置き大型振り子時計）をちらりと見やったところで、ホームズが訊ねた。「警察は容疑者の目星をつけていないのでしょうか？」

「いませんね。ただ警察の話では、最近レディング刑務所から脱走した男がいて、その脱獄囚が盗みでもはたらこうとして屋敷に侵入した可能性はあると」

「囚人の名前は？」

「ジェイムズ・アダムズ。強盗傷害の罪で長く服役していました。十日ほど前に脱獄して、まだつかまっていないそうです」

エリザベスはさっきからちらちらと時計を見ている。

「ディナーはもうすんでしまいましたが、九時になると、お客さまがたがまた書斎へ集まりますの。着替えをされてから、ブランデーでもご一緒にいかが」

そうしようということで、ホームズと私は執事に部屋へ案内してもらった。

部屋で二人だけになると、私は旅行用かばんの荷ほどきをしながらホームズに訊ねた。「どう思う？　殺人犯はこの屋敷の中にいるんだろうか？」

「そのようだね、ワトスン。サー・パトリックの奥方がひどく気をもんでいるところを見ると、ぼくらに助けを求めるよう勧めたのは彼女だろう。そのサー・パトリックのことでは、ちょっと驚いたね、左の靴底が右よりも厚いんだ。片方の脚がもう一方より長いとしたら、狩猟旅行《サファリ》で長距離を歩くのは、無理とは言わないまでも、さぞかしつらいことだろう」

「おおかた、輿《こし》に乗って運んでもらうんじゃないかな」

「まあ、そのうちわかるだろうさ。ほかの招待客に会うのが楽しみだ。なにしろ、屋敷の中で殺人があったのに居残ろうって連中なんだからね」

九時きっかりに階下へおりていくと、すでに全員が書斎に集まっていた。男たちはブランデー・グラスを手にしていたが、女性客はもう少し軽めの飲みものを楽しんでいる。私の目は女優のマデリン・オークスへたちまち吸い寄せられた。最近ロンドンで舞台上演されたイプセンの『人形の家』で、彼女を見ていたのだ。間近で見るとまたさらにすばらしく、息をのむほどの美人だった。

シャーロック・ホームズの名前にすぐ反応したのは、マネージャーのマクスウェル・パークだった。眼鏡に羊肉形ほおひげ（こめかみで細く下あごで広い丸みを帯びたほおひげ）のすらりとした男で、ホームズに紹介されると勢いよく握手した。

「大衆紙はいつもあなたのお手柄話で満載ですね、ホームズさん。お目にかかれて実にうれしいです」

私のほうはプラウティ医師に興味をもった。小柄でもの静かなこの田舎医者は、いささかたよりなさそうな手つきでブランデーをちびちびやっている。

「ワトスン先生はロンドンで開業していらっしゃるんですか？」

「ええ、こぢんまりと、ごく限られた患者相手にだけです。ホームズの仕事を手伝ったり、書きものをしたりするものですから」

奥さんのドロシーはがっしりとした運動選手のような風貌で、器量がいいとは言えないタイプだ。赤いフラシ天のソファに並んで座っている妹のほうは、アグネス・バクスターだと紹介された。姉よりは端正な顔だちで、まだ二十代なかばといったところだ。

「このあたりに住んでいらしたと聞きましたが」私はアグネスに話しかけた。

「そうなんですよ。子供のころは、ドロシーと一緒によくここへ遊びに来ました。もちろん、そのころ動物園はありませんでしたけれど。ステイシーのみなさんはいい方ばかりでしたし、このお屋敷もすてきでした。十歳のとき街へ引っ越すことになり、それはもう寂しい思いをしたものです」

「明日の朝の乗馬には、行かれますの？」と、姉のドロシー。

馬に乗るかもしれないと思うと、私はぞっとした。「さあ、どうでしょう。サー・パトリックが動物園に案内してくださるかもしれませんし」

「そうですとも！」そう言って、屋敷の主が私たちのほうへやってきた。

「よくもまあ、あれだけ集められたものですわ」とドロシー。「ここよりすばらしい動物園は、ロンドンにしかありませんよ」

その晩、私は慣れないベッドでなかなか眠りにつけずにいた。そこへ不気味な笑い声のようなハイエナの吠え声が聞こえ、ドロシーの言葉を思い出した。


目覚めると、ホームズが私の肩に手をかけていた。驚いたことに、すっかり身じたくをすませている。

「何時だい？」私は眠気まじりに訊ねた。

「七時半だよ。サー・パトリックの奥さんが客と一緒に乗馬に出かけようとしている。ぼくらも着替えて朝食に下りたほうがよさそうだ」

私はぶつぶつ言いながら窓のそばへ行ってみた。見下ろすと、丸石敷きの道で乗馬服姿のエリザベスが葦毛《あしげ》の雌馬にまたがろうとしているところだ。ハスキンが手綱をとっている。マデリン・オークスとマネージャーはすでに馬上にいるし、ドクター・プラウティ夫妻もそうだった。ミセス・プラウティの妹の姿はなかった。五人が馬で出かけようとしているなか、私は洗面と着替えを手早くすませた。

食堂へ下りると、サー・パトリックがティーカップを前に私たちを待ちかまえていた。

「やあ、おいでになったか！　田園の空気の効用で、いささか寝過ごしていらっしゃるのではと思いはじめたところでしたよ」

「いいえ、そんなことはありませんよ」とホームズ。「ワトスンもぼくも、あなたのコレクションを拝見したくてうずうずしているんですから」

私たちは朝食もそこそこに立ち上がると、主人のあとについて広い厨房《ちゅうぼう》を通り、建物の裏手に出た。

「お二人においでいただけて、うれしいですよ」と彼。「今度のことでは、私よりもエリザベスのほうが取り乱しているのですがね。もちろん私だって、ラインベックが亡くなったことには心を痛めていますが、うちの客が殺人犯かもしれないと考えるなんて、とんでもないように思える。脱獄囚のしわざだという警察の説を受け入れるに、やぶさかではありません」

裏口でハスキンが待っていた。前日と同じ黒っぽいズボンに作業用のシャツという格好だ。

「どうも夜のあいだ動物たちに落ち着きがありませんでね。誰かがうろついていたのかもしれません。姿は見かけませんでしたが」

主人は何も答えぬまま歩き続け、建物の脇と裏手のこんもりした木立のかげにずらりと並んだ檻の前へと私たちを案内した。最初の檻の中ではライオンの子が二匹、仔猫のように寝転がったりじゃれ合ったりしている。

「今回の旅で連れてきたものです。大人のライオンにもあとで会えますよ」

次に足を止めた檻には、ゆうべ私の眠りを妨げた、大きくて醜いハイエナがいた。頭がばかでかくて、赤い毛皮は茶色い卵形の斑点だらけだ。

「こいつだな、夜中に声をあげてたのは」

「落ち着きがないんですよ」ハスキンが繰り返した。

サルたちの檻、眠っているように見える小型のニシキヘビが二匹いるガラスの檻と、列をたどっていく。その隣には、私がいつもほれぼれとするシマウマが一頭。次にまたサルの檻があり、最後にもうひとつ大型の檻があって、中では大人のライオンが一頭、ゆうゆうと行き来していた。

「こいつにはもっと広い場所が必要なんですがね」とサー・パトリック。

ライオンをじっくりながめているところでふと気づくと、ドロシー・プラウティがたったひとり、屋敷に戻ってきていた。彼女は馬の背から降りると、足早に正面玄関へ向かった。

「ここの動物たちみんなに、もっと広い空間が必要ですね」とホームズ。「ですが、ぼくがたまにロンドン動物園を訪れたかぎりでは、あそこもそう変わりのない状態のようです。大きな象の〝ジャンボ〟がアメリカのサーカスに売られていったのは、ひとつには場所の問題があったからでした」

サー・パトリックはうなずいた。「出版人のラインバックも、不慮の死をとげる前に同じことを言っていました。何エーカーかの土地を確保してもっと広い動物園をつくり、動物の専門家を雇ってちゃんと入園料をとるべきだと。狩猟家としても動物コレクターとしても名の知れた私がやれば、たくさんの客が来るはずだと思っていたんです」

「このライオンは満足しているんだろうかね？」ホームズがハスキンに訊いた。

「満足はしてはいませんね。こいつは気が荒くて……」

ハスキンの言葉は、母屋のほうから突然あがった悲鳴にさえぎられた。サー・パトリックはその場に立ちすくんだが、ホームズはぱっと走りだした。私も全速力であとを追った。裏口から入ってみると、悲鳴を聞きつけた執事と料理人が使用人用の階段を駆け上がっていくところだ。二階の廊下に、ドロシー・プラウティが倒れていた。どうやら気を失っているらしい。すぐそばにある寝室のドアが開いているので、中をのぞくと、彼女が見たはずの恐ろしい光景があった。妹のアグネスが、血に染まったベッドに手足を投げ出して倒れているのだ。胸にキッチンナイフが深々と突き刺さり、手にはトランプのカードが握られている。札はスペードのジャックだった。


私はアグネスの体を調べ、即死だと判断した。一方のホームズは、ミセス・プラウティの乗馬服を緩め、意識を回復させようとしている。サー・パトリックが現場に到着したときも、ホームズはまだ彼女の両手と頬をしきりにさすっていた。

「ご心配なく、サー・パトリック。息を楽にしてあげようとしているところです。妹さんの死体を目の当たりにしたのは、ショックが大きすぎたんでしょう」

「またしても殺人か！」サー・パトリックはあえぐように言うと、戸口にしがみついた。一瞬私は、彼も失神するのではないかと思った。

「それに、またもやトランプのカードです」とホームズ。「使用人に言って、警察を呼びに行かせたほうがいいでしょう」

ドロシー・プラウティはようやく意識を取り戻すと、涙に声をつまらせながら語りはじめた。

「私……妹は、あとから出発して、追いつくから、と言っていたんです。す……すでに乗馬服も着ていましたし。ところが、なかなか来ないので、具合でも悪くなったかと思って、私、屋敷に引き返しました。そうしたら、こんなことに……。いったい誰が、こんなひどいことを？」

しばらくして到着した地元の警官も、やはり彼女と同じ疑問を口にした。午後になってスコットランド・ヤードの警官たちが来ると、屋敷全体を捜索することになった。例の脱獄囚がどこかに隠れている可能性は、まだあるからだ。だが、捜索が始まってもホームズはじっとしている。

「時間の無駄さ。あの脱獄囚が犯人だったら、トランプのカードを死体の手に握らせたりするかい？　しないね。ぼくらが関わっているのは、もっと邪悪な相手だよ」

「こんなにのどかな田舎なのに？」

「前にも言ったように、ロンドンの薄汚い裏通りより、美しい田舎町のほうがはるかに恐ろしいのさ。都会では、犯罪者がすみやかに処罰されるような仕組みが整っている。だがこういう場所では、残虐な行為が罰せられずにすんでしまうことも多いんだ」

当然ながら、ホームズが脱獄囚について言ったことは正しかった。マナー・ハウスの中にも外にも、誰かが潜んでいる気配はまったくなかったのだ。ナイフは厨房のものだと判明したが、誰にでも持ち出すことはできた。また、アグネス・バクスターが殺されたのはほかの客たちが乗馬に出発する前だったらしいということも、わかった。せっかく客を招いた夏のハウスパーティが惨劇の場に変わってしまったことで、エリザベス・ホワイトはとりわけ狼狽《ろうばい》しているようだった。プラウティ医師とその夫人は、葬儀の手配をするためにアグネスの遺体とともに屋敷をあとにした。私はほかの客も帰るものと思っていたが、エリザベスのたっての願いで、女優とそのマネージャーは残ることになった。

六人で囲む夕食のテーブルは、どうにも陰気な雰囲気だった。私たちはほかの話題をさがそうとしたが、マデリン・オークスが話をむしかえしてしまった。

「六日間で二人ってわけね」と彼女は言い出した。「ホームズさんとワトスン先生は、ラインベックが死んだときにいなかったから除外できる。でも残りの四人は、みんな容疑者の資格があるわ」

「ばかなことを！」サー・パトリックが声を荒げた。「私が自分の本を出版してくれる人やあのアグネスを、なぜ殺さなくちゃならない？　だいたい、この中でそんな動機をもつ人間がいるというのか？」

「あのトランプのカードには、どんな意味があるのでしょうかね？」マクスウェル・パークが言った。「スペードの10とジャックなんて！」

実際、この連続殺人はかなり不可解で、ホームズも手こずっているように見えた。

「殺人はこれで終わりじゃないと思う」二階の部屋に戻りながら、ホームズがつぶやいた。「何かパターンがあるはずだが、まだ見えてこないんだ」

「じゃあ、ここにいる誰もが安全じゃないってことかい？」

「いつものリヴォルヴァーは持って来ているね」

「かばんの中にある」

「よし。今夜のうちにそいつが必要になるかもしれないからな」

私は銃を取り出し、弾が込められているのを確認してから、二つのベッドのあいだにあるテーブルに置いた。二人とも服を着たまま横になっていたが、私のほうはたちまち深い眠りに落ちてしまった。おそらくホームズも眠りについたのだと思う。だが、夜明け前に人の悲鳴とライオンの低いうなり声で目をさますこととなった。

「急げワトスン、銃を！　動物のことはうっかりしていた！」

階下へ駆け下りると、悲鳴に起こされた何人かが廊下に出てきていた。ホームズは真っ先に裏口から飛び出し、前の日に見物した動物たちの檻に向かった。

例のライオンの檻まで来たところで、獰猛《どうもう》なうなり声がまた聞こえてきた。ホームズが私の手からリヴォルヴァーを引ったくると、銃口を鉄棒のあいだに突っ込んだ。ライオンが身の毛もよだつ作業を中断して振り向いたとき、夜明けのうす明かりの中にハスキンの血だらけの体が見えた。ホームズがライオンの頭にねらいをさだめて続けざまに三発撃つと、相手はどさりと倒れた。

ホームズは檻の扉を開けようとしたが、外側に南京錠がかかっている。そのときになってようやくサー・パトリックとエリザベスが到着し、後方には女優とマネージャー、それに使用人たちの姿が見えた。

「これの鍵はどこに？」ホームズがせかす。

「厨房に予備の鍵があります」サー・パトリックはそう言うと、執事に命じて取りに行かせた。ホームズと私以外はみな寝巻き姿だし、サー・パトリックはあの特別製の靴をはいていないせいで、ひどく足を引きずっていた。

ほどなくして鍵が届くと、ホームズがまずリヴォルヴァーを手にして檻の中に入った。すぐうしろに続いた私は、ハスキンの体を仰向けに返してみたが、その顔は引き裂かれて血まみれになっており、誰だか見分けがつかぬほどだった。その死体の下からトランプのカードを見つけたのは、ホームズだった。スペードのクイーンだ。

数時間のうちに、地元警察とスコットランド・ヤードの警官たちが到着した。本来なら穏やかなはずの日曜の朝は、第三の殺人によってかき乱され、さすがのサー・パトリックも警察の事情聴取に体を震わせながら答えていた。かたわらに座るエリザベスは、彼の手を握りしめている。

担当の警官は手帳を開いていた。

「亡くなったのは、ここの使用人だとうかがっていますが。名前と、ここでの立場を教えていただけますか?」

サー・パトリックは青白い顔で唇をなめた。「氏名はハスキン・ツェーンといいます。ドイツ生まれのロマで、野生の動物を扱うことが非常にうまい男でした。ですからアフリカ旅行に行くときは必ず連れて行きましたし、私の足が悪いこともあって、実際に動物をつかまえるのは彼の役割でした。よく働く男でして、確か三十五歳だったと思いますが、独身のまま、この屋敷に住み込んでいました」

「事故だという可能性はありますか？　通常の作業服を着ていたようですが」

ホームズが口をはさんだ。「檻には外側から南京錠がかかっていました。犯人はハスキンをなぐって気絶させ、ライオンの檻に放り込んでから鍵をかけたのでしょう」

「ハスキンが暗いうちに檻の中へ入ることなど、ありませんでした」とサー・パトリック。「誰かに殺されたんです」

ホームズがうなずいた。「まだ生きている可能性があるかもしれないと、体を仰向けにしたとき、下からまたトランプのカードが出てきました」

ウィーガンドというその警官も、うなずいた。「スペードの10、ジャック、それにクイーン。ホームズさん、これはいったいどういう意味ですかね？」

「われわれが止めないかぎり、さらに殺人が起きるということでしょう」

エリザベスは面食らっているようだった。「でも、合わないんじゃありません？　なぜ女性のときにスペードのジャックで、男性のときにクイーンなんでしょう。次はキングということ？」

「百獣の王《キング》、ライオン」サー・パトリックが考え込むようにつぶやいた。「だが、私のライオンは死んでしまった」

みんなが少し落ちつきを取り戻したころ、料理人が軽い朝食を用意してくれた。食べ終えてホームズに目をやると、なぜかロンドン行きの列車の時刻を調べている。まもなく遺体運搬用の箱型馬車が到着したが、それを見るなりおもてへ飛び出していったので、私もあとを追ってみた。

「どうしたんだい、ホームズ？」

彼はハスキンの遺体にかがみ込んで、ベルトと靴を調べている。

「なるほどね」とつぶやくと、御者に向かって言った。「よし、もう運び出していいぞ」

体を起こした彼は、私に向かって微笑んだ。「どうやらロンドンへ帰らなくてはならないようだ。いちばん早い列車をつかまえよう」

「捜査はあきらめるのかい？」

「真実を突き止めるための新たな方向を試すだけさ」

中へ戻った彼は、捜査の続きはロンドンで行なう必要があるとサー・パトリックに告げた。

それから、さっき私たちと話をした警官に言った。「ウィーガンド巡査部長、次の列車までにあと四十五分しかありません。帰られるのなら、ぼくらを駅まで乗せていってもらえませんか？」

サー・パトリックが不服そうな顔をした。「うちの執事がお送りしますのに」

「いや、巡査部長が同じ方向に行かれますから」

ウィーガンドはぶつぶつ言っていたが、ホームズが耳元で何ごとかささやくと、同意したらしい。私たちはすばやく荷物をまとめ、いとまを告げた。マデリン・オークスが寂しそうな顔をしているので、次のロンドン公演では初日に必ず行きますからと約束した。

レディング駅への道すがら、私はふと思いついた考えをホームズに言ってみた。「ドクター・プラウティと奥さんはきのう帰っていったね。あのどちらかが戻ってきてハスキンを殺したという可能性はないのかな」

「どんなことだって可能さ、ワトスン。まあ、この先で何が起こるのかを楽しみにしていようじゃないか」

レディング駅に着いたのは、発車まであと数分というころだった。帰りの切符は買ってあったので、私たちはホームへと急いだ。驚いたことにウィーガンド巡査部長もついてくるので、ホームズが彼に何と言ったのかが気になった。

三人で列車に乗り込むと、一等車を素通りして二等車へと進んだ。ホームズは脇目もふらずに大股で通路を歩いていたが、二両目の車両に移ろうという寸前に立ち止まると、腕を伸ばして、通路側の空席をへだてた窓ぎわの席にいる客にいきなりつかみかかった。薄汚い服に無精ひげの男だ。

「さあ、巡査部長！」ホームズは声を上げた。「この男を逮捕しなさい！　あなたの捜している連続殺人犯ですよ」

ウィーガンドは仰天した。「まさか！　こいつが脱獄囚ですか？」

「いいえ、彼こそ本物のミスター・ハスキン・ツェーン、墓から蘇《よみがえ》った危険な男ですよ」

屋敷の人たちも真相を知る権利があるというホームズの言葉により、私たちはステイシー・マナーに戻ると、サー・パトリックとその妻エリザベスに書斎で会った。マデリンとマネージャーは、私たちが出たすぐあとに帰ってしまったという。おそらく、さらなる殺人を恐れてのことだろうが、ホームズが事件の終結を告げ、夫妻を安心させた。

「ハスキンがあんなことをしたなんて、信じられませんわ」エリザベスが言った。「いったいどんな動機があってのことなのでしょう」

「もともと彼は、オスカー・ラインベックだけを殺すつもりだったんです」とホームズ。「サー・パトリック、あなたのお話によると、ラインベックは動物園を拡張して専門家を雇い、一般に公開すべきだと主張していたとのことでしたね。ハスキンは、そんなことをされたら大切な動物たちが自分の手から離れてしまうと思い、かっとしてラインベックを火掻き棒で殴りつけてしまったんです」

「すると、トランプのカードや、ほかの殺人のことはどうなるんです?」サー・パトリックが訊いた。

ようやくくつろいだ気分になったのか、ホームズは話しながらパイプを取り出した。「現場にトランプのカードを残したのは、われわれを混乱させるためだけでした。実際、うまくいきましたがね。ぼくはある重大な手掛かりを、ずっと見落としたままでいました——手掛かりのための手掛かりと言ってもいいかもしれません。ラインベックの場合、血の跡がカードテーブルまでついていたことから、犯人の手掛かりを残すため絶命寸前にスペードの10を選んだのだということがわかりました。ですが、あとの二つの殺人について考えてみると、状況がまったく違うことに気づかされます。アグネス・バクスターは寝室で胸を刺されて即死しましたし、三人目はライオンの檻に閉じ込められていました。当然ながら、この二件とも、死にぎわにトランプのカードを選ぶことなどできないのです」

「もちろんそうだ！」サー・パトリックが声を上げた。「カードは犯人が残したに違いない」

「そのとおり。ですが、最初のカード、すなわちスペードの10は被害者が選んだものでした。血の跡がそれを示しています。では結論は？　犯人は最初の——本物の——手掛かりを真似して、われわれを混乱させるため、第二、第三の現場にカードを残したのです。われわれは最初の手掛かりであるスペードの10について深く考えることなく、先のことばかり考えてしまい、次には何がくるだろうと、ありもしないパターンを探してしまったのです」

「では、スペードの10が意味するところは、いったい何ですの」とエリザベス。

「ラインベックが最初に見つけた10のカードが、たまたまスペードだったというだけのことです。重要なのは、10《テン》という数字にありました。ドイツ系の人間であるラインベックは、犯人がテン、つまりドイツ語でツェーンだということを言いたかったのです。ハスキン・ツェーンだと」

「そうだったのか！」サー・パトリックは平手でひざをぴしゃりと叩いた。「パブリックスクールでドイツ語を習ったというのに、すっかり忘れてしまっている」

「しかし、アグネス・バクスターは忘れていませんでした。彼女はハスキンを責め、あるいは脅迫したため、殺されるはめになったのです。そのころまでに、ハスキンはかなり追い詰められていました。さらに言うならば、ぼくがここへ来たことも彼の不安を大きくしたことでしょう。ところがゆうべになって、解決策がいきなり転がり込んできました。警察の追う脱獄囚が、あなたの動物園に——おそらく動物のえさをねらって、現われたのです。男を見つけたハスキンは、相手の体形と髪の色が自分とそっくりだということに気づきました。逃げ道が開けたわけです。ハスキンは脱獄囚を殴って気絶させ、しばらく隠しておきました。その後、相手を殺し、先のとがった園芸器具で顔を引き裂いて見分けがつかないようにしたあげく、自分の服を着せて、トランプのカードと一緒にライオンの檻に入れたんです。あのライオンにはおそらく罪がないわけで、ぼくは早まったことをしてしまいました」

「ハスキンがロンドン行きの列車に乗ることは、どうしてわかったのですか?」

「顔を見られてはまずいですから、このあたりにとどまるわけにはいきません。一方、時刻表によれば、日曜日のロンドン行きはあの列車が最後でした。レディング駅まで歩かねばならないはずなので、あれより前の列車に乗ったとは思えませんでした」

「死体がハスキン・ツェーンのものでないという確信はあったのですか?」

ホームズはうなずいた。「事情聴取で初めて彼の名字を聞いたとき、ほぼ確信を得たのですが、死体のベルトと靴を調べてその裏付けがとれました。ベルトはいつも使っているらしい穴よりもひとつ分きつく締められており、靴もゆるい状態でした。充分な証拠です」

その次の週、ディオゲネス・クラブに行った私は、初めてホームズの兄マイクロフトに紹介された。開口一番、マイクロフトはシャーロックにマナー・ハウス事件のことを訊いてきた。

「もちろん、アダムズだったろう?」

「うん、アダムズだった」とシャーロックが答えた。

「はじめからそうに違いないと思っていたよ」

そのあとでホームズと二人きりになってから、なぜマイクロフトに脱獄囚が犯人だったなどと嘘をついたのか、訊ねてみた。

ホームズはわずかに笑みをたたえながら言った。「兄への競争心とでもいったところかな。マイクロフトは遠からず真相を知って、自分の推理が初めて間違っていたということに気づくのさ」

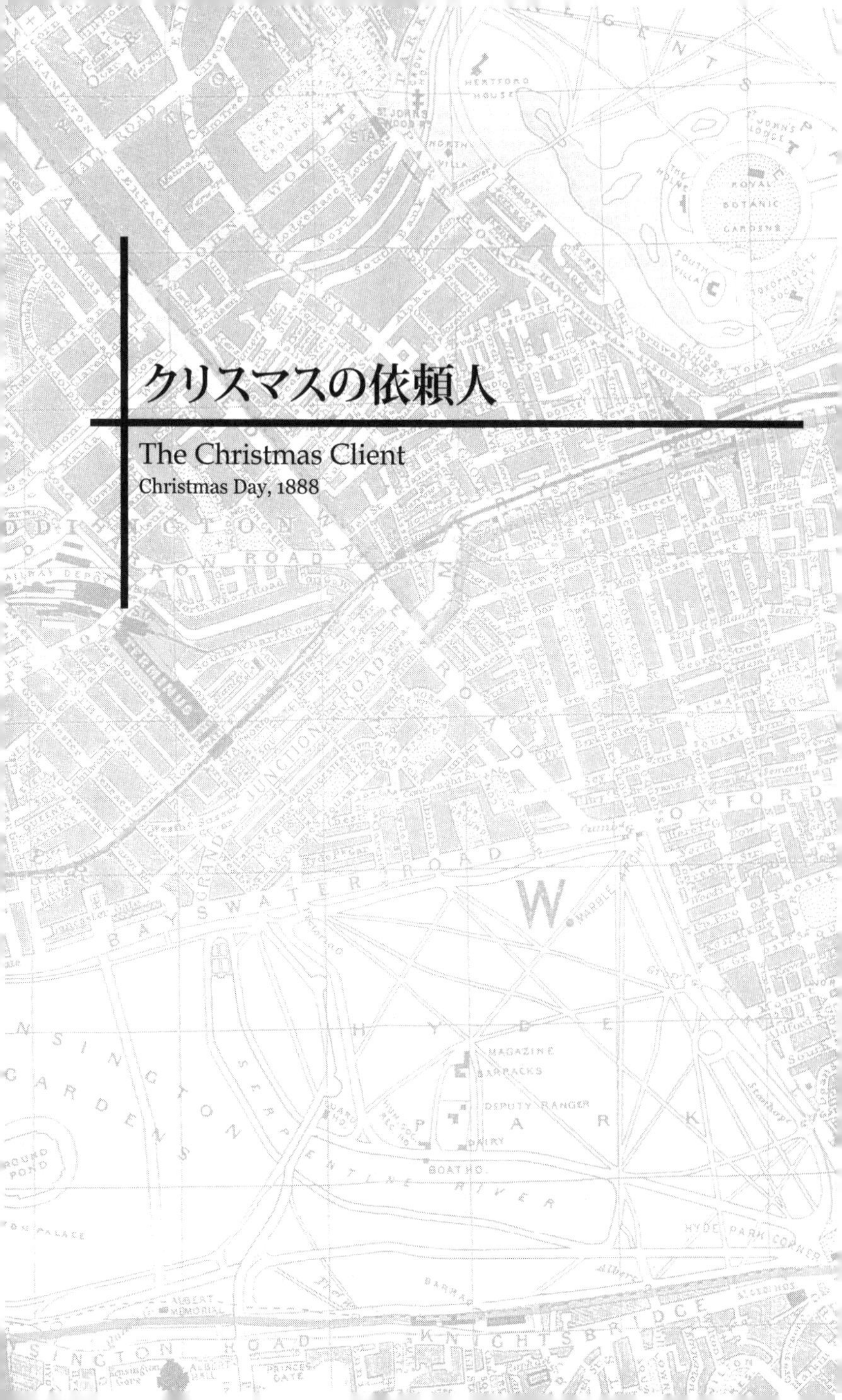


# クリスマスの依頼人

## The Christmas Client

Christmas Day, 1888

一八八八年のクリスマスといえば、まだ私がシャーロック・ホームズとベイカー街の下宿に住んでいたときだが、私たちののんびりとした休暇は、風変わりな依頼人のために邪魔されることとなった。

その日私たちは、ハドスン夫人から鵞鳥《がちょう》料理の夕食に招かれていた。だから、夫人が階段を昇ってきて声をかけたとき、私はてっきり夕食の準備を知らせにきたものと思った。ところがそれは、意外な知らせだった。

「ホームズさんにお会いしたいって、男性がいらしてるんですけれど」

「クリスマスの当日だっていうのに?」なんたる非常識だ。私は思わず声を上げ、読みふけっていた『クリスマス年鑑』を置いた。だが暖炉のそばに座っていたホームズの顔には、不快感よりも好奇心が感じられた。

「ワトスン、クリスマスの当日にぼくらの助けが必要だということは、緊急を要する問題に違いないよ。さもなければ、ほかに助言を求める相手がいない、寂しい人物だということだ。ハドスンさん、通してあげてください」

入ってきた男は、なかなかハンサムな若作りの顔立ちだったが、長い白髪や首のしわからすると、どう見ても五十代半ばだった。背は六フィート近くあるがやせ形で、顔からはかなりきれい好きという印象を受ける。ホームズはていねいな握手をした。

「メリー・クリスマス。ぼくがシャーロック・ホームズです。こちらは友人のドクター・ワトスン」

男はホームズの手を握りながら、柔らかい声を出した。

「わ、私はチャールズ・ラトウィッジ・ドジスンです。お会いできてうれしいです。このおめでたい時期に時間をとってくださって、ありがとうございます」

彼はわずかに吃音《きつおん》があるらしく、上唇が震えていた。ホームズは「おかけください」と言って、私たち二人のあいだにあるアームチェアをすすめた。

「では、クリスマスにわざわざいらした理由をお聞かせ願えますか。オックスフォード大学クライスト・チャーチのクリスマス礼拝に出ないでここへいらしたというからには、よほど緊急の問題とお見受けします」

やせっぽちの依頼人は、ぎょっとしてホームズを見つめた。「私のことを知ってらっしゃるんですか？　私の悪名はここまでおよんでいるのでしょうか」

ホームズは微笑んだ。「いいえ、あなたのことは何も知りませんよ、ドジスンさん。あなたがオックスフォード大学クライスト・チャーチ・カレッジの、聖職者というよりむしろ数学者であること、作家であること、未婚であること、そして今日ロンドンに着いてから不愉快な出来事にあわれたということ以外はね」

「まるで魔法使いだ」と言ったドジスンは、落ち着かぬ顔つきになった。私はホームズが客を驚かすところを何度も目にしているが、いつ見ても楽しいものだ。

ホームズはといえば、何気ない仕草でパイプと煙草の葉に手を伸ばしていた。「緻密な観察をしただけですよ。ベストのポケットからのぞいている小冊子に書かれている著者名はクライスト・チャーチのチャールズ・ドジスン師《レヴァレンド》だし、一緒に見えるのはオックスフォードへの帰りの切符です。きのうかそれ以前にロンドンへ出てきたのなら、そんなふうに無造作にポケットに入れたままのはずはないでしょう。また小冊子の表に、高度な数式が鉛筆でメモしてあるのが見てとれます。オックスフォードからの車中で書いたものでしょうが、数学を専門にしている人でないかぎり、そんな時間のつぶしかたはしないものです。そして、帰りの切符が一枚しかないということは、ひとりで来たことになる。結婚している男性なら、クリスマスに奥さんを置いて出てくることもないでしょう」

「不愉快な出来事というのは？」私はホームズをうながした。

「きみにもわかるはずだ、ワトスン。彼のズボンの膝がこすれて泥がついているだろう？　列車に乗る前だったら、車中で気づいてこすり落としているはずだ。ということは、ロンドンに着いてから転ぶか、誰かに転ばされたということさ」

「何もかもそのとおりです、ホームズさん」ドジスンが口を開いた。「わ、私は七年前にオックスフォードの数学科を退職しましたが、その後も母校のクライスト・チャーチ・カレッジに住んでいます」

「で、今日ロンドンに出ていらしたのはなぜですか？」

ドジスンは深いため息をついた。「このことはいっさい秘密にしていただかなければなりません。これからお話しすることは、私にとってきわめて厄介な問題なのですが、私が倫理的に潔白なことは誓って申しあげます」

「続けてください」ホームズはパイプに火をつけながら言った。

「私は恐喝されているのです」そう言うとドジスンは言葉を切り、私たちがびっくりするのを期待していたかのように、一瞬沈黙した。だが反応がないとわかると、話を続けた。

「何年か前、写真機がまだ出始めのころ、私はそれを趣味として始めました。とくに、大人と子供のポートレートを撮るのが好みでした。お、女の子たちにいろいろな服を着せてポーズをとってもらうのが気に入っていたんです。両親の承諾を得て、裸体画像も撮りました」彼の声はしだいに小さくなっていき、つぶやき声のようになった。凍りついたような微笑みが、わずかにゆがんでいる。

「なんですと、ドジスンさん！」私は自分を抑えきれず、思わずどなってしまった。

だが、ドジスンはホームズのほうを向いていて、私の声など聞いていないかのようだった。耳が悪いのではないかと思ったほどだ。ホームズはパイプをすぱすぱやりながら、じれったい問題に出会ったとでもいうように、口を開いた。

「それは聖職についてからあとのことですか？」

「私はときどき名前の前に『師《レヴァレンド》』をつけることがありますが、じつは助祭《ディーコン》にすぎないのです。せ、聖職につかなかったのは、言語的な障害のせいで説教をすることが難しいからでした。と、ときにはいまよりもひどいほどなのです。耳も片方がよく聞こえません」

「その写真のことを教えてください。女の子たちの歳はいくつくらいですか？」

「たいていは思春期以前の子たちです。私はまったくの純真な気持ちから写真を撮ったのです。そ、そこはご理解ください。大人も被写体にしました。エレン・テリーやテニスンやロゼッティなど」

「服を着た状態で、でしょうね」ホームズはかすかに笑みを浮かべながら言った。

「私のしたことを知人たちのほとんどが不快に思っていたことは、知っています。そのせいで私は、八年ほど前に写真撮影をやめました」

「では、なぜ恐喝されているのですか？」

「話は一八七九年にさかのぼるのですが、その年に私は、『ユークリッドと現代の好敵手たち』という数学論文を出版しました。一般の話題にはまるでなりませんでしたが、数学の世界である程度の評判を呼んだことに、私は満足しました。そのとき私に接触してきた中に、ある小さな大学の数学教授がいました。その後、わ、私が写真をやめたあとに、彼は自分で写真を始めました。今年の夏、私はブライトンの浜辺に行ったのですが、そこでかわいい女の子と出会いました。しばらくおしゃべりをしたあと、私は彼女に、波打ち際を歩いてみないかと言ってみました。ちょうど安全ピンを持っていましたので、ス、スカートが濡れないようにそれで留めてやりました」

私は自分の気持ちを抑えきれなくなった。「それは倒錯症というものですぞ！　いたいけな子供を――」

「誓っておかしなまねはしていません！」彼は声を上げた。「ところがその教授は、私が女の子のスカートを留めてやっているところを写真に撮りました。その写真を使って、私をゆすっているのです」

「今日ロンドンに出てきたのはなぜですか？」とホームズが訊いた。「それに、なんだってぼくの助力を得ようとしてここへ来たのですか？」

「教授が恐喝を始めたのは数カ月前でした。浜辺で撮った写真と引き替えに、大金を要求してきたのです」

「たとえオックスフォードとはいえ、引退した数学の教師が大金を持っているなどと考えたのでしょうか？」

「わ、私は書くほうでちょっと成功しまして。金持ちになったわけではありませんが、楽に暮らせるほどではあります」

「ユークリッドの論文でそんなに成功を？」

「いえ、ほかの書物のことでして……」ドジスンはそれ以上話したがらないようだった。

「今日はどんなことがあったんですか？」

「教授は、百ポンドの金を持ってパディントン駅に来るようにと要求してきました。私は言われたとおりオックスフォードを正午に出る列車で来ましたが、彼は駅にいませんでした。いたのは物乞いの男で、私におかしなメモ書きのようなものを渡したあと、道に突き倒したんです」

「警察には行きましたか？」

「まさか。私のし、信用が――」

「それでここへ来たと？」

「どうしたらいいかわからなかったもので。あなたの評判は耳にしていましたから、助けていただけるのではないかと思ったのです。もうあの男の思うつぼです。私はあの男に金をしぼり取られ、名声も破壊されてしまうんです」

「その恐喝者の名前を教えていただけますか」ホームズは鉛筆を手に持っていた。

「名前はモリアーティです——ジェイムズ・モリアーティ教授」

ホームズは鉛筆を置くと、にやりとした。「きっとお役に立てると思いますよ、ドジスン師」


ちょうどそのとき、ハドスン夫人が部屋にやってきて、あと三十分で鵞鳥料理ができると告げた。よかったら、早めに降りてきてシェリーでも一緒にいかがですか、と。ホームズがドジスンを紹介すると、夫人は不思議な反応を示した。彼女は眼鏡越しにまじまじと相手を見つめ、確かめるように名前を繰り返したのだ。

「チャールズ・ドジスン師ですって？」

「そのとおり」

「夕食をご一緒してくださると、うれしいですわ。四人分はたっぷりありますし」

ホームズと私は、思わず顔を見合わせた。ハドスン夫人が依頼客に話しかけることなどこれまでなかったし、まして、夕食に招待することなど考えもおよばなかったからだ。きっと、クリスマスゆえの親切なのだろう、と私は思った。

夫人がドジスンを階下に案内していくあいだ、私はホームズにささやいた。

「モリアーティだって？　きみは今年の初めに、『恐怖の谷』の事件であの男のことを言っていたね」

「そのとおり。もしあいつがドジスンの恐喝者だとしたら、また彼と対決する機会が来たということだ」

夕食のあいだ、私たちは依頼客のした話についてはいっさい口にしなかった。ハドスン夫人は、ときおりベイカー街に訪ねてくる小さな姪っ子たちの話をドジスンにしていた。

「よく、本を読んであげるんですの」と言って、彼女は子供向けの本の置かれた小さな本棚を手で示した。「子供はみな、素敵な本に接して育つべきですわ」

「まったく同感です」とドジスン。

私たちが食後のミンスパイにとりかかり、ハドスン夫人がテーブルを片づけ始めると、ホームズは本来の話題に戻った。

「あなたとモリアーティ教授が元は友人だったとすると、なぜそんな敵意が生まれたんでしょうね？」

「あの本のせいだと思います。モリアーティの有名な純粋数学書、『小惑星の力学』です。それに対して私が、ちょっとユーモアをまじえた『政党粒子《パーティクル》の力学』という論文を書いたところ、彼はそれを自分への攻撃と解釈したのです。私はそれがオックスフォードの問題、つまりグラッドストーンとゲイソーン゠ハーディとの争いを皮肉っているのだと説明したのですが、彼は認めませんでした。それ以来、彼は私を破滅させる方法を探していたんです」

ホームズはミンスパイを食べ終えた。「おいしかったですよ、ハドスンさん！　あなたの料理はいつもすばらしい！」

「ありがとう、ホームズさん」夫人がキッチンへ引っ込むと、ホームズはパイプを取り出したが、火はつけなかった。

「さきほどおっしゃっていた、おかしなメモ書きについて、話していただけますか？」

「話より実物のほうがいいでしょう」ドジスンはポケットに手をつっこんで、折り畳んだ紙切れを出した。

「これがその、物乞いに渡されたものです。相手をつかまえようとしたところで、突き倒されてしまいました」

ホームズはその紙を二度読み返すと、私に渡してよこした。こんな文面だ。

ベンジャミン・コーントの日
そびえ立つ彼の顔の下
おまえは代償を払わなければならない
その不名誉を取り消すために
いかれた帽子屋《マッド・ハッター》の時計

一の時にそこへ来い
老貴婦人《オールド・レディ》は襲われ
ブロックの下を去る

「なんだいこりゃ。まるで意味がないよ、ホームズ。子供じみた詩で、しかも出来が悪い」

「私にもわかりませんな」とドジスン。「ベンジャミン・コ、コーントというのは誰でしょうね?」

「職業拳闘家ですよ」とホームズ。「父が彼のことを話していたのを、覚えています」彼は文面を見ながら考え込んだ。「ぼくの知るモリアーティなら、この詩にすべてのことを詠み込んで、さあ解いてみろと挑んでいるはずだ」

「そびえ立つコーントの顔というのは、なんだろう?」と私が訊いた。

「彼の像か、高いところにある肖像画かもしれない。コーントの日というのは彼の生まれた日か、特別な試合に勝った日か、あるいは死んだ日だろう。階上《うえ》のファイルにも彼の資料はないし、図書館はあと二日閉まっている」

「それから、このいかれた帽子屋ってのは?」と私。

そのとき、キッチンから戻ってきていたハドスン夫人が、私の質問を聞きつけた。

「私の姪は三月ウサギのほうが好きなんですよ、ドジスンさん。まあ、小さな女の子というのは、柔らかくて毛のふさふさした動物が好きなものですけれど」

夫人はそう言いながら本棚の前へ進むと、うすい本を一冊取り出した。「ほら。あなたのご本もここにありますわ。もう一冊のも」

彼女が手にしているのは、『不思議の国のアリス』だった。

ホームズは片手を額に当て、手痛い失敗を喫したかのような表情を浮かべた。

「今日はどうも頭が働いていないようだな。そう、もちろんあなたは、『不思議の国アリス』と『鏡の国のアリス』を、ルイス・キャロルというペンネームで書かれた方に違いない！」

ドジスンはかすかに笑みを浮かべた。「私は肯定も否定もしていないのですが、公然の秘密ということになっているようですね」

「そうなると、事件に新たな光が投げかけられたわけだ」ホームズはパイプを置いてハドソン夫人に向き直った。「記憶を新たにしてくださって、ありがとう」

そう言ってから、彼はまた文面に集中した。

私はちょっととまどったが、依頼人にまた顔を向けた。「モリアーティがいかれた帽子屋という言葉を使ったことから考えると、彼はあなたの作品を知っているわけですね？」

「もちろん知っています。でも、このメッセージになんの意味があるんでしょう？」

「今夜はロンドンにお泊まりになるほかありませんね」ホームズが口を開いた。「明日になれば、すべてははっきりするでしょう」

「なぜですか？」

「この詩はベンジャミン・コーントのことを書いている。彼は職業拳闘家――すなわちボクサーです。明日はもちろん、ボクシング・デイ（原則的にクリスマスの翌日）ですからね」

ドジスンは、びっくりしたような顔で頭を振った。「これはまた、いかれた帽子屋にふさわしいという感じですね」

ハドスン夫人が、ドジスンのために空き部屋を提供してくれた。朝になると私は彼の部屋をノックし、朝食を一緒にとらないかと誘った。ホームズは例によって、本やファイル、それにロンドンの地図とガイドブックを広げて調べつづけ、ほとんど眠らなかったらしい。ドジスンは開口いちばん、何か見つかったことはあるかと訊いたが、ホームズの声はさえなかった。

「何もなしですよ。ロンドン中を探してもベンジャミン・コーントというボクサーの像は見つからないし、とくに肖像画があるという話も出てきません。あの詩が言う『そびえ立つ顔』というのはないんですよ」

「では、どうしたらいいのでしょう?」

「どうも話の全体が奇妙ですね。あなたは恐喝者に渡す金を持っていた。なのに、なぜその物乞いは金を取らず、メッセージなど渡したのでしょう」

「モリアーティのやり口なのでしょう」とドジスン。「あいつは私に恥をかかせたいのです」

「あの教授に関するぼくの乏しい知識からすれば、彼は人に恥をかかせるよりも金銭的な得を優先する男です」ホームズはそう言いながら、別のガイドブックを手にとってページをめくりはじめた。

「モリアーティに会ったことがあるんですか?」とドジスン。

「まだです。でもいつかは――おや、こいつは?」ホームズの目が、ガイドブックに釘付けになった。

「コートの肖像画でも?」

「もっとましなものです。このガイドブックによると、あの有名な時計塔の呼び名ビッグ・ベンは、ホワイトチャペル鋳造所で鐘が作られた一八五八年当時に有名だった、ベンジャミン・コーントの名前からとられたらしい。ほかの本では、鋳造監督だったサー・ベンジャミン・ホールの名からついたとしていますがね。問題は、どっちが真実かということではありません。重要なのはビッグ・ベンが、あの時計がたしかに議事堂やテムズ川を見下ろしてそびえ立つ顔だということです」

「じゃあ、ドジスンさんは今日の――ボクシング・デイの一時に、ビッグ・ベンの下でモリアーティに会わなければならないということか」私にもやっと飲み込めてきた。

だが、ドジスンはいまひとつ納得しないらしい。「いかれた帽子屋の時計というのは彼がポケットに入れている時計のことですが、あれは今日が何日かはわかっても、今が何時かはわからないものなんです」

ホームズは微笑んだ。「『不思議の国のアリス』についてよくご存じのようで」

「でも、それじゃあ意味がないじゃないですか」と言うと、私はお茶のおかわりを飲んだ。「あの詩にあった一の時というのは、日付でなく時刻を表わしているはずです。最初の行でベンジャミン・コーントの日と言っているのに、新年の一日まで待つわけはない。ボクシング・デイのはずなんですから！」

「同感だ」とホームズ。「三人でビッグ・ベンへ行って、一時に何が起きるのか見てみようじゃないか」


その日は気持ちのよい天気で、冬の雲のあいだから陽の光さえときおり射していた。前の週に降った雪はほとんど溶けており、気温も華氏四〇度（摂氏八度位）台に上がっている。私たちはウェストミンスター寺院まで馬車に乗り、目的地の少し手前で降りると、休日の散歩を楽しむ人たちに加わった。

「誰も待っているような気配はないな」ウェストミンスター橋に向かいながら私が言った。

通行人を見るホームズの目は、タカのように鋭かった。「一時まであと五分あるからね、ワトスン。だがドジスンさん、あなたはぼくたちの少し先を歩いてください。橋に着くまで誰も出てこないようでしたら、しばらく立ち止まってから、同じ道を戻ってくるんです」

「きみはモリアーティの顔を知っているのかい？」ドジスンが言われたとおり先へ行ってから、私は訊いてみた。

「あいつが自分で姿を現わすことはないはずだ。おそらく手下が来るのだろうが、そのほうが始末が悪い」

「ぼくらは何を探せばいいんだろう？」

彼は例の詩を覚えていたらしい。「老貴婦人だよ、ワトスン」

だが、ひとりで歩いている老婦人などいないし、誰かを待っているような人物も、ドジスンに近寄ってくる者もいなかった。橋にたどりついた彼は、歩道にそって戻りはじめながら、歩道にチョークで落書きをしている少年をよけた。

ホームズが何かに気づいたらしい。少年が何やら描き終わって走り去ると、彼は立ち止まってその絵を見た。

「こいつをどう思う、ワトスン？」

見ると、雑な円の中に時計の文字盤のような数字が書き込まれていた。円の内側に、一から三一までの数字がある。時計の針らしきものは二六を指していた。つまり、今日の日付だ。

「子供の落書きにしか思えんがね」

ドジスンは戻ってきて私たちに加わったが、チョークの絵を見ると驚いたように言った。「これはいかれた帽子屋の時計ですよ。時刻のかわりに日付が書かれているんです。誰がこれを？」

「小さな男の子ですよ」とホームズ。「モリアーティに駄賃をもらって指示されたんでしょう。彼はすぐ近くにいるはずです」

「でも、これはどういう意味なのでしょうか」

「『いかれた帽子屋の時計／一の時にそこへ来い』」ホームズは例の詩を暗唱した。「この時計には時刻がなく、日付しかない。文字通り、『いかれた帽子屋の時計へ』ということだとすると、この時計の絵の上に立つということですね」

通行人が不思議そうな目で見ていくなか、ドジスンは言われたとおりにした。「こうですか？」

そのとき、ビッグ・ベンの塔の東側の壁ぎわに、何やら箱が置かれているのが私の目に入った。私の医療鞄と同じくらいの大きさで、ていねいに包まれている。

「これはなんだろう？」私はかがんでそれを拾い上げた。「あなたの写真じゃないですかね」

「ワトスン！」

　包み紙を開けはじめたとき、ホームズの叫び声がした。彼は私のそばに飛んできたかと思うと、箱をひったくった。

「どうしたんだい、ホームズ？」

「一時だ！」彼が叫ぶと同時に、頭上の大鐘が時を告げ始めた。ホームズは二、三歩走ってから、川に向かって箱を思い切り投げた。投げる力は相当あったはずだが、水面まで届かないうちに箱は爆発し、まぶしい閃光《せんこう》とともに、大砲を撃ったような炸裂音がこだました。

　爆発の被害は、ウェストミンスター橋をぶらついていた人が二人軽傷を負ったほか、私たち全員が衝撃を受けた程度ですんだ。たちまち警察官がいたるところに現われ、十五分もすると、スコットランド・ヤードのおなじみ、レストレード警部が駆けつけてきた。

「やあ、ホームズさん。あなたが関係しているとはね。平和な休日を期待していたのに」

「クリスマスの贈り物に、物騒なものが仕掛けられていたのさ」ホームズはすでに冷静さを取り戻していた。「放り投げる前に、時計とダイナマイトがちらりと見えた。一時にセットされていたよ。このドジスンさんをビッグ・ベンにおびき寄せた時刻にね」

やせてイタチのような顔をしたレストレードは、一歩前に出ると、私のコートについていた破片を払いのけた。「ワトスン先生も、お怪我はなかったようですね」

「私は大丈夫」私はぶっきらぼうに言った。「狙われたのは、こちらのドジスンさんのはずだ」

野次馬が集まってきたため、レストレードは私たちを別の場所に連れていきたがっているようだった。「さあ、こちらへ。警察馬車があります。ヤードの私の部屋へ行って、お話を聞かせてもらえませんか」

私は、爆発のショックから抜けきらないドジスンが心配だった。「なぜ、なぜあの男は私を殺そうとしたんでしょう？　百ポンド払おうとしていたのに」

「モリアーティ教授は、もっと大きな獲物を狙っているんですよ」とホームズが言った。

「でも、いったい何を？」

そのときレストレードが御者に声をかけ、馬車が動きはじめた。ホームズは、爆発で集まった無数の警官と警察馬車を、じっと見つめていた。

「狙いはビッグ・ベンですよ、ホームズさん！　ロンドンでも最も神聖な建物のひとつです。われわれはこの事件を軽視していません。背後にはきっと、革命派のやつらがいるはずだ」

「それはどうだろうね」ホームズはにやりとした。

ホームズがそれ以上何も言わぬまま、馬車はスコットランド・ヤードのうす汚れた建物に到着した。

「新しい庁舎がもうすぐできますので」レストレードは、いささか申しわけなさそうに言った。

「とにかく、仕事の話をしましょう」

ドジスンはたどたどしい話し方で、クリスマスにロンドンへ出てきたわけや、パディントン駅での一件のあとにホームズのところへ来たことなどを説明した。女の子たちとの一件は微妙な話し方をしたが、レストレードは話の全貌をつかむのに苦労したようだった。

「要するに恐喝されたわけですな！」警部のひとこと目は、これだった。「それなら、オックスフォード警察に言うべきだったのに」

「言うは易しですよ」白髪の男はつぶやいた。「私の名誉を守るためなら、百ポンドも惜しくはありません」

ホームズが口をはさんだ。「もちろんわかっていると思うがね、レストレード。ドジスンさんに対する出来事は、何かから注意をそらしているにすぎないと考えなければならない。だとすると、ビッグ・ベンの爆弾も目くらましだということにならないか？」

「どういう意味です？」

「モリアーティの暗号めいたメッセージに戻ってみよう。最後の二行がまだ説明されていない。『老貴婦人《オールド・レディ》は襲われ／ブロックの下を去る』という部分だ」

「ナンセンス詩ですよ」ドジスンが言った。「それ以上のものじゃない」

「でも、あなた自身のナンセンス詩には、いつも意味がありましたね。ぼくはあなたの作品に関する知識は乏しいですが、ロンドンの犯罪については多くのことを知っています。レストレード、詩の中の『オールド・レディ』というのは何を指していると思う？」

「わかりませんな」

「老貴婦人を襲うという言い方は、オックスフォードの元教授を恐喝するのに似てはいる。老貴婦人というのが、特別な人を指しているのでなければね」

レストレードの顔が、さっと青くなった。「まさか――」その先はささやき声になった。「ヴィクトリア女王を⁉」

「いやいや、ぼくが思い出したのは、劇作家のシェリダンが言った面白い言葉さ。『スレッドニードル街のオールド・レディ』っていうね」

レストレードと私は、同時に叫んでいた。「イングランド銀行だ！」

「そのとおり。今度の爆発騒ぎで、警官のほとんどがビッグ・ベン周辺に集まってしまった。そうでなくても休日で人のいない金融街は、まったくの無防備状態だ。こうしているあいだにも、モリアーティの手下たちはイングランド銀行から略奪したものを運び出しているだろう。『ブロックの下』のトンネルを通じてね」

「まさか！」ドジスンが叫んだ。「そんなことができるんですか？」

「できるかどうかでなく、モリアーティ教授にかかれば当然のことですよ。レストレード、あの近辺の詳しい地図があったら、どこにトンネルがあるはずか教えてあげよう」

「そんなことまでできるのなら」とドジスン。「あなたは本当に魔法使いですな」

「とんでもない」ホームズは微笑んだ。「建物と建物のあいだで通りの下にトンネルを掘るのなら、最短距離を通ろうとするのが自然でしょう」

それから一時間もしないうち、私たち三人が離れたところで見守るなか、レストレードの部下たちはトンネル銀行強盗の一味を難なく捕まえた。ただ残念なことに、モリアーティはその中にいなかった。

「いつかはね、ワトスン」ホームズは自信に満ちた口調で言った。「いつかはあいつと会う日がくるはずだ。それはともかく、ドジスンさん、あなたの問題はもう解決したと思いますよ。恐喝の一件は、すべてでっちあげでした。あなたの経歴に傷がつくことはなかったわけです」

「本当にありがとうございました。このお礼はどうしたらいいのでしょう?」

「クリスマスの贈り物と考えてくださってけっこうです」ホームズは手を振りながら言った。「さあ、もしぼくの間違いでなければ、オックスフォード行きの列車がもうすぐ出るはずです。パディントン駅までお送りしましょう」

# アドルトンの悲劇

## The Addleton Tragedy

June, 1894

一八九四年六月のある晴れた朝のこと、ベイカー街の私たちの下宿を、ハロルド・アドルトン博士と名乗る人物が訪ねてきた。四十代とおぼしき身なりのきちんとした男で、すり切れた革の書類かばんを抱えて入ってくると、ジュニアス・カーライルの知り合いだと告げた。ホームズも私も、ジュニアスとはちょっとした知り合いである。

「懐かしい名前ですね。彼は今、どうしてます？」とホームズ。「よく会われるんですか？」

「元気にやっていますよ。月に一回、夕食会をするグループがありましてね。さまざまな研究分野の話をざっくばらんにするんです。ジュニアスは亡きサー・リチャード・バートン（英国の探検家。一八二一～九〇）の思い出話をしてくれるので、私たちはつい夢中になってしまいます。私の専門は考古学でして、最近はソールズベリ平原に接する地域で、ある古塚を調べています」

「その分野はあまり明るくないもので」とホームズは認めた。「ですが、あのストーンヘンジのあたりは研究にうってつけなのでしょうね」

「実は最近、その古塚ですばらしい発見をしましてね、夕食会の人たちにもちょっと話をしました」彼はかたわらの書類かばんに手を伸ばした。「ごらんになりますか？」

「ぜひお願いします」

博士はかばんから小さなまだら模様の卵を取り出すと、ダイヤの原石を扱うかのようにそっとテーブルの上に置いた。私はそれを見て思わず目を見はった。ホームズも驚いているだろうと思ったが、ちらりと見ただけで、卵を指先でトントンとたたきながらこう言った。「ヘビか何かの卵の化石のようですね。そのソールズベリの古塚で見つけたのですか?」

アドルトンは動揺する気持ちを隠すかのように唇をなめた。

「いかにもそのとおりです。発見したことは先週仲間に話したのですが、次の夕食会でこの卵を見せようと思っていたところ、けさがた通りでおかしな男につかまり、古塚の研究をやめないと命があぶないぞと脅されました。古《いにしえ》のドルイドの呪いがふりかかるというんです」

「なぜおかしな男だと思ったんです?」とホームズ。

「背がゆうに六フィート以上はありましてね、ごろつきでしょうか、不快きわまる相手でした。私の体をつかんで吊るし上げたんです。警官を呼ぼうかと思いましたが、相手は私を放り出して人混みに消えてしまいました。そのとき、あなたのお住まいが数ブロック先にあると思い出したんです」

「まさか、その男の言うことを真に受けたんじゃないでしょうね」私は、教養ある大人がそんな脅しを気にするのだろうかとあきれた。ホームズもきっと取り合わないだろうと思っていたが、彼の反応にはいささか拍子抜けだった。ペルシャスリッパからシャグ煙草を取り出してクレイ・パイプに詰めると、こう言ったのだ。「アドルトン博士、あなたは結婚なさっていないとお見受けしますが」

「ええ、考古学者というのは、幸せな結婚とか家庭生活とかには向かない職業でしてね。それにしても、私が結婚していないということがどうしてわかったんですか?」

「あなたのようすがいかにも独身というふうだからですよ。ちゃんとした奥さんがいれば、すり切れた書類かばんは新しいものに替えてくれるでしょうし、食べ物のしみを――たぶん朝食の卵ですな――タイにつけたまま外出させたりもしないでしょう」

アドルトン博士は下を向いて、シルクのクラヴァットをはたいたが、こびりついた汚れをとることはできなかった。「私は別に、女性を毛嫌いしているわけではありません。実際、親しくしているご婦人も何人かいまして、若い歴史学者で夕食会のメンバーの、エマ・レイクサイド教授などもそうです」

「そうでしょうとも。ところであなたのお住まいは?」

「大英博物館の近くの、グレイト・ラッセル街にフラットを借りています。仕事柄、博物館の資料が必要になることがよくありましてね。煙草屋の二階です。ご推察のとおり、独身者向けの部屋ですよ」

「今日はもう、帰ってゆっくりされたほうがいいでしょう。たいしたことはないと思いますが、もしおかしなことが起こるようでしたら、すぐに知らせてください」

「わかりました」アドルトンはそう言うと、立ち上がって卵を書類かばんに戻した。

ホームズと二人で窓からながめていると、博士はベイカー街の通りを反対側へ渡って、オックスフォード街へ向けて南下していった。フラットまではけっこうな道のりだし、あの怯えようではつらいだろう。「あれはきっと、馬車をつかまえると思うよ」と私は言った。

「ああ、今まさにそうしているところさ」ホームズは冷静に観察していた。だが、ふたたび椅子に腰を下ろしたころには、何かが気がかりだという雰囲気だった。「この一件、どう思う？　ワトスン」

「単なるばかか、そうじゃなかったら気がふれてるんだろう。あんな話を信じるやつはいないさ」

「それでも、興味のある点がないわけではない」


その後の数日は、天気のようすがすっかり変わってしまった。六月初めのさわやかな晴天はどこへやら、ふたたび雨と霧の日々となり、特に夕方がひどかった。新聞の一面は政治記事が占めていたから、グレイト・ラッセル街での死亡に関する小さな記事が裏面に追いやられたのも不思議はない。ホームズは政治にあまり関心を示さないので、新聞を読んでいてその記事を見つけたのは、私だった。

「ホームズ！」思わず大きな声になった。「こんな記事があるぞ！〝グレイト・ラッセル街の悲劇。考古学者、火事で死亡〟」

ホームズはいきなり椅子から立ち上がると、私から新聞をひったくった。私も一緒になってうしろからのぞきこみ、短い記事を読んだ。

〝ロンドンの考古学者ハロルド・アドルトン博士が昨夜、グレイト・ラッセル街の家具付きフラットで火事にみまわれ、死亡した。警察および消防は出火の原因についての手掛かりを得ていないが、火事は午後十時頃に発生したものと思われる。通行人が窓から火を見つけて通報したものだが、炎の広がりはアドルトン博士の死体周辺だけで、フラットにはほとんど損害がなかった。警察は捜査を続行中。〟

「気の毒に」私はつぶやいた。「こんな死に方をするなんて」

「こんな殺され方、だよ」とホームズが言い直した。

「まさか、ドルイドの呪いなんてのを信じているわけじゃないだろう？」

「殺人となれば、まず人間との関わりを探すさ。連中で解決ができないのなら、レストレード警部に手を貸さなくちゃならない」

アドルトン博士の死に、ホームズは思ったよりも衝撃を受けているようだった。あの男の命が危険にさらされていたのに、私たちは二人とも、それぞれの理由で相手にしなかったのだ。私は彼の話をばかにしていたし、ホームズは行動を起こすのをあとまわしにしたのである。

「ジュニアス・カーライルが何か知っているかな？」

「何でもありうるさ、ワトスン。きみは今夜、クラブで食事をするかい？」

「ああ、そのつもりだ」

「けっこう！　ぼくはバイオリンでも弾きながら、事件について考えることにしよう」

私は友人の医師とクラブでゆっくり食事をとり、九時過ぎにそこを出てベイカー街へ向かった。雨は降っていなかったが、まだ少し霧がかかっていて、六月のその時間にしては暗かった。都会らしいぎらぎらしたアーク灯でも、陰鬱な雰囲気を追い払うことはできない。それでも私は、客待ちをしている辻馬車を無視して歩きはじめた。霧が小さな渦をつくる歩道を進みながら、オックスフォード街を曲がってベイカー街に入り、ホームズと部屋を分け合う下宿へと向かった。私以外に歩行者はほとんどおらず、たっぷりした夕食のあとでは足取りがだんだん重くなってくる。部屋まであと一ブロックというところまで来たときは、思わずうれしくなった。ところがそのとき、とんでもないことが起きて私は驚愕《きょうがく》した。通り過ぎようとした戸口から、大きくていかにも力強そうな腕が一本出てきたかと思うと、私の体をぐいっと歩道から持ち上げたのだ。声を上げようとしても、のどが凍りついたようになっている。この世の見納めになってしまうのか、と私は恐ろしくなった。

　すると、私の背後に別の人物が現われたらしく、しゃがれ声でこう言った。

「下ろしてやれ、カナンダ」

　私の懐をねらって追いはぎが待ち伏せていたのか、と思ったが、怪力の男が私の体を下ろしたとき、またしても驚かされた。振り返って二人目の男の顔を見ると、先の尖った黒いあごひげには見覚えがあったのだ。

「ジュニアス・カーライルじゃないか！」私は息をのんだ。「こいつはいったい、何のまねだ？」死んだハロルド・アドルトンにホームズのことを教えた友人というのが、まさにこの男なのだ。

「静かにしてくれ、ワトスン」彼は私が怒りを爆発させるのを恐れたようだった。「危害を加えるつもりはないんだ」

「こんなことをさせておいて、よく言えるな」私はそばに突っ立っている大男を示した。「こいつは何なんだ」

「カナンダといって、ぼくの従僕《ヴァレー》だ。人の骨を折るくらい簡単にできるが、ふだんは穏やかな男だよ」

私はアドルトンの話を思い出した。ドルイドの呪いについて彼に警告したのが、まさにこういう大男だったのではないか。「私にいったい何の用だ?」

「用事があるのはシャーロック・ホームズだ。彼を訪ねたいんだが、警察に引き渡さないと約束してほしい」

「アドルトン博士が死んだのは知っているのかい?」

「知ってるなんてもんじゃない! スコットランド・ヤードがぼくを容疑者として追っているんだ。あれが殺しだとすればだがね。ホームズさんの助けが必要なんだ」

「彼なら訪ねても安全だと思うがね」

「じゃあ、今行ってもいいかな」

私は、そばにそびえ立つ従者を落ち着かなげに見た。

「もう遅い時間だが、先に彼と話をしてから、きみを部屋に案内しよう。きっと会ってくれると思う」

三人で二二一Bまで歩いていくと、私はジュニアスたちを下に待たせて部屋に上がっていった。ホームズはかすかな笑みを浮かべながら、私を待ちかまえていた。「ぼくにお客を連れてきたようだね、ワトスン」

「いったいどうして――」

「推理するほどのことじゃない。きみたちがやってくるのを、たまたま窓から見たというだけさ。もちろんジュニアス・カーライルはすぐにわかったし、背の高いほうがアドルトン博士の出会った男だろうということもわかった」

「彼の従僕で、カナンダという名前だそうだ。ジュニアスはアドルトン殺しの容疑者にされているのではないかと恐れていて、きみに相談したがっている。ぼくはその口添えを頼まれたんだ」

「ぜひともお会いしようじゃないか。上がってもらってくれ」

階段の踊り場に出ると、不安そうな顔のハドスン夫人が立っていた。「ワトスン先生、玄関の前にいるあの人たちは、何者なんですか？　あの大きな――」

「ホームズのお客ですよ。怖がることはありませんよ」彼女は、ホームズがたまに暖炉の上の壁を標的にして射撃練習をするのをよく思っていなかったが、彼のところに来る客については、必ずしも気に入っているわけではない。私は十七段の階段を駆け下りた。「二人とも、ホームズがぜひ会いたいそうだ。アドルトン博士の思いがけない死について、いろいろ知りたがっている」

ジュニアスと私は急いで階段をのぼり、カナンダがあとから続く。ホームズは戸口で待っていた。「さあ入りたまえ、諸君。また会えてうれしいですよ、カーライルさん」二人は握手をした。「ありがとう」と言うとジュニアスは私たちに向かい合った椅子に座り、カナンダはソファに腰を下ろした。

ホームズは椅子の背にもたれた。「アフリカでヒョウに襲われた傷は、ずいぶんよくなったようですね」

ジュニアスはびっくりして身を引いた。「誰からそれを？」

「わざわざ教えてもらう必要もありません。握手をしたとき、右の前腕に平行な二筋の傷がついているのに気がつきました。そういう深いかぎ爪あとはネコ科の大型動物につけられたものです。といってもライオンほど大きなものではなく、ヒョウかジャガーといったところですが、ジャガーは中南米にしかいない。あなたの旅行のことは知りませんが、リチャード・バートンの思い出話をしていたとアドルトンが言っていました。ということは、たぶんアフリカで彼に会ったわけで、だったらヒョウに襲われたと考えるのが妥当です」

ジュニアスは黒いあごひげをなでながら考え込んでいた。

「相変わらず鋭い観察眼ですね、ホームズさん。きっとその力でぼくを苦境から救ってくれるでしょう」

「ハロルド・アドルトン博士が死んだ一件ですね？」

「まさにそのとおり。スコットランド・ヤードは、アドルトンのフラットの火事は意図的なものだと疑っています。今日、レストレードと名乗る男がぼくの話を聞きにクラブに来ました。彼はぼくを第一容疑者と考えていますね。なにせ、火事が通報される直前に、アドルトンのフラットの前でぼくを目撃した者がいるというんですから」

「現場にいたんですか？」ホームズはかすかに眉をひそめた。

「残念ながらね。ソールズベリの古塚に関して、彼とちょっとした争いになったものですから」

ホームズは考え込むように言った。「その争いのせいで、ドルイドの呪いと称してカナンダに脅させたんですね？」

「それは認めますが、彼の死にはいっさい関わっていません。ソールズベリ平原の古塚で彼が発掘作業をしているという話が耳に入りましてね。古代ドルイドとヘビの卵に関する学説うんぬんです。でもぼくには、彼が科学的調査の域を超えて神秘主義に入り込んでいるように見えました。アドルトンの発掘が行なわれている土地の所有者である、サー・コンラッド・チャブにも、会いに行ってみました。サー・コンラッドは保守的で上品な老紳士で、ぼくの話を聞いてとまどいを見せたものの、アドルトンを地所から追い出すのはためらいました。いったん発掘を許可したのだから、少なくとも一年はその約束を守るべきだというんです。ロンドンに戻ってみると、すでにアドルトンは、ぼくらの集まりで自分の説に関する序論的な発表をしていました」

「彼の説のどこがそんなに気にくわないんですか？」とホームズ。

「アドルトンはドルイド教が現在知られている宗教の中でも最も古く、紀元前四百年の古代ケルト人より前から存在していたと信じています。たわごとにもほどがある」

「それで従僕を使ってドルイドの呪いで脅したと」

「そうですが」ジュニアスはカナンダをちらりと見た。「ただ脅すだけのつもりでした」

「ゆうべのことについて教えてください。アドルトンのフラットへ行ったんですか？」

「いいえ。ですが、訪ねるつもりでグレイト・ラッセル街までは行きました。和解できればと思ったんです。辻馬車で向かいましたが、彼のフラットの一ブロック手前で降りました。そのときにマリガン博士に会いました。ぼくらの月例会に出てきている、若い天文学者です。最初は彼もアドルトンのところへ向かっているのかと思いました。二人は友人どうしですから」

「そのマリガン博士の考えも、アドルトンと同じように神秘主義的なものですか？」

「いや、まさか。マリガンはまさに地に足のついた現実的な男ですよ」ジュニアスはあごひげを動かしてかすかに笑った。

「天文学者のくせにね」

「そして、アドルトンのところに向かっているわけではなかった」

「そのようでした。ぼくと言葉を交わしたあと、そのまま去っていきました。そのとき二階の窓の向こうで誰かが動くのが見えたので、アドルトンだろうと思っていると、いきなりの炎です。通行人が上を見上げて指さし、誰かが助けを呼びに走りました。まもなく消防隊が到着しましたが、無駄でしたね。野次馬が集まってきたので、ぼくはその場を離れました」

「そして、マリガンはあなたがいたことを警察に知らせた」

ジュニアスはうなずいた。「二、三時間前、スコットランド・ヤードのレストレード警部が訪ねてきました。暗い目をした病弱な感じの、愛想とは縁のない男です。古塚をめぐってぼくとアドルトンが言い争いをしていたせいで、ぼくを第一容疑者だと考えているのは明らかだ」

「たぶん、あなたに必要なのはぼくじゃなくて、腕のいい弁護士でしょう」

ジュニアスはホームズの言葉にびっくりしたようだった。

「ぼくがアドルトンを殺したと思っているんですか？」

「ぼくは物事に先入観をもちませんが、あなたの話をすべて信用するわけにはいきません。今夜ここに来るのに従僕を用心棒として連れて来ていながら、アドルトンを訪ねたときは用心棒なしだったという。むしろあちらのほうが恐れる理由のある相手だったのに」

「あの小男なら、ぼくひとりでも充分です。それに、このカナンダを連れて行ったら彼は会ってくれなかったかもしれない」

ホームズはしばらく考え込んでいたが、やがて口を開いた。

「レストレードはぼくの知り合いです。彼と話をして、事実確認をしてみましょう。それでももしあなたに手を貸せるようだったら、喜んでそうしますよ」

「ありがとう、ホームズさん。それを聞けば充分です」ジュニアス・カーライルが立ち上がると、カナンダもあとに続いた。私たちは二人を戸口まで送り、出ていくのを見守った。

「あの二人にはどうも不吉な感じがあるな」

それを聞くと、ホームズは笑いながら私の肩をたたいた。「きみはそう思うだろうがね、ワトスン。あのジュニアス・カーライルなら、火事なんかより怪力の従僕か拳銃を使うさ。アドルトン殺しは——本当に殺人だとしたらだが——彼がやりそうなタイプの犯罪じゃない。明日の朝レストレードのところへ行ってみようじゃないか。あの卵の化石が火事の現場にあったのかどうかも知りたいしね」

私たちは朝食を早めにすませ、九時過ぎにはベイカー街を出ると、辻馬車でスコットランド・

ヤードに着いた。いつもながらまじめくさって陰気な感じのレストレードが、小さな執務室で迎えてくれた。やせていて血色が悪いので、ジュニアスには病弱に見えたのだろうが、何度も会っている私たちには、そうでないとわかっていた。レストレードは精力的で機敏な男で、顔色が悪くてもブルドッグを思わせるようなところがあるのだ。

「ホームズさん、あなたとワトスン先生がここへ訪ねてくるなんて、めったにないことですね」警部はずる賢そうな笑みを浮かべた。「ここへ来られた理由はわかっていますよ。おとといの晩にグレイト・ラッセル街で起きた、ハロルド・アドルトン博士の死亡事件でしょう？」

ホームズはくすりと笑った。「ぼくのやりかたをよく知っているようだね。レストレード」

「まあ、おかけなさい。ワトスン先生もどうぞ。あのグレイト・ラッセル街事件について何か聞かせてもらえるなら、大歓迎ですよ。どうにもおかしな事件でしてね。消防隊がかけつけたとき、博士の体はすでに炎に包まれていました。検死によると、アドルトンは頭部への一撃で殺され、その後犯罪を隠すために火をつけられたらしい。その事実はまだ公表していませんがね」

「フラットにあるドアはひとつだけだったんだね？」

「ええ。それに、どの窓も下のにぎやかな通りが見下ろせる位置にあります。燃えたのは彼の体のまわりだけで、ほかの部分にはほとんど被害がありませんでした。どんなふうに出火したのはわかりませんが、フラットの向かい側の歩道にジュニアス・カーライルがいたという目撃者がいます」

「建物に裏口は？」

「ありますよ。なんなら一緒に見ますか？　今から行くところだったんです」
　ホームズは喜んで同意した。木陰をつくっている短い街路を通ってホワイトホールからグレイト・ラッセル街へ向かう道のりは、たいした距離ではないのだが、警部は馬車を出してくれた。建物を出るとき、彼は打ち明けるように言った。「近々ここから移れるんで、うれしいですよ。政府は、あと二、三年以内にテムズ河畔に新しい庁舎を建ててくれるって言ってましてね」（実際にヴィクトリア・エンバンクメントの新庁舎に移ったのは、一八九〇年だった）
　フラットの前に到着すると、私はホームズの背の高いやせた体に続いて馬車を降りた。レストレードが、煙草屋の二階に見える二重窓を指さす。どれも板が打ち付けてあったが、警部の説明によると、煙を出すために消防隊が破ったからだとのことだった。私たちは一階の戸口に立つ警官の前を過ぎ、急な階段を登っていった。消防士が打ち壊したドアを抜けると、小さいがひとり暮らしには充分な広さの部屋に入った。かたすみには花柄のカバーで覆われたベッドがある。
　ホームズはカーペットについた大きな焼け焦げの跡をひとまわりすると、ストーンヘンジに関する本がぎっしり詰まった本棚の前に行った。装幀がはげて色あせた一冊は、一八四〇年版のウィリアム・ステュークリー著『ストーンヘンジとエイヴバリー』だ（エイヴバリーも環状列石遺構の地）。その隣にはもっと状態のいい最近の出版物が二冊。ロングが一八七六年に出した『ストーンヘンジとその古塚』、それにピートリー著『ストーンヘンジ——図面、解説、理論』で、こちらは出版されて六年しかたっていない。ホームズはそれぞれの本をざっとめくっていたが、特にメモやしるしは発見できないようだった。アドルトンのあの書類かばんがどこにも見当たらないので、ホームズは警部に聞いてみた。

「証拠として持ち帰りましたよ」と警部。「鉛筆書きのメモと、発掘現場の古塚のスケッチがありましたんで。卵のようなものもありましたね。まだら模様の」

「すると、あの卵のせいで殺されたのではないわけだ」ホームズはつぶやくように言った。「このほかの住人は？」

「下の煙草屋をやっている家主も、ここに住んでいます。話は聞きましたが、何も知りませんでした。アドルトンはおとなしい下宿人で、人が訪ねてくることもほとんどなかったそうです」

ホームズはうなずいた。そこにいても、これ以上のことはわからないだろうと思われた。


ベイカー街に戻ったホームズは、その後二時間あまり、いつもの備忘録を調べたり新聞記事を読みふけったりしていた。調べを終えて資料を閉じたのは、昼もとうに過ぎた午後の中ごろだった。

そのとき、ドアにノックの音がした。ハドスン夫人が来客を告げに来たのだ。「若いご婦人です。エマ・レイクサイド教授とおっしゃる方で」

「上がってもらってください」ホームズはハドスン夫人に言うと、私に向き直った。「レイクサイド教授はアドルトンのいた夕食会で唯一の女性メンバーだ。いきなり現われるなんて、きっと何かあるぞ」

入ってきたのは三十代とおぼしき魅力的な女性だった。髪をうしろで丸くまとめ、授業で教室に入るような足取りで部屋に入ってきた。

「ホームズさん、ワトスン先生、お目にかかれてうれしいです。単刀直入に申し上げますわ。ジュニアス・カーライルに聞いたのですが、あなたがたはアドルトン博士の死について捜査をされているとか。ドルイドの呪いなどというのは、博士がこれ以上ソールズベリの古塚を発掘しないようにさせるための作り事ですわ。その脅しが効かないので、彼は殺されたんです」

「おかけになりませんか、教授。初めから話をうかがいましょう。あなたはあの古塚で彼がどんな仕事をしていたのか、ご存じですか？」

「先月の夕食会でかなり詳しく話してくれました。発掘した卵の化石のことも。あの古塚での発掘が彼の悲劇的な死に直接つながっていることは、間違いありません」

ホームズは彼女の言葉の意味を考えているようだった。

「殺人犯は、あの卵を盗もうとはしなかったようですね。フラットに置いたままなのを警察が見つけましたから」

「卵には何の意味もありませんわ。あるとしたらほかのものです」彼女は一瞬、自分の両手を見つめてから話を続けた。「考古学は私の専門ではありませんが、弟のセシルがアマチュアとして研究しています。七年前のちょうど今月、私と弟は、アドルトン博士が作業をしていたのと同じ古塚で発掘をしたんです。でも、卵の化石などといった面白いものは何も見つけられず、セシルは北の発掘場所に移動しました。

そこで、殺人者をおびき出すためのいい考えがあるんです。アドルトン博士を偲《しの》んで、私がソールズベリの古塚の発掘を続けると、今度の夕食会でジュニアス・カーライルほかのメンバーに伝えたらどうでしょう」

「あなたの考えが正しければ、それには危険が伴いますよ」

「だからあなたがたを訪ねて来たんですわ。博士のように頭を殴られたくはありませんからね。私には守ってくれる人が必要ですが、かといって警察に持ち込めるような証拠もないんです」

「なかなか興味深い話だ」ホームズはパイプを吹かした。「その計画に着手するのはいつですか？」

「明日の晩、アドルトン博士を偲んで夕食会があります。発掘継続を発表するにはうってつけのタイミングですわ。そして天気が許せば、この週末にあの古塚へ行くつもりです。今ならまだ日が長くて好都合ですし。弟のセシルも一緒に行けるといいんですが」

「ワトスン君とぼくが、近くにいることにしましょう。そうすれば安全です」

彼女は微笑んだ。「ありがとうございます、ホームズさん」

教授が出ていって二人きりになると、ホームズはまた備忘録を調べはじめた。「彼女、あの古塚を発掘したのは七年前の今月だと言っていたな。つまり、一八八七年の六月だ。ぼくらにとっては平穏な時期だった。あの月の新聞記事は、ヴィクトリア女王即位五十周年《ゴールデン・ジュビリー》の式典に関することと、さまざまな国から女王に届けられた贈り物についてのことばかりだった」

「これからどうするつもりだい、ホームズ」

「土曜の朝、ソールズベリ平原まで旅する。そして、ぼくらのほかに誰が現われるかをこの目で見るんだ」

土曜日はよく晴れて気温も穏やかだった。私たちは特に問題もなく列車でウィルトシャーまで行き、馬車を雇ってソールズベリ平原に向かった。問題の古塚はストーンヘンジから北へかなり離れた場所にあった。

「まだ誰も来ていないようだな」私はそう言いながら、近くの高台に登って地形を調べた。だが、ほどなくして事態は変化した。三十分とたたぬうち、馬車が現われて私たちのいるところよりだいぶ手前で停まったのだ。乗っていたのは男物のシャツにズボンという出で立ちのエマ・レイサイドで、ナップザックをかついだあごひげの男と一緒だった。「あれが弟だな。シャベルを始めとして、いろいろな道具を持ってるじゃないか」

ところが、ホームズはそちらに見向きもせず、周囲に目を配っている。遠くのほうに雌牛が草を食《は》んでいるのが見え、ときどき馬車が通っていくだけだ。「ホームズ――」

「静かに、ワトスン。リヴォルヴァーは持ってるか？　何かあったらすぐ動けるようにしていなくちゃならない」

「あの二人が掘っているのしか見えないがね。いったい何を待ってるんだい？」

ホームズは答えなかった。十分ほど黙っていたかと思うと、いきなり私の腕をつかんだ。「今だワトスン！　急げ！」

その瞬間、私にもはっきりと見えた。ジュニアス・カーライルと例の従僕が、古塚の反対側からやってきたのだ。カナンダが手にしている重そうなステッキは、武器にもなりそうだった。私はリヴォルヴァーに手を伸ばしたが、ホームズが止めた。「まだだ、ワトスン。そのままついて来てくれ」

私たちが追いついたのは、ちょうどセシルが立ち上がってカナンダの攻撃をかわそうとしたところだった。ジュニアスは突然現われた私たちに驚き、カナンダの腕をつかんで押さえた。「どうしてここに？　ホームズさん」

答えたのはエマ・レイクサイドだった。「私が警護を頼んだのよ。アドルトン博士を止めたのと同じように、あなたが私を止めに来ると思って」

「ぼくはアドルトン殺しに何の関係もない。ここへ来たのは、あの男が死ぬ前に発掘したかもしれないドルイドの宝を、あんたが略奪するのを止めるためだ」

ホームズはジュニアスの言葉をほとんど無視していた。彼が注意を向けていたのは、来たときよりも明らかにかさばっている、セシル・レイクサイドのナップザックだ。「この中には何が入っているのかな？」と言って、セシルの手にあるナップザックをぐいっと引っ張った。

「やめろ――」セシルは大声を出そうとしたが、すでに遅い。ホームズがナップザックを開けると、分厚い布が巻かれ、より糸で縛られた包みが現われた。包みの土を払おうとするホームズにセシルが飛びかかろうとしたので、私はリヴォルヴァーを突きつけた。

ホームズが包みを開けて中身を取り出す。姿を見せたのは、黄金でできたトラの彫像で、ダイヤモンドが埋め込まれてあった。「ぼくの推測が正しければ、ダイヤは五十個あるはずだ」とホームズ。「即位五十周年には七年遅れだが、これを贈られれば女王陛下もお喜びになるだろう」

セシルとエマ・レイクサイドを警察に引き渡したあと、エマが供述をするというので、ホームズと私はレストレードの尋問に立ち会った。

「あの黄金のトラの像は、七年前の即位五十周年を記念して、インドから贈られた品のひとつです」と彼女は話しはじめた。

「そのとき弟は港湾地区で働いていて、時おり、遠くの港から来た船から小さな積み荷をくすねていました。その日も何が入っているかわからずに包みを盗んだのですが、開けてみるとすぐに、私のところへ相談にやってきたんです。ところが、これほどの貴重な品が盗まれたら大騒ぎになるだろうと思っていたのに、新聞も政府も黙ったままでした。おそらく、犯人が売りに出そうとすればわかるはずだと考え、公表しないことにしたのでしょう。もちろん私は、売りに出そうとしたりするなとセシルに言いました。その後、私は密かに戻すことを主張しましたが、ほとぼりがさめるまでどこかに隠しておいたほうが安全だというセシルの意見が勝ったんです」

「そこで、ソールズベリの古塚に埋めることにした」とホームズ。

エマはうなずいた。「セシルはアマチュア考古学者ですが、あの古塚が専門家の関心をほとんど惹かないものであることは、私も知っていました。二人の意見が一致するまで埋めておくには安全な場所だと思えました。ところが今になって、突然アドルトン博士が、あの古塚を発掘していてヘビの卵の化石を発見したと、夕食会で発表したのです。その話をすると、セシルは気も狂わんばかりでした。もし黄金のトラが見つかれば、私たちのこともばれてしまう。なぜなら、私たちは即位五十周年のあの月に、サー・コンラッドから発掘の許可をとっているからです」

「アドルトン博士を殺したのは、きみたちのどっちなんだ?」とレストレードが訊いた。

エマは一瞬ためらってから言った。「セシルです。脅すだけのつもりでアドルトンのフラットに行ったのですが、博士はカーライルの従僕と出会ったあとでしたから、もう脅しに屈しませんでした。二人はもみあいになり、セシルは思わずブックエンドで博士の頭を殴ってしまったんです。相手が死んでいることに気づいたセシルは、ランプの灯油をかけて死体に火をつけました。私は誰かが見つける前に像を回収してしまわなくてはならないと思い、アドルトン博士を偲んで発掘を続けると発表しました。カーライルも当然その計画を知りますから、ホームズさんに警護を頼みました。カーライルと従僕が現われるのはわかっていましたので、その騒ぎに紛れてセシルがナップザックに像を隠すはずだったんです」彼女はホームズに向き直った。「なぜあそこにあるとおわかりになったんですか?」

「初歩ですよ、ミス・レイクサイド。ぼくに保護を求めてやってきたとき、アドルトン博士のように頭を殴られたくないと言いましたね。でも警察はまだ本当の死因を公表していなかった。あなたと弟君がかつてあの古塚を発掘したことがあるという事実から、そのときの目的は掘ることでなく埋めることだったのかもしれないという可能性が浮かびました。発掘は即位五十周年のあの月だったと聞き、何らかのつながりがあると考えるのは当然のことでした。結局そのとおりだったわけです」

その後、黄金のトラの一件が公表されることはなかった。だが、事件の数週間後、ホームズはヴィクトリア女王から自筆の短い手紙を受け取った。盗まれた贈り物を発見する一助となってくれたことに感謝するという文面だ。その手紙は、ホームズの例の備忘録を誇らしげに飾っている。

# ドミノ・クラブ殺人事件

The Adventure of the Domino Club

January, 189?

凍《い》てつく一月のある月曜日の晩、私はベイカー街の部屋の窓から、今にもみぞれに変わりそうな雨をながめていた。

「いやな晩だな、ホームズ」私は身震いした。「かわいそうに、この雨の中を歩いている人がいるよ。ぼくだったらたまらないね」

「火のそばに来て暖まれよ、ワトスン」

「あの男、きっとここへやってくるぞ！　こんな夜遅くに約束があるのかい？」

ホームズはパイプを置いて、ドレッシング・ガウンにこぼれた葉を払い落とした。「まさか。だけど、客が来るんだったら、ちゃんとしなくちゃな。そこの《タイムズ》を拾ってもらえるかい、ワトスン？」

ちょうど新聞を拾い上げたとき、階段のほうから聞き慣れたハドスン夫人の足音がして、ドアがノックされた。「ホームズさんに男性のお客さまですよ」遅い時間の客が気に入らないことを、ほとんど隠そうともしない口調だ。

「ぜひお通ししてください」とホームズ。「この雨をも顧みずに来たのなら、きっと話を聞くだけの価値はある」

ほどなくすると、外套と帽子を階下の玄関ホールに置いた客が入ってきた。長身のすらりとした男で、もみあげを伸ばしている。差し出した名刺には、「郷士《エスクワイヤ》ダレル・Z・フォスター」とあった。

「どちらがミスター・ホームズでいらっしゃいますか?」

「ぼくがそうです。もう遅いので、こんな格好でお目にかかりますが」

「いいえ、ぼくのほうこそ遅い時間にすみません。話を聞いてくだされば、急を要することをご理解いただけると思いますが」

「どうぞ、暖炉のそばへ」とホームズ。「こちらはドクター・ワトスン、信頼の置ける相棒です。彼の前では何でも率直にお話しくださって大丈夫です」

「ありがとうございます」

ホームズのそばに腰を下ろした私は、客がまだ若いことに気づいた。雨でズボンの裾が湿っているため、彼は火のそばに立って乾かしてから腰を下ろした。

「すぐ近くの〈ローズ・アンド・クラウン〉亭からまっすぐいらしたとお見受けしますが」

「えっ?」若い男はホームズの言葉にぎょっとした。「どうしてご存じなんです?」

「息にビールの匂いがします。徒歩圏内にあるパブといえば、〈ローズ・アンド・クラウン〉くらいですからね。こんな晩にもっと遠くからだとしたら、辻馬車《ハンサム》に乗っていらしたことでしょう」

「なるほど、おっしゃるとおりです」ダレル・フォスターは認めた。「お力添えをお願いするのに、ちょっと度胸をつけなくてはならなかったので」

「どういうご用件なんです?」

「ドミノ・クラブのことを聞いたことはおありでしょうか?」

友人の眉間にしわが寄った。「そのような場所のうわさはありますね、かんばしくない評判ですが。たしか、賭博クラブではありませんか」

「まさにそれです。ソーホーの、あまり品のよくない界隈《かいわい》にあるんですが、ロンドンでもとびきり裕福な男たちが引き寄せられていくんですよ。ぼくは法廷弁護士の助手で、仕事先で教えてもらいました。そのクラブが大人気なのは、客が顔を隠すことになっているからです。仮面舞踏会で使うような顔の上半分を隠すドミノマスクをつけて、ゆったりしたフードをかぶるんです。弁護士や判事、銀行家、政府の事務官はおろか、高貴な家柄の人物まで、そのクラブに出かけていってては身元をすっかり隠してギャンブルに興じると言われます。賭け金が高くて、カードをめくったり盤が回転したりでひと財産儲かりもすれば、失いもする。ぼくもそこへ行ってみたいと申しましたら、雇い主が手を回して、ぼくと友人のぶんの入場許可証を手に入れてくれました」

ホームズは軽く一蹴した。「賭けの借金を帳消しにしてほしいというのなら、相談先をおまちがえですよ。ぼくはその手の仕事はしない」

「賭けの借金よりも困った問題じゃないかと思うんです、ホームズさん。ぼくはばかなことをしてしまった。知り合いのミス・サラ・ラザフォードという若い女性がドミノ・クラブへ一緒に行きたいというので、男装した彼女を連れていったんです。フードをかぶって仮面《ドミノマスク》をつけると、女性だとは誰にもわかりません。名声も富もある男たちが余暇を楽しむところを間近で見ると、さぞ楽しいだろうとでも思ったんでしょう」

「まったく、無謀な娘さんだ」ホームズはどことなく苦々しげに言った。

「それどころか、初回にもらった入場許可証を持って、その後もぼくを連れずにドミノ・クラブへ行っているんです。男装を見破られたら危険だというのに」

「どうして、ひとりでまた行ったりしたんでしょう?」私は訊いてみた。

「最初のとき、ちょっとしたつきに恵まれたもので、もっとやってみたくなったんですね。なんでも、彼女のお父さんがギャンブルにのめり込んでいたとか。血は争えないんでしょうか」

ホームズは椅子の背から身体を浮かせるようにした。「今夜も行っているんですか?」

「いいえ、月曜日はクラブが閉まっています。でも、明日にはまた行くのではないかと。考え直すように言ってみましたが、無駄でした」

「あなたに彼女を思いとどまらせることができないのなら、ぼくとワトスン君にできることなどないと思いますがね。非合法にギャンブルをさせているんだったら、その店のことを警察に通報したらいかがです?」

「ぼくの雇い主に聞いたんですが、あそこの常連客には警察上層部の人間もいるんです。でも、明日ぼくとご一緒してくださり、無謀な道に足を踏み入れるのはやめるようお口添えをいただければ……」

「仮面をつけなければ入れてくれないのでは?」とホームズ。

「雇い主からもらった入場許可証がまだあります。フードのついた外套と仮面も用意します。もしご一緒してくださるなら、ワトスン先生の分も。必ず彼女を見つけ出せると思います。あんな場所から連れ出さなくては」

意外なことに、ホームズはその申し出に同意したらしかった。彼はこれまでもたびたび悩める女性に力を貸してきたが、サラ・ラザフォードの場合、自業自得だという気がしないでもない。だがフォスター青年は、翌日の夜、フードと仮面を私たちの下宿へ持参することになった。客が帰ると、私はホームズに訊かずにはいられなかった。ソーホーにある賭博クラブへ仮面を着けて行くなんて、本気なのかと。

「本気さ、ワトスン。きみも来てくれるだろうね。ロンドンにおける生活の裏面を知っておくのも、ときには必要なことだよ。仮面を着けることなんて、どうってことないさ。ほら、覚えてるだろう、いつぞや外国政府の人間で、ここへ仮面をつけてやってきた依頼人だっていたじゃないか」

もちろん、私もよく覚えている。こうなったら、この賭けがうまくいくのを祈るしかなかった。

雨は朝までにやみ、この街の冬空に陽がさしそうな気配さえした。ホームズは目的を口にしないまま、その日かなりの時間をかけて新聞記事のファイルを調べていた。日が暮れるころには何かを見つけて満足そうだったが、その話をしてはくれなかった。夕食後まもなく、フォスター青年が現われ、運んできた箱を開けて三人分のフード付き外套と仮面を見せてくれた。どれも黒一色で、ゆったりとした外套は修道士の着るカウルそっくりだ。仮面は顔の上半分しか隠さない。

「馬車の中で着るといいでしょう」とフォスターが言った。「クラブの入り口のすぐ前で降ろしてもらえますから」

彼の提案どおりにして、フリス街はずれの薄暗い路地で馬車を降りるころには、外套と仮面姿の三人組ができあがっていた。ホームズと私がフォスター青年のあとからすりへった石の階段をのぼり、がっしりしたオーク材の扉の前に立つと、まるで魔法のように扉が開いた。黒い蝶ネクタイと仮面をつけた男が、私たちのやってくるところをのぞき穴から見ていたのだ。

「ドミノ・クラブへようこそ」男がにっこりすると、あごの上のえくぼがひときわ目立った。「ここでは誰もが対等ですから、みなさん仮面をつけてらっしゃいます。ここでのことは外には洩れません」

フォスターが、ホームズと私の入場許可証を呈示した。「ぼくの招待客です。二人とも今回が初めてです」

「でも、きっとこれが最後にはならないでしょう」とドアマンは言った。彼が立っているそばのせまいカウンターには、葉巻や箱入り嗅ぎ煙草、カジノ・チップが置かれ、どれにもみな、〈ドミノ・クラブ〉のDとCの組み合わせ文字が付いている。

「コートをお預かりしましょう。それから、ポンドをチップに交換なさるのは、こちらのカウンターでも賭博台のほうでもけっこうです。お客さまがたの幸運をお祈りしますよ」

私たちはメインルームに入っていった。かなり広々とした空間で、もとは倉庫か厩舎《きゅうしゃ》としてつくられた場所ではないかと思う。電灯の明かりに照らされた賭博台が十台以上あり、ほとんどのプレイヤーはルーレットとシュマン・ド・フェール（おいちょかぶに類似のトランプ賭博。バカラの原型ゲーム）に群がっていた。奥のほうにあるいくつかの台で、ゲームが進行中だ。隣の部屋にバーラウンジがあった。百人近くはいるに違いない、さまざまな台の前にいる男たちのほとんどが夜会服姿で、誰もが頭部をフードと仮面で隠している。部屋中で低いささやきがかわされてはいるが、こんなに大勢人が集まっているにしては驚くほど静かだった。「ホームズ！　信じられないな！　ロンドンのど真ん中だっていうのに！」

「ぼくはそれを確かめたかったのさ、ワトスン。こんなふうに仮面のおかげで身元を隠していると、あらゆる不埒《ふらち》な行為も隠せるんだろう」

私たちはぶらぶらと歩きながらルーレット台に着くと、ホームズが何ポンドか賭けてたちまちすってしまった。カードテーブルへ向かおうとしたところで、ホームズが依頼人を振り返る。「フォスターさん、こんなところでお友だちを見つけることなんかできますか？　ここにいるギャンブラーはどう見ても全員男ですよ。ともかく男に見えることは確かだ」

「今夜はきっと来ていると思うんです」フォスターは声をひそめた。「ミス・ラザフォードは初めてきたとき、すぐにシュマン・ド・フェールが気に入りました。ここにいるとしたら、シュマン・ド・フェールのテーブルだと思うんです」

私たちをうしろに従えて、彼は外套と仮面姿のギャンブラーたちをじっと見渡した。「彼女は背が高くてほっそりしている。声を出してはまずいですから、きっとできるだけ黙っているはずです」

仮面をつけた男たちの顔を十五分ばかり見回したあげく、彼女を見つけ出したのはホームズだった。シュマン・ド・フェールのテーブルについて、ディーラーが差し出す木製パレットからカードを受け取っている。

「シャツの胸まわりがきつそうだ」とホームズが指摘した。「女性の体型を無理やり男ものの夜会服で隠している」

「サラですね」とフォスター。「さて、どうやってテーブルから引き離しましょう?」

「待つんだ。そして見守る」とホームズ。

サラ・ラザフォードだと特定されたプレイヤーは、勝っているようだった。カジノ側が用意したクルピエ(賭博台の胴元補佐)が札を集めたり支払ったりするバカラとは違って、シュマン・ド・フェールの場合はプレイヤーが貸元役《バンカー》を回り持ちで務める。バンク・ハンドとノンバンク・ハンドの二手だけで勝負し、バンクだけに対して賭けができるのだ。それが本当に彼女だとしたらだが、ミス・ラザフォードは、仮面の下に灰色のヤギひげをのぞかせているずんぐりした男と勝負中だった。男はテーブル越しに彼女をにらみつけているようだ。太い葉巻を時おりふかし、右ひじに近いところには半分空《から》になったグラスがあった。ほどなくその一番に彼女が勝ち、勝負が次のプレイヤーに移った。

「今だ!」とホームズ。「彼女がテーブルを離れるぞ」

二人は彼女のあとを追って、バーラウンジへ続く裏手の通路へ出ていく。フォスターが肩に手をかけると、彼女がくるりと振り向いた。

「ダレル! ほっといてって言ったのに!」語調は強いけれども、ささやきに近い小声だった。

「サラ、きみに話をしてもらおうと思って、シャーロック・ホームズさんをお連れしたんだ。ギャンブルにのめりこむのはやめなくちゃ」

ホームズが声をかけた。「座ってお話ししませんか。ラザフォードさんにはまた別のこだわりがありそうですしね」

「何があるっていうんですか？」フォスターは不思議そうに言った。

私たちは、飾り立てたバーの向かいの小さな丸テーブルについた。フードをかぶったウェイターが飲み物を勧めたが、ホームズは手を振って追い払う。そして、いきなり仮面の女性に向かって口を開いた。「ラザフォードさん、フォスターさんは心からあなたを心配していらっしゃるんですよ」

彼女はホームズの目を見返した。「心外です。彼があなたを巻き込むほどのことだと思ったなんて。本当に私、ギャンブルにおぼれているわけじゃないんです」

「そうでしょうとも。あなたがギャンブルにのめり込んでいるらしいという話をうかがったとき、お父上がやはりギャンブルで身をもちくずされたとも聞きました。十年ほど前だったでしょうか、カードでいかさまをしたと告訴されたラザフォード大佐のことには覚えがありましてね、新聞記事を探し出したんです。その告訴と、ギャンブルの負けがひどくかさんでいたせいで、大佐はみずから命を絶つことになったのですね。そのラザフォード大佐がお父上なんでしょう？」

「そのとおりです」彼女はつらそうに答えた。「隠しておくこともありませんね」

私はその言葉を聞きながら彼女をながめ、フードと仮面をつけていない姿を思い描いてみた。唇は若干青ざめているが、魅力的だ。ダレル・フォスターが彼女に惹《ひ》かれたのもわかるような気がする。

「そして、このクラブへ連れていってほしいとフォスターさんを説き伏せたのも、ただギャンブルする以上のことを考えてのことでしたね。新聞記事によると、お父上はアントニオ・ファアレスというアルゼンチン人ギャンブラーに負けて、大金を巻きあげられたということでした」

「そうです」彼女は躊躇《ちゅうちょ》なく認めた。「その男が父を破産させておいて、いかさまをしたと告訴しました。いかさまをしたとしたらファアレスのほうでしたけれど、評判を傷つけられて父は死を選んだんです。ファアレスがまたちょくちょくロンドンに来ていることは知っていましたし、先日ここへ初めて来たとき、すぐに見つけました。いつも太いキューバ葉巻をくわえているんです。それに、おなじみだった灰色のヤギひげを今もはやしていて、仮面をつけていてもそのひげが見えましたから」

そういえば、彼女がシュマン・ド・フェールで負かした相手は、ヤギひげをはやしていた。私はそのひげと同時に、彼が吸っていた太い葉巻も思い出した。

「だから、フードと仮面をつけてまたここへ来たんですね」とホームズ。「賭博台でお父上の敵討ちをするつもりで。シュマン・ド・フェールなら、おあつらえむきのゲームだ。客の誰もが賭博場《ハウス》に対して賭けをするルーレットなどと違って、プレイヤー対プレイヤーの勝負ですからね」

「そして、今夜きみは勝った」とフォスター。「復讐したんだ」

突然、メインルームで騒ぎが起こった。大声が飛び交い、仮面のウェイターがひとり、バーに駆け込んできた。「お客さまが倒れた。医者を呼ばないと」

私はさっと立ち上がった。「私は医者だ。病人はどこに?」

ホームズやほかの二人を待たずに、ウェイターについてメインルームへ戻った。医療かばんはベイカー街の部屋に置いてきたから、手ぶらでできるだけのことをしなくてはならない。ついていった先は、さっきまで私たちのいたシュマン・ド・フェールのテーブルだった。すぐに、それが誰だかわかった。ヤギひげをはやして葉巻をくわえたあの男が、ひっくり返った椅子のそばに倒れている。仮面もフードも脱がせて意識を回復させようとしたようだが、ちょっと診ただけでわかった。手の尽くしようがない。

アントニオ・ファアレスは死んでいた。毒殺の疑いがある。

警察が呼ばれているあいだ、私はホームズたちに自分の考えを説明した。「いくつかの徴候から、毒殺だと考えられる。使われた毒ははっきりしないが、もし飲み物に入っていたとしたら、おそらくテーブルで入れられたんだろう」

「サラをここにいさせてはいけない」とフォスター。「警察が身元を知ったら、きっと彼女が殺したことにされてしまいます」

ホームズが若い娘を振り返った。「ミス・ラザフォード、うかがっておかねばなりません。本当のことを知っておかなくてはいけませんからね。ファアレスが死んでしまうようなことを何かなさいましたか?」

「とんでもない! ゲームでやっつけて復讐しただけです。ひょっとして、彼も私の父のように死にたくなったのかしら」

「まさか、そんなことはないでしょう。自分を負かしたのがラザフォード大佐の娘だなんて知るはずもないし、あの男がそんななりゆきに備えて懐に毒薬をしのばせているような柄とは思えませんね」

「あいつには敵がたくさんいたんじゃありませんか」とフォスター。「本気でサラを疑っていらっしゃるわけではないでしょうね」

「いずれはっきりしますよ」とホームズ。

警察がやってきて全員に仮面をとるよう命じ、ついにサラ・ラザフォードの本来の姿が現われた。スコットランド・ヤードからやってきたのは、レストレードの仲間のひとり、ラナー警部だ。フードの中からこぼれ落ちた茶色いロングヘアをひと目見るなり、彼は言った。「どういうことなんだ？　ここは紳士のクラブじゃなかったのか？」

ホームズが口を出した。「彼女がここにいるからといって、逮捕はできないでしょう。それより先に片づけるべき問題が、そこの床に転がっている。ワトスン君の考えでは、毒殺だ」

ラナーは死体をざっと調べると、テーブルの上の半分空《から》になったグラスに目を向けた。

「このテーブルにいた人全員、もう一度もとの席についていただきたい」警部が呼びかけたが、数人しか応じる者はなかった。

シュマン・ド・フェールのテーブルは楕円形で、九人分のプレイヤー区画がある。十人目の、一辺の半分ほどを占める位置はクルピエ用だ。そこでクルピエがシャッフルしたカードをカード入《シュ》れに置き、最初のバンカーに渡してゲーム開始となる。ウェイターやドアマン同様、ハウスに雇われているクルピエは、死んだ男が誰なのか知らないという。ホームズに身元を明かす役が回ってきた。「アントニオ・ファアレスという、名うてのアルゼンチン人ギャンブラーですよ」

「死ねばいいと思っていた人間が、何人いたことか」ダレル・フォレスターが言い添えた。彼はミス・ラザフォードに寄り添っている。彼女が男装しているので、やさしく腕を回すのだけは差し控えているのだろう。

ホームズは死体のそばにかがみ込んで、クラブ限定のDCの帯がついた葉巻の吸い殻を拾い上げた。「ハバナ・ブレンドだな」ちょっと嗅いでみたあと、すぐ灰皿に置いた。

「どうしてわかるんです？」ラナー警部が訊いた。

ホームズは頬をゆるめてみせただけだった。「タバコの灰については小論文を書いたことがあるのでね」

ラナーはそれを受け流して、話題を変えた。「死んだ男の右側、つまり彼が口にしていたグラスのそばには、誰が座っていましたか？」ミス・ラザフォードに目を向ける。「あなたですか？」

彼女は首を振った。「私はテーブルをはさんだ向かい側にいました」

「毒を盛られたとしたら、右側に座っていた人間のしわざとしか思えない」

仮面をはずした男のひとりが前に進み出た。「そこに座っていたのは私です」

「お名前は？」

「ウィンストン・フォークス。国会議員随行員です」

「こちらへはよくいらっしゃるので？」

男はその質問にたじろいだ。「たまにです」

「このファアレスという男をご存じでしたか？」

「会ったこともありません」

「しかし、飲み物に毒を入れられる位置にいらした」とダレル・フォスター。「隣の席なんですから」

フォークスはふんとばかりに片手をひと振りすると、私たちが止める間もなく問題のグラスをつかんで、残っていた酒をぐいと飲みほした。

「私は左利きなんです。これは私のグラスだし、ほら、このとおり、毒は入っていない」

「とすると、どういうことになるんだい？」私はホームズに訊ねたが、彼はその男の行動に動じていないようだった。

「動機をさぐり出さなくてはね」とホームズ。

ラナーは、ドミノ・クラブの経営者であるデュヴァルという小柄なフランス人を呼び出していた。ホームズは、その男の事情聴取に同席させてほしいと頼んだ。

警部はためらっていたが、結局承知した。「あなたにはこれまでヤードに力を貸してもらっていますからね、ホームズさん。まあ、いつも良好な関係だったわけじゃありませんが。レストレードだったらこういうとき、喜んでお力添えを願うんでしょう」

バーラウンジの裏手にあるオフィスで、デュヴァルの話を聞いた。「ここはまっとうなクラブです」彼はホームズと私に見向きもせず、警部に訴えた。

「仮面をつけた客が非合法ギャンブルに興じるクラブがか?」

フランス人経営者はため息をついた。「非合法だからこそ、客が顔を隠さなければならないんじゃありませんか。自分のお金でギャンブルをするのは不道徳じゃない。お金をほかのことに使うのと変わりません」

「死んだアントニオ・ファアレスという男を知っていたのか?」

デュヴァルはうなずく。「アルゼンチンから少なくとも年に一度、長期滞在のとき、うちに来ます。当地にドミノ・クラブを開店する前には、パリの店で私の上得意でした。フランスじゃ、事情が違います。男がセックスのために仮面をつけることはあっても、ギャンブルのためにはそんなことしませんからね」

「だが、大金を失ったり、命までも失ったりする者がいる」ホームズが指摘した。「あそこで仮面をとった若い娘は、ファアレスのせいで自殺した父親の恨みを晴らそうとしてやってきたのです。あの娘のほかにも似たようなことがあったのではありませんか」

それを聞いて、クラブ経営者はちょっと肩をすくめただけだった。「敗者というのは、決まって誰かのせいにするものです。ファアレスがゲームで破滅に追い込んだ最初の相手は、ウォルワースという若い薬剤師でしたがね。えらくうちのめされて気の毒だったんで、私がここの仕事を世話しましたよ。以来、同じような目にあう者があとを絶ちません。あの男はカードの鬼でしたから」

「もし復讐に燃える敵がいたとしても、どうやったらファアレスが見つけられる? ここはそもそも、誰もが匿名でいられるクラブなのに」とラナー。

「そう徹底してでもありませんよ」ホームズが口をはさんだ。「ドミノマスクでは顔の上側しか隠れない。アントニオ・ファアレスの顔には目立つ特徴があった。それも、仮面の下にはっきりと見えるところに」

「灰色のヤギひげか！」私は声を上げた。

「そのとおり。フードをかぶって仮面をつけていてもサラ・ラザフォードには見破ることができたんだから、ほかの誰にだって彼だとわかっただろうな」

ドミノ・クラブの客たちは右往左往していた。仮面をはずした姿をこの場所でさらしていたい者など、誰もいない。こそこそと互いにさぐりを入れ合っているようだった。友人に気づいたとたん、本人かどうか確かめもせずくるりと背を向けるということが、少なくとも一例あった。ラナー警部からの知らせがあって、入り口で巡査に身分を証明するものを見せて、名前と住所を教えれば帰宅が許されることになった。すると、たちまち二つの行列ができあがった。デュヴァルも、追って告示するまではクラブを閉じると声をあげる。従業員たちは部屋を回ってグラスを片づけ、灰皿を空にしはじめた。

ルーレット台のひとつから持ってきた埃よけカバーがファアレスの死体にかけられ、巡査がひとり、すぐそばで見張りに立った。フォスターはミス・ラザフォードと一緒にバーラウンジへ戻り、ラナー警部の詳しい事情聴取を待った。

「ぼくらも残っている必要があるのかい、ホームズ？」私は、シュマン・ド・フェールのテーブル付近に立っている彼に声をかけた。

「もうちょっとだけはね、ワトスン」

彼はタカのような目つきで、部屋の中の動きを観察しているようだった。出口近くの葉巻を置いてあるカウンターでは、デュヴァルみずからが浮き足立つ客を相手にチップを現金に換えてやっていた。

やがて、ラナーが私たちのほうへやってきた。「ホームズさん、飲みものに毒が入っていなかったとすると、あの男はどうやって殺されたんだとお考えですか？」

「ほかにも可能性はいくつかある」とホームズ。「同じテーブルについていた誰かが皮下注射器を刺したのかもしれない。あるいは、あの男は今夜早い時間のうちに遅効性の毒を投与されていたのかもしれない」

「同じテーブルのメンバーは、あの男がひっくり返るまで、おかしなことには気づかなかったと言ってます」

「だとすると、今言った可能性は二つとも除外されそうだな。注射針を刺したら気づかれないはずはないし、なんらかの反応だってあるだろうからね。そして、遅効性の毒なら死ぬずっと前から、腹痛や嘔吐とか意識を失うとか、じわじわ効き目を現わすものだ」

ホームズはクラブの従業員たちの動きを見守っていた。夜会服の従業員がひとり、グラスを片づけにやってきた。ブラシで葉巻の吸い殻と灰を、持ってきた容器に払い落とす。と、いきなりホームズが飛びかかって、従業員の手首をつかんだ。

「さあ、ラナー！　この男が犯人だ！　ぼくの思い違いでなければ、名前はウォルワース。不運にもアントニオ・ファレスにカモにされたもうひとりだよ」

「すぐにあのドアマンだとわかりました」経営者があわててかけつけると、ホームズはデュヴァルにそう説明した。

ウォルワースの抵抗は、そう長くは続かなかった。

「仮面はあの愛敬のあるえくぼを隠してはくれませんからね。あなたのお話では、ウォルワースという男がファレスに破滅させられたので、その男に仕事をやったということでした。彼は薬剤師だったともおっしゃいましたね。ぼくはあの葉巻の吸い殻に、シアン化物の結晶か何かのようなアーモンド臭を嗅ぎあてたんですよ。薬剤師だったらそんなこともできそうだし、毒が効果を発揮するのは葉巻が燃えていって結晶に点火してからのことだ。ここへやってきたときに気づきましたが、ドアマンが葉巻や嗅ぎ煙草を客に提供していた。彼はヤギひげでファレスを見つけていたんでしょう。ファレスのせいでかつての自分のように破滅させられていく人を何人も見ているうち、彼はみずから復讐を買って出たんです。死んだ男の吸っていた葉巻の帯から、この店でもらったものだとわかったものの、別のプレイヤーが彼に渡したという可能性もある。従業員たちが掃除をするのを待つことにしました。あなたが出口のそばのシガー・カウンターでチップを換金していらしたから、ドアマンも掃除を手伝っているはずだと思いましてね。あごのえくぼで彼を見つけました。ぼくが灰皿に置いた葉巻をさらったのは、あれが殺人の凶器だとぼくらが気づいて、そこから足がつく前に回収しようとしたんですよ。彼が動機をもつ男、もと薬剤師のウォルワースだというぼくの推測は、当たっていました」

フォスターとミス・ラザフォードもその場に加わって、一語一句に耳を傾けていた。ラナー警部が手錠を取り出して、ウォルワースを尋問に連れていった。

次に口をきいたのはフォスターだった。「ああ、あなたを頼ってよかった、ホームズさん。まさに神通力です！」

ホームズはかすかに笑みを見せた。「残念ながら、その神通力がルーレットにまでは通用しないんですがね。何ポンドもすってしまった」

「ともかく、ぼくたちの結婚式にはぜひご招待させてください」

サラ・ラザフォードもうなずく。「待っているあいだにその話をしていたんです。春になって、気候がよくなったら挙式しようと」

ホームズはお祝いを言った。「ドミノ・クラブはもうたくさんでしょう。喜びあふれる結婚生活にギャンブルの影などさしたりしませんように。ワトスン、ぼくらはそろそろベイカー街に引き揚げて、暖炉の火で温まろうじゃないか」

# 砂の上の暗号事件

## The Adventure of the Cipher in the Sand

September, 1899

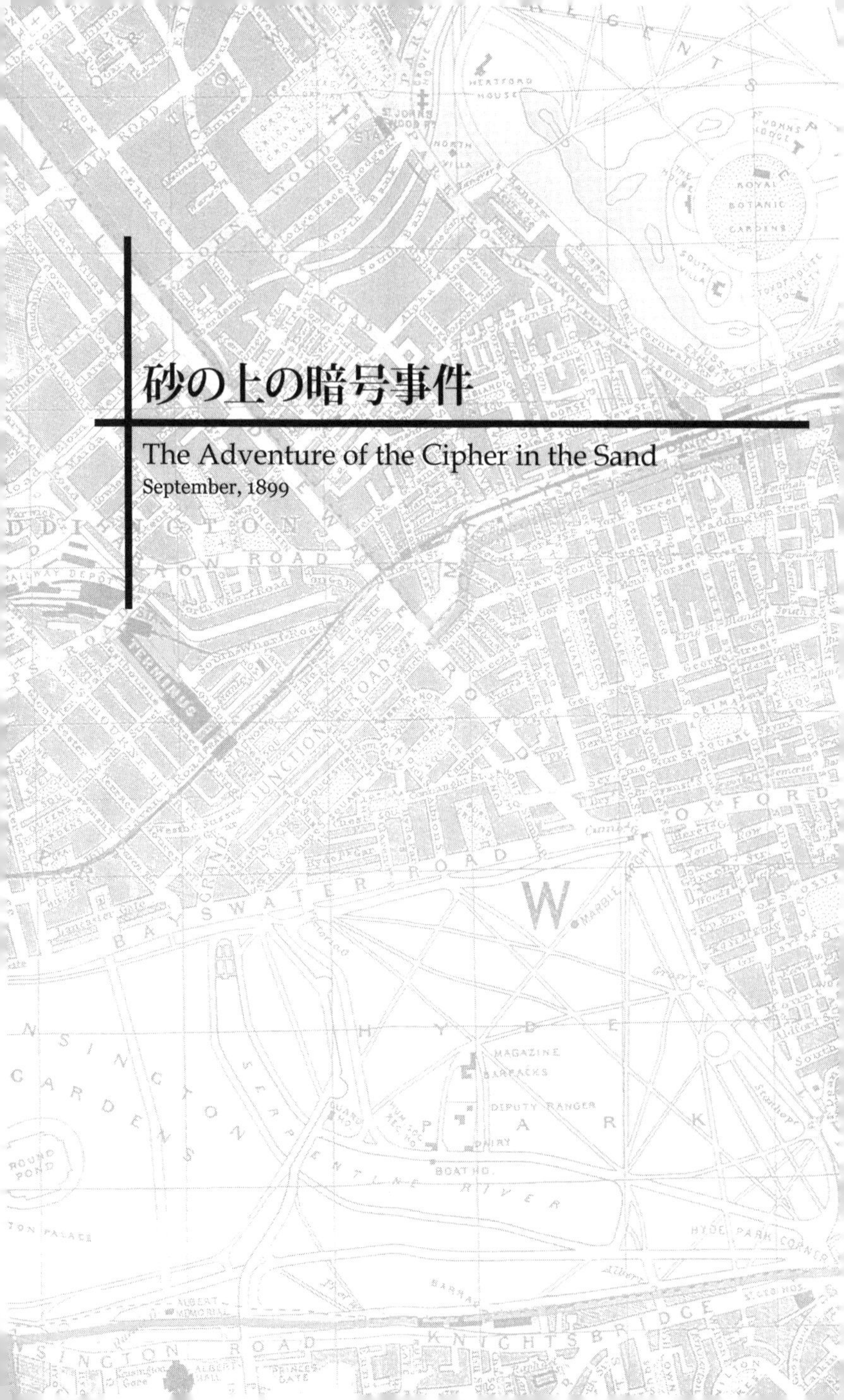

一八九九年の九月も終わりのすがすがしい朝、ベイカー街の私たちの下宿に、思いがけない客がやってきた。料金を払う依頼客がふつうになっていたそのころ、レストレード警部が訪れることはまれになっていたのだ。

「仕事の相談かな?」ホームズはパイプに葉を詰めていた手を止めて、警部のやせたイタチのような顔をのぞきこんだ。

「そうです、ホームズさん」

「どうやら、三時間ほど前にテムズ川のウォッピングあたりの岸で発見された死体に関係しているようだな」

レストレードは、ホームズの言葉に面食らったようだった。「こりゃまた! 例のベイカー街の小僧っ子たちが、すでに知らせてたんですか?」

「そんな必要はないさ」ホームズは例によって見下すような目で警部を見た。「ワトスン、ぼくのやり方は知ってるだろう。死体の場所がなぜわかったのか、警部に説明してやってくれるかな」

私は警部の頭のてっぺんから爪先まで、じっとながめまわした。「ああ、砂がくっついて乾いたあとが、ズボンのひざに見えるね」確信はないものの、とりあえず言ってみた。

パイプに火をつけ終えたホームズが、口を開いた。「そのとおり! 九月のよく晴れた朝に、このロンドンで濡れた砂があるといえば、潮の引いたテムズの川岸くらいのものだ。色ぐあいからすると、ウォッピングあたりで見かける砂だね。警部、あなたのような役職の人間が呼び出されるとしたら、重大な犯罪の場合しかない。それに、濡れた砂地にひざをついたということから、死体を調べていたとわかる」

「いつもながら、あなたには驚かされますね、ホームズさん」警部はひざについた砂をはたいた。「確かに男の死体が、今朝がたウォッピング近辺で発見されたんです。死体のそばの砂地には、メッセージのようなものが残っていました。それが暗号めいていましてね。去年あなたは、踊る人形の事件をみごとに解決されたってことだ。そこで、一緒に行って、潮が満ちて消えてしまう前にメッセージを見てもらえないかと思いましてね」

ホームズはちらっと私のほうを見た。「どうだい、ワトスン、このあとしばらく時間があるかね?」

「もちろんだとも、ホームズ」

リヴァプール埠頭に近いウォッピング地区は、一階が店舗でその上は住居という四階建てのビルが占めている。西のほうにぼんやりと見えるのは、ロンドン塔だ。ホームズと私は、レストレードのあとから水際のじめじめした砂地へおりていった。警官が二人、見張りに立っている。潮汐はもう上げ潮に転じていた。

「死体は移動させました」とレストレード。「夜が明けてすぐに、ロンドン警視庁テムズ管区、つまり水上警察が見つけて、警官が現場に駆けつけました」

「死因は何だった?」とホームズ。

「背中をひと刺しで、ナイフが刺さったままでした。黒髪に短いあごひげの男で、服装は船員ふうでした。おそらく、リヴァプール埠頭で商船を降りたんでしょう。ポケットには金も身元のわかるものもありませんでしたから、物取りが目的だったのではないかと思えます。ところが、犯人はこいつを見落としていきました」警部は白くて小さな円盤状のものを取り出した。象牙製らしく、金色のインクで〝5〟という数字が書かれてある。

ホームズはうなるような声を出した。足もとの湿った砂の上に、三列に並んだ活字体の文字に注意を奪われていたのだ。

YVI　YAH
TOMIT
WAHT　YH

「何かの暗号だな」私は警部の言葉に納得がいった。「だけど、あの踊る人形とはまったく違う。ローマ数字にほかの文字を混ぜたような気もするが」

「人が指で書いたにしては、文字が整いすぎている」ホームズは考え込むように言った。「まして、死にぎわの人間が書いたものでは絶対にない。むしろ、刻印されたもののように見えるな。死体はどこにあったんだろう、警部？」

「ここです、文字のすぐそばですよ。足跡もあったんですが、死体が発見されて警官が到着したころには、どれがもともとあったものやら、ほとんど判別できなくなってしまいましてね」

ホームズはしかたなさそうに首を振ったが、それでも、しゃがみ込んで手近な足跡を拡大鏡で調べるという手順は踏んだ。二人の警官に足を上げてもらい、その靴底のほうも調べる。

「わかることはほとんどないな。このあたり一帯がごちゃごちゃになっている」

ホームズが暗号らしきものを手帳に書きとめてしまうと、私たちは満ち潮が砂の上の文字に到達しはじめた現場から引き揚げた。

「何か私の見落としていたことがありますかね？」とレストレード。

「いろいろとね、警部。ただし、すぐに殺人犯を示すようなことは何もない。さっきの丸い円盤をもっと詳しく見たいんだが」

レストレードは、〝5〟という数字がついた象牙の札のようなものを渡してよこした。

「クロークでコートを預かるときの合札ってことはないかな？」私は言ってみた。

ホームズが首を振る。「クロークの合札には普通、穴が開いている。それに、象牙なんかは使わないよ。これはたぶん、一流のカジノでルーレットに使う、五ポンド相当のチップだ」

「私もまったく同じことを考えていました」と警部。

「富裕層相手のカジノがありそうなのはウェスト・エンドだが、イースト・エンドのこのあたりに、こんなチップを使っていそうなところがあるだろうか？」

レストレードがすぐに答えた。「ありゃしませんよ、このへんにいるのは貧乏人ばっかりなんですから」

「それでも、ウォッピング・ハイ・ストリートには十八世紀に建った立派な屋敷が並んでいるじゃないか。あの中には非合法カジノのひとつくらいありそうだが」

「うわさは聞いていますがね」警部も認めた。

ホームズはうなずく。「調べてみよう」

「でも、暗号のことは?」

「いずれそのうちにね、警部」


ベイカー街の下宿に戻っても、ホームズは事件の話をほとんどしなかった。ただ、手帳に控えてきた砂の上のメッセージに頭を悩ませていることは、私にもわかった。夕食をすませ、私が早めにやすもうかなどと考えていると、彼はお気に入りの安楽椅子からいきなり立ち上がった。「さあワトスン、そろそろウォッピング・ハイ・ストリートを訪ねる時間だぞ」

「これから? もう九時過ぎだぞ!」

「ロンドンの歓楽街が目覚めるのは、これからだよ」

辻馬車《ハンサム》に乗り込んだホームズは、御者に行き先としてウォッピング・ハイ・ストリートのあるブロックを告げたが、到着すると番地を忘れたようなふりをした。

「行き先はどんなところなんですかい?」御者台から声がした。

「カジノなんだがね」

「〈パークリーズ〉ですかい?」

「そう、それだ」

辻馬車は数軒先まで進むと、十八世紀に建てられたような三階建てレンガ造りの家の前に停まった。ちょうど二人の紳士がそこへ入っていくところだった。

ホームズは御者に料金を払うと、馬車を降りながら言った。「レストレードは辻馬車の御者に聞き込みをすべきだな」

建物に入った私たちは、赤いヴェルヴェットのカーテンをかきわけて、ボーイが控えている通路へ進んだ。

「パークリーズへようこそ」と言うと、そのボーイは私たちを広いボールルームへ通した。そこが一階の大部分を占めているに違いない。片側の奥でブロンド美人がピアノを演奏しており、もう一方の奥はバーになっていて、壁ぎわに小ぶりなテーブルと椅子が並んでいた。十組あまりの男女が音楽に合わせてワルツを踊っている。私は女性がいることに驚いた。

「店が雇っているホステスだよ」とホームズ。

階段を登ってギャンブル・ルームへ向かうと、そこのほうがずっと混み合っていた。いくつものギャンブル台に群がる若者や中年男がざっと五十人ばかり、ルーレットやダイス、シュマン・ド・フェールに興じている。身なりの立派な者ばかりで、夜会服姿もいる。すぐに、ホームズが正しかったことがわかった。死んだ男のポケットにあった象牙製の札は、ルーレットのチップだったのだ。しかも、五ポンドがいちばん高価なチップらしい。部屋のずっと奥には、ドーム形のガラスをかぶった機械があった。株式相場やニュースを流す紙テープ式電信受信機《テープ・マシン》と同じように、競馬の結果を知らせてくれる装置だ。どうやらここは明るいうちに開店して、競馬の賭けもできるようになっているらしい。

小声でささやきかわされる会話を乱すのは、ときおり興奮したプレイヤーがもらす叫び声や悪態だけだった。紫煙が濃くたちこめているが、上階では酒が出されていない。室内の光景をしばらくながめていたところ、拳闘家でもしていたかと思える小柄でがっしりした男がやってきて、自己紹介した。

「支配人のジェリー・ヘルムスフィアです。何かご用はございませんか?」

ホームズは微笑んだ。「あなたのほうこそ、ぼくにご用があるかと思っていましたが。つい最近、犯罪行為に出会われたでしょう」

支配人はぎょっとした。「オフィスのほうへおいでいただけませんか?」

彼について狭いオフィスに入ると、ホームズが私たちの身元を明かした。相手は名前を聞いてすぐに何者かわかったようだ。

「シャーロック・ホームズさんというと、諮問探偵の?」

「そのとおりです」

「うちのテープ・マシンが盗まれたと、どうしてご存じなんでしょう?」

「マシンの行方について、ぼくは手掛かりをつかんでいると思えましてね」ホームズは質問を受け流した。「ぼくを雇われたいとは思いませんか?」

支配人はためらった。「どのくらいの金額がかかるものなのでしょうか」

ホームズが金額を口にすると、男はため息をついた。「私はここで雇われているだけでしてね。それほどの金は動かせません」

「ですが、警察に頼るわけにはいかないでしょう。そもそも非合法な事業をしているんですからね。店のオーナーに報告する気もないでしょうし」

「オーナーはパリに住んでいるんです。おじゃまはしないでおいたほうがいい」ヘルムスフィアは自分のほうから金額を提案した。「これが私の出せる精いっぱいです」

「いいでしょう」とホームズ。「では、テープ・マシンがなくなったいきさつを詳しく聞かせてください」

「入ってらしたとき、奥の壁ぎわにマシンが一台あったのに気がつかれたでしょう。あれが紙テープを打ち出して、エプソムやアスコットなどの競馬場のレース結果を報告してくれるんです。結果がニュースになる前に知りたいというお客さんが多いので、ああいうマシンをうちでは二台置いて便宜をはかっていました。ところが、一台が夜のうちに盗まれましてね。言うまでもなく、テープ・マシンというのは高価なものですし、マシンを不法所持した者がどんなペテンをしでかすことになるか、わかりません」

話しているうち、支配人の上唇に汗の粒がたまっていった。マシンがなくなったことは、彼にとって一大事であるに違いない。

ホームズもそれを察していた。「ペテンというと?」

支配人は片手で唇の汗をぬぐった。「小規模の私設馬券屋《ブックメーカー》の場合、ああいうテープ・マシンはあまり置いてありません。誰だか知らないがあれを盗んだやつは、レース結果の正式な発表が小さなブックメーカーに届く前に、勝ち馬に金を賭けることができるんです。ほかのブックメーカーは、自分たちの損失を私のせいにするかもしれない」

彼の言わんとするところは、よくわかる。盗まれたマシンが戻ってこないかぎり、この男は生きた心地もしないのだ。

「どのくらいの重さがありますか?」とホームズ。「ひとりで運び出せるようなものですか?」

「簡単にはいきません。二人がかりが無難なところでしょう」

「盗まれたのは、だいたい何時ごろだったんでしょう?」

「ここを閉めるのは、午前二時です。私はたいてい三時ごろまで、帳簿を調べたり、きちんと片づいているか確かめたりします。レースがある日には午後一時に開店しますから、長時間営業になるんです」そこで言葉を切ってから、付け足した。「つまり盗まれたのは、午前三時から、私がそのことに気づいた正午までのあいだですね」

「今朝、川のそばで男の死体が発見されました。船員のような服装で、ポケットにここのルーレット・チップを入れていました。ゆうべ、そういう人物がここに来ていたという記憶はありませんか?」

ヘルムスフィアは首を振った。「ここにいらっしゃるお客さんは、もっと上流の層の方たちです。船員服では二階にはあげてもらえなかったでしょう。ですが、下で女の子たちとおしゃべりしていたのかもしれない。フランシスに訊いてみましょう」

彼が下の階へ誰かを呼びにいかせると、すぐにあのブロンド美人のピアノ奏者がやってきた。フランシス・プールという名で、二十代後半だろうか。ホームズと私に、ちょっと気づかわしげな目を向けた。

ホームズは笑顔で相手をくつろがせようとした。「ご心配はいりませんよ、ミス・プール。ゆうべのお客さんのことで話をうかがっているだけです。黒髪であごひげのある、船員の格好をした男がいませんでしたか?」

彼女はうなずいた。「女の子たち何人かと踊ってから、上の階へ行こうとして、ティムにその服装ではだめだと断られてました」

「ティムというのは?」

「ティム・ソーでしょう、クルピエの。休憩しに下へおりていくことがよくありまして」と支配人。

「その男にも話ができますか?」

「フランシス、誰かをティムと交替させて、彼にはここに来るように言ってくれ」

彼女はうなずくと、部屋を出て行った。開いたドアの向こうに、ルーレット台にいる砂色の髪の若い男へ近づいていく彼女の姿が見えた。ほどなく、誰かにあとを任せた彼がミス・プールと一緒にオフィスへ入ってきた。

「ご用ですか、ミスター・ヘルムスフィア?」

「ゆうべテープ・マシンが盗まれた件で、このお二方に捜査をお願いした」

ホームズがソーと握手をする。「ミス・プールの話では、ゆうべ下の階にいたひげ面の船員が、上でギャンブルをやりたいとあなたに言ったそうですが」

「ああ、そんなことがありましたね。ちゃんとした服装でないと賭博室には入れないから、ご婦人がたと一緒に下にいるようお伝えしました」

「自分の名前や船のことを言っていませんでしたか？」

「たしか、名前はドレクセルとか言ってました。リヴァプール埠頭にいる船から来たとか。ぼくの休憩が終わったあとには、もう見かけませんでしたね」

「ちょっとあとで帰っていったのよ」とフランシス・プール。

「ひとりで？」

「ひとりだったと思います」

聞くべきことは聞き尽くしたようだった。私たちはソーという若者と一緒にオフィスを出た。

「こちらには長くお勤めですか？」私は訊いてみた。

彼は肩をすくめた。「ほんの何カ月かです。ヘンリー（イングランド南部のテムズ川に臨む町）のあたりにあるパブのオーナーだったんですが、うまくいかなくなりましてね。そういえばずっとロンドンで暮らしたいと思っていたなと気づいて、ここへ来ました。とっかかりとしちゃ、けっこうなところですよ」

ホームズと私はルーレット台に向かう彼を見送ってから、階下へ戻っていった。フランシス・プールはピアノに向かっていた。ダンス・フロアから何人かの女性の姿が見えなくなっていたので、どこへ行ったんだろうな、とホームズに話しかけた。

「ワトスン、きみときたら。ぼくらが心配するようなことじゃないよ。川岸であった殺人事件と盗まれたテープ・マシンだけで、手いっぱいなんだからね」

「その二つにはつながりがあると思うのかい？」

「ほぼ間違いない。泥棒にとっては盗んだマシンを運び出す仲間が必要だから、あの船員を雇ったんだ。二人は、まず金のことに違いないが、仲たがいして、泥棒が船員を刺し殺したってところだろう」

「でも、そうだとしたら、殺人犯と盗まれたマシンはどこへ行ったんだ？　それに、あの暗号メッセージはどういうことなんだろう」

「もうわかってるさ。だが、朝まで待たなくちゃならない」


朝早くから客が来て、朝食の最中にハドスン夫人が取り次ぐというのは、かなり珍しいことだ。ところが、翌朝その珍しいことがあった。レストレード警部がまたやってきたのだという。

「すぐに通してください！」ホームズは声をあげた。「何かニュースかもしれないよ、ワトスン」

警部は早朝に訪ねてきたことを詫《わ》びた。「ですが、お知らせしたほうがいいかと思いましてね、ホームズさん。死んだ男の身元が判明しました。アイルランドの貨物船アントリム号を降りて消息がわからなくなっていた男で、船長が三等航海士のショーン・ドレクセルだと確認しました」

「そんなところだと思った」とホームズ。「ワトスンとぼくは、ゆうべパークリーズに行ったんだが、その名前が出たよ。死ぬことになる少し前に、あそこにいたんだ」

「パークリーズですって！」レストレードはおうむ返しに言った。「そんなところ、いったいどうやって見つけたんです？」

「それはどうでもいいでしょう。今朝、水上警察の船を使わせてもらえるだろうか？」

「手配できるでしょうが、何のために？」

「船があれば、昼までに殺人犯をお届けしよう」

それから一時間とたたずに朝食をすませると、ホームズはピージャケットに赤いスカーフで身じたくをした。以前の事件でテムズ川の冒険に乗り出したときにも身につけていたものだ。

「リヴォルヴァーを持ったかい、ワトスン？」

「必要になると思うのか？」

「おそらくね」

レストレードも汽艇《ランチ》に同乗するというので、ウェストミンスター桟橋で落ち合った。両脇の緑の回転灯を取りはずしたランチは、なかなか警察の船とは見抜けない。私たちはウォッピング方面に川を下っていった。水上にまだたちこめる朝霧を、太陽の熱がしだいに払っていく。荷物を積んだはしけを連ねた引き船《タグボート》が行きかうが、ホームズは水上交通には注意を払わなかった。ひとり考えごとにふけっているらしい。そのうち、船がタワーブリッジの下をくぐっていくと、彼はたちまちはじかれたように活気づいた。

「船を南の岸へ向けてくれ」彼は舵輪をとる警官に指示を出した。船のもうひとりの要員は、甲板の下で石炭式のエンジンを担当している。ランチが岸に近づいていくなか、ホームズは双眼鏡で湿った表土をじっと見ていた。潮はまだ引いていたが、前日の朝と同じで、上げ潮が始まろうとしている。

「何を探しゃいいんですか？」とレストレード。「それに、どうしてこっち側なんです？　あの男が殺されたのは対岸のほうでだったのに」

ホームズは双眼鏡を目にあてたまま口を開いた。「何があったのかは、非常にはっきりしている。被害者のポケットにあったカジノのチップをたどって、ワトスンとぼくはウォッピングからすぐそこのパークリーズへ行ってみた。そこで、競馬の結果を受信するのに使う高価なテープ・マシンが、午前三時以降、未明のうちに盗まれたとわかった。かなり重いマシンだ。それに、ガラスのドームを保護するのに収納箱のようなものも必要だったろうから、泥棒はそれをカジノから運び出す手伝いがほしかった。船員のショーン・ドレクセルはそのために雇われて、頭金として五ポンドのカジノ・チップをもらったんだ」

「どうしてそんなことがわかるんだい、ホームズ？」

「ドレクセルは、船員の格好だからといってカジノのフロアから絞め出された。あのチップを持っていたなら、一階で誰かが彼にやったとしか考えられない」

「ちょっと待った」とレストレード。「もうひとつ考えられますよ。あのカジノへ行ったことのある船員仲間が、チップを船に持ち帰って彼にやったのかもしれない」

ホームズは首を振った。「それはないね、警部。そういうことなら、パークリーズにはきちんとした格好でなければ入れてもらえないと、その船員仲間が教えてくれたはずだ」

警察のランチが岸に近づいていく。私たちは、死体が見つかった北岸の正反対の場所へ向かっていた。

「もうすぐだぞ」ホームズがほとんどひとりごとのように言った。

「殺人犯は川を渡ってこの地区へやってきたというんですか?」とレストレード。「どうしてほかの方面じゃないんです?　どうして川の北側じゃないんですか?」

「今日は質問攻めにしてくれるね」ホームズの口もとに、かすかな笑みが浮かんでいる。「犯人は船であの犯罪現場を立ち去ったに決まっている。運び手はひとりになってしまったんだ。通りで乗り物が待機しているとしたら、そこまで重たい箱を引きずっていくしかなかっただろうが、引きずった跡はなかった。船を使うんだから、行き先は川向こうの東寄りの方面ということだろう。西へ行ったなら、乗り物を雇ってタワーブリッジを渡ったと、多少は考えられるかもしれない。だが、タワーブリッジより東にもう橋はない。延々と馬車に乗って御者に荷物を不審がられる危険を冒すよりは、きっと手こぎだろうが、小型船を手に入れて、戦利品と一緒に自分で川を渡るだろう。行き先はこの地区の、レースの結果速報を届けてくれるテープ・マシンが据え付けられそうな場所だ」

突然、ホームズが私の肩をつかんで双眼鏡を渡した。「ほらワトスン!　これであそこを見てみろ!」

私は双眼鏡をのぞきこんだ。「何か小さな倉庫みたいだな。たぶん使われていない」

「いや、それじゃなくて、そこまでの途中の砂の上だ！」

「満潮時の水位より上に、何かをひきずった跡がある」確かに見えた。「船から降ろしたものをひきずったのかもしれない」

「きっとそうだ。それ以外にも見えるものがある」

さらに近くに寄っていくと、ドアがひとつ、通気のために細く開いているのが見えた。われわれの獲物が中にいるらしい。レストレードが操舵手の警官に、百フィートばかり下流にある桟橋にランチを着けるよう指示した。ホームズと私が下船し、警部と二人の警官もすぐあとに続いた。

目的地に近づくと、私はリヴォルヴァーを抜いた。

「そんなもの必要ありませんよ」とレストレード。

「相手は殺人犯ですよ」

「まだわかりません」

ホームズが倉庫のドアを勢いよく開けた。そこでテープ・マシンにかがみ込んでいた男は、なんと私たちがパークリーズで会った人物だった。

「お仕事中、おじゃましますよ」まるで裁きを下すようなホームズの声だった。「警察があなたを殺人罪で逮捕します、ミスター・ティム・ソー」

私の手にしたリヴォルヴァー、そしてうしろに控えている警官の姿を見て、ソーは何の抵抗もしなかった。抵抗はせず、言い逃れようとしたのだ。

「殺人て、何のことですか？」

警官が彼の身柄を確保すると、ホームズは手こぎ舟と運搬用木箱を調べにかかった。木箱は、ソーが廃材の板を釘で打ちつけて組み立てたものらしい。

「今回の捜査は、殺人犯の名前が当人に会う前からわかっていたというケースだった。ソーがヘンリーあたりのパブのオーナーだったと本人から聞いたとき、それがぼくの求めていた決定的な手掛かりになったんだ」

私たちが濡れた砂の上に見つけた暗号らしきものを、彼はもう一度見せた。ただし、いちばん上にあった行をいちばん下に移して書き換えてある。

TOMIT
WAHT　YH
YVI　YAH

「もうわかっただろう？」とホームズ。「あの文字は、廃材でつくったこのお手製の箱の底に浮き彫りになっていたものだったんだよ。濡れた砂に、金型で押し出したような反転文字の跡がついたんだ。この部分は、ソーが前にやっていたパブの看板だったのさ」

彼は木箱をひっくり返して、底の浮き彫り文字を見せた。

TIMOT
HY THAW
HAY IVY

「『ティモシー・ソー、ヘイ&アイヴィ』（Timothy Thaw, Hay & Ivy）。ファースト・ネームとラスト・ネームのあいだの空白に商標、〝ヘイ〟と〝アイヴィ〟のあいだに〝&〟のマークがあるだろう。それは二つとも浮き彫りでなくペイントされているから、砂に跡が残らなかったんだ。彼は看板をばらして、板を箱の底にした。底だったら見えないからね。不思議なことに、偶然どれもみな左右対称で、反転してもまったく同じに見える文字ばかりなんだよ」

「なんでまた、砂の上に跡がついたことに気づかなかったんですかね？」レストレードは不思議そうだった。

「ドレクセルが殺されたのは、まだ暗いうちだったからさ。ほら、水上警察が死体を見つけたのは、夜が明けたばっかりのころだったじゃないか」

「ソーのやつ、ここまでひとりで舟をこいできたんですかね？」

「若いんだから、それほどたいへんでもなかったろう。特に、ヘンリーの出身とあってはね。あそこじゃ、ともかくボートレース大会《レガッタ》の時分には、ボートをこぐのが人気スポーツなんだから。だけどまあ、ここへは箱を引きずり上げなくちゃならなかったんだし、満潮時の水位より上にその跡が残っていることをあてにしていたんだ」

レストレードが振り向いて、捕らえた男に面と向かった。「何か申し開きしたいことがあるか？」

男は口をゆがめた。「あいつがもっと金をよこせと言いやがった。脅してきたんだ。だから刺した。それだけさ」

「きみは自分のパブをやっていたほうがよかったようだな」

# クリスマスの陰謀

## The Christmas Conspiracy

Christmas Day, 1899

一八九九年のクリスマス・イヴの日曜日、ハドスン夫人にすすめられた私は、サンタクロースの格好で近所の子供たちにおもちゃを配ることになった。袋をかついでハドスン夫人の客間に入った私は、「ホー、ホー、ホー」とサンタの笑い声を出しながら贈り物を渡したが、なんとなくばかげたことをしているように感じたものだ。

「ほうら、みんな!」と夫人は夢中になって声を上げた。「サンタのおじさんよ!」

袋はたちまちのうちに空っぽになってしまったので、十分もすると私は部屋から出ざるを得なかった。そこで、上の階にいる旧友シャーロック・ホームズを訪ねてみることにした。もう何週間も会っていなかったし、その格好で行ったら驚くのではないかと思ったからだ。

ところが、私が入っていくと、彼は書類からちらっと顔を上げただけで、ただこう言ったのだった。

「やあ、来てくれてうれしいよ、ワトスン。ちょうど、きみが興味をもちそうな問題があるんだ」

「さてはハドスンさんから、ぼくが来ることを聞いていたな」ホームズの平然とした態度にがっかりした私は、ぼやくように言った。

「いやいや、違うよ。長いあいだきみが階段を昇ってくる足音を聞いてきたぼくが、間違えるとでも思っていたのかい? ハドスンさんが、クリスマスの悦びを分け与える役にきみを任命したことは、知っていた。ここにいれば、階下の騒ぎはみんな聞こえるさ」

私はあごのつけひげをとるのに手間をくった。「祝日に騒がしい集団はつきものだから、しかたがないさ。ところで、クリスマス・イヴにきみの手をわずらわしている問題というのは、いったいなんなんだい?」

「あと八日で、新しい世紀が始まることになる。不正や陰謀の集中する時期さ」

「政府の考えでは、正式な二十世紀の始まりは、もう一年あとだということだが」

ホームズは肩をすくめた。「好きなように考えさせておくさ。アメリカでは、〝みだらな九〇年代《ゲイ・ナインティーズ》〟と呼ばれた十年間があった。あれは一八九一年でなく一八九〇年に始まったはずだ。そして、来週日曜日の十二時に終わる」

「確かにそうだ」

「それで仕事の話だが、きのうここへ、エルヴィラ・アスコットという名の、若くてチャーミングな女性が訪ねて来た。彼女は結婚してまだ丸一年しかたっていないが、夫はボーア戦争従軍のために南アフリカへ行ってしまった。両親はすでに亡くなっていて、財政的な問題で相談する相手がいない。そこへ最近、彼女が親から相続した土地を売ってくれないかという話が出た。申し出は今年の大みそかまで有効で、それを過ぎたら取り下げるということだ」

「そういうのはきみの仕事じゃないんじゃないか、ホームズ」

「ところが、その件について無料で協力しようという男が現われた。名前はジュールズ・ブラックソーンといい、事務弁護士だという。二、三日前に彼女がその事務所を何かのついでに訪ねてみると、そこは郵便を受け取るためだけの住所だったそうだ。机すらもなかったらしい。そこで彼女は、ぼくに相談に来たんだ」

「で、そのブラックソーンについては、何かわかったのかい？」

ホームズは椅子にもたれてパイプに火をつけた。「何も。彼が弁護士でないという、彼女の疑いが確認できただけだ。彼女は、夫がいないあいだに土地の詐欺でもたくらんでいるんじゃないかと、疑っているのさ」

「その土地は何かとくに価値のあるものなのかい？」

「そうは思えないところが、謎なんだ。テムズの河口近くにある氾濫原だから、陸向きの嵐があると、しょっちゅう流水で覆われる。土地を買おうと言っているのはエドガー・ドブスンという男で、隣接する地所の持ち主だ。ドブスンは毎年自宅でクリスマス・パーティを開く習慣だったため、アスコット夫人を招待した。夫がいないのでブラックソーンが同伴を申し出たが、夫人は彼が信用できない。それで、ぼくに一緒に行ってくれと頼みに来たんだ」

「きみがクリスマス・パーティに？　とてもじゃないが、想像できんな」

「彼女は、パーティのあいだにドブスンが土地の件を強要するんじゃないかと恐れている。彼女が依頼人である以上、ぼくはその利益を守らなければならないのさ。明日身体があいていたら、きみも一緒に行ってほしいんだが」

「まさか、冗談だろう！」

「冗談なものか。アスコット夫人はロンドンに住んでいる。午後の汽車でロチェスターまで行けば、あとはドブスンの馬車が待っているよ。彼の家はクリフにあって、セント・メアリーズの沼沢地とテムズの河口を見渡すことができる。一緒に行くかい？」

この祝日、妻はレディングにいる年老いた叔母のところで過ごしていたから、私がホームズの誘いを断る理由はなかった。

「でも、ぼくは招待されていないんだが」

「その点はぼくにまかせたまえ」

クリスマス当日は、いつになく太陽が明るく輝いていたが、空気の冷たさに変わりはなかった。私は正午少し過ぎに、ヴィクトリア駅でホームズとエルヴィラ・アスコットに落ち合った。アスコット夫人は三十代前半とおぼしき美人で、ドレスの上にグレーの大外套を着込んでいた。茶色の髪が、流行の黒い帽子の下に魅力的なかたちでまとめられている。一目見ただけで、上流階級の女性だとわかった。

「ホームズさんから、あなたはいちばんのご親友だとうかがいました」列車が駅を離れ、ロチェスターへ向けて一時間ほどの旅が始まったとき、夫人が話しかけてきた。

「ええ、一緒にさまざまな冒険をしてきました」

「ぼくに対するのと同様、彼に対しても、遠慮せずなんでもおっしゃってください」ホームズが夫人に言った。

「では、私の悩みもお聞きになっていますのね。夫のウィリアムとは去年、彼があるアマチュア劇団にいるときに知り合いました。今彼は、お国のために戦おうと、地球の反対側に行っています」彼女は札入れから写真を取り出して、私たちに見せた。陸軍士官の軍服を着た背の高い美男子が立っていて、彼女を守るようなかたちで右腕をまわす一方、左腕はまっすぐ伸ばし、見えない脅威に対して拳銃を向けている。「彼、すてきでしょう?」

「まさにそうですな!」とホームズが言った。「美男美女のカップルです。ところで、クリスマス・パーティは重要な契約の調印場所としてはふさわしくないように思いますが」

「ドブスンさんとしては、今夜は誓約のしるしにイニシャルの署名があればいいようです。正式な署名は、水曜日に彼の弁護士の事務所でということでした」

「そして、ジュールズ・ブラックソーンがそれをしきりに勧めていると?」

「ええ。あの人も今夜のパーティに来るのではないかと思います。ドブスンさんは、新年が明ける前に譲渡がすまないと、この話はなかったことにすると言っています。もちろん、それでは南アフリカにいる夫に連絡する時間がありません」

「土地は共同名義なのですか?」

「いいえ、私の家族からの遺産です」

「しかし、もしあなたが亡くなれば、ご主人が相続なさるのでは?」

「そうはなりません。あの土地は、私の家系のものなのです。私に何かあったときには、アメリカにいる私の妹の子に権利が移るようにしてあります。ウィリアムには、なんの関係もありません。私はただ彼の意見が聞きたかっただけで、そのための時間が必要なのです。なのに私は、あのジュールズ・ブラックソーンさんの世話《グッド・オフィシス》になるように強要されました」

「調べてみると、まるで〝グッド〟な弁護士ではなかったというわけですね」

汽車はベクスリーの田舎を走っていて、目的地まで半分ほど来たところだった。雪が断片的に残っていて、もうすっかり冬であることを思い起こさせた。「ブラックソーン氏とは、どのように出会ったのですか?」と私は訊いてみた。

「彼のほうから近づいてきました。先週の初め、エドガー・ドブスンが土地の買い入れを申し出てきたちょうどその日、ある劇場にいた私を捜し当てたのです。新しい『バレエ・くるみ割り人形』を上演していたんですが、ご覧になりました?」

ホームズは作り笑いをしたが、私は見ていないと答えた。

「クリスマス・シーズンにうってつけの、すばらしいショーです。ウィリアムと私は一緒に見に行くことにしていましたが、戦争でだめになってしまいました。一緒に行ってくれる女友だちを見つけたので、彼のチケットが無駄になることはありませんでしたけど。その幕間で、ジュールズ・ブラックソーンが私に近づいてきたのです。彼は弁護士だと自己紹介して、名刺を差し出しました」

「しかし、あなたがドブスンと差し迫った取り引きをしていることを、なぜ彼が知ったんでしょう?」とホームズ。

「彼は、ドブスンさんが教えてくれたと、ほのめかしていました」

「『くるみ割り人形』を見に行くことについて、あなたからドブスンに何かもらしましたか?」

「それはまったくありません」

「この間の経緯を手紙でご主人に知らせましたか?」

彼女は頭を振った。「まだです。彼の船は先週南アフリカに着いたばかりのはずなので、彼の居場所がまだ送られてきていないのです。このひどい戦争の最前線にいないことを祈るばかりですわ」

やがて汽車はロチェスターの駅に到着し、予定どおりドブスンの馬車が迎えにきていた。多くの町と同じように、ここでも大聖堂がいちばん高い建物であり、ほかのすべての上にそびえている。馬車はその大聖堂を通り過ぎて、クリフにあるドブスンの屋敷に向かっていった。突き出た崖の近くにある屋敷に着いたのは、まだ暗くならないうちだったが、すでにたくさんの馬車が到着していた。

ホームズが最初に馬車から降りて、続く夫人に手を貸した。背が高い禿げ頭の執事が現われると、屋敷まで付き添ってくれたが、屋敷内で下男に引き継ぐと、いきなりくるりと背を向けて去っていった。案内されたのは、屋敷のうしろの部分で、グレイト・ホールと名づけられていた。奥行き百フィートはあろうかという大広間で、天井に届くほど大きなクリスマス・ツリーとグランドピアノが中央にあり、両側にはディナーテーブルが三つずつ用意されてある。窓からは崖と、セント・メアリーズの平坦地が見下ろせる。その沼沢地《マーシュランド》の向こうは、北海に注ぐテムズ河口の、堂々たるながめだ。

客は二十名以上いて、その多くが夜会服を着ていた。エドガー・ドブスン自身は小柄でいくぶんやせており、しわの寄ったまぶたと、赤みを帯びた顔が印象的だった。

「やあ、お嬢さん！」と彼はアスコット夫人のことを呼んだ。「あなたはブラックソーン氏と一緒だと思っていましたが。ロンドンからおひとりでいらしたのですかな？」

「そんなことはありませんわ。私のお友だちのシャーロック・ホームズさんと、そのお仲間のドクター・ワトスンをご紹介します」

小男は一瞬眉をひそめた。「ホームズ？　どこかで聞いたようなお名前だが」

「時折、新聞に名前が載っていますからね」ホームズはわずかに微笑んだ。

「まあ、とにかく、アスコット夫人に付き添いの方がいらしてよかった。ひとりで来るにはちと長旅ですからね」ドブスンは夫人に顔を向けた。「催しの始まる前に、ビジネスを片づけてしまいますかな？」

「私はホームズさんに相談役として同席していただくつもりです」夫人がそう言うと、ドブスンは驚いたようだった。

「それは必要ないと思いますが」

「いえ、私は必要だと思います」夫人はきっぱりと言った。「あなたのブラックソーンさんより、ホームズさんのほうに全幅の信頼をおいていますの」

「よろしい、わかりました。こちらへどうぞ」

ホームズがちらりと私のほうを見たが、私は飲み物の盆を持った執事のほうに身体を動かしていた。「ちょっとワインをひと口」

三人がドブスンの書斎に消えたので、私はワイングラスを手に、窓からのながめを楽しんだ。そろそろ夕方で、あたりが暗くなってきたため、あちこちで家の明かりがつきはじめた。

「すばらしいじゃありませんか?」隣りに立っていた青年が話しかけてきた。

「まさに。このへんにお住まいですか?」

「ロンドンです」彼は手を差し出した。「アースキン・チルダーズと申します。下院議会で委員会書記をしています」小柄だが均斉のとれた体格で、二十代を過ぎてからあまりたっていないという感じだ。

「ワトスンです。医者をしています。私もロンドンから来たんですよ」

「ドクター・ワトスン? シャーロック・ホームズさんの事件簿を書いてらっしゃる、あのワトスン先生じゃないでしょうね?」

「時折書いていますよ」彼が私の名前を知っていたのは、うれしくもあったが、とまどいもあった。

「そうですか‼」青年の顔が、ぱっと明るくなった。「ぼくもずっと、自分で書き物がしたいと思っていたんです。英国義勇軍シティ支部に入ったので、まもなく南アフリカへ行くことになっています。その体験から本が書けないかと思いまして」

「幸運を祈ります。戦争報道によると、かなりの犠牲者が出ているようですから」

「ぼくは最前線へは出してもらえないんですよ。アイルランドの田舎を長く歩き回ったせいで、座骨をちょっと痛めてまして」

「アイルランドのご出身なんですか?」

青年は笑った。「母方はね。子供のころの大半をウィクロウで過ごしました」

もう少し話そうとしたところへ、じゃまが入った。黒いあごひげをはやした、がっしりした体格の大男が到着したからだ。「ワトスン先生ですか?」私たちの会話に割って入った太くて低い声には、若干の訛りがあったが、どこのものかはわからなかった。プンとウィスキーの匂いがする。

「そうですが、何かご用ですか?」

「私はジュールズ・ブラックソーンです。エルヴィラ・アスコットという女性を捜しています。執事の話では、彼女はあなたとホームズさんと一緒に着いたということですが」

「彼女は今、忙しいはずですよ」私は、なんとかしてこの男を彼女から引き離しておきたかった。

「すぐに彼女に会わなけりゃならんのだ!」ブラックソーンが突然大声を出したので、チルダーズはじめまわりにいた者は、目を丸くした。

到着したときに迎えてくれた禿げ頭の執事が、すぐに飛んできた。かなりの年齢の違いにもかかわらず、執事は背後から左手を相手の脇の下に入れ、その手で相手の襟首を押さえ込んだ。首攻めだ。そして、男を部屋の外に連れ出すことで、騒ぎを最小限に抑えたのだった。

アースキン・チルダーズが、にやりと笑った。「使用人にレスラーがいると、重宝ですね」

そこへエドガー・ドブスンが現われ、続いてエルヴィラ・アスコットとホームズがやってきた。

「どうしたんだ、サミュエルズ?」

執事は、ホームズやアスコット夫人と離れたところで、ドブスンに耳打ちした。ドブスンが「申しわけありません。若干の口論があったそうでして……」と言うと、パーティは再開された。

「私のことが原因でしょうか?」とアスコット夫人が言った。「ブラックソーンさんがここにいらしたと聞きましたが」

「いえいえ」とドブスン。「あなたのことにからんではありません。私はジュールズに、ディナーのあとサンタクロースの扮装をしてくれるように頼んであったのです。サミュエルズの話では、彼は飲み過ぎたのでやらせないほうがいいとのことでした」

ホームズの目が、きらりと光ったような気がした。「ワトスン君なら、その役をできるでしょう。ゆうべも、ベイカー街の子供たちのためにサンタクロースになったばかりですし」

私は驚きのあまり、つぶやくような小声になってしまった。「いや、たぶん、服が合わないんではないかと……」

「ディナーのあとで、試してみましょう」とドブスン。「大きすぎるようだったら、サミュエルズがぴったりした詰め物をしてくれますよ」


六つのテーブルのそれぞれに六人分の用意がされていたが、客がみな席についてみると、三十五人分の椅子しか埋まっていなかった。飛び込みの私も席をつくってもらえたのだが、ジュールズ・ブラックソーンがいなかった。私のテーブルには、ホームズとアスコット夫人のほか、アースキン・チルダーズとその夫人もいた。夫人は笑顔が明るく、若くて魅力的な女性だ。そして、ドブスンの隣人の年輩女性、モニカ・セルフリッジも、同じ丸テーブルについていた。

隣のテーブルをちらりと見たアスコット夫人は、パーティのホストに女性の付き添いがいないことに気づいたらしい。「ドブスン夫人はこちらのテーブルですの?」と隣人女性に訊いた。

「いいえ。残念なことに、数年前に亡くなったんですの。それ以来、エドガーは独り身ですわ」

ホームズはアスコット夫人をはさんだ向こうの席にいたので、ドブスンとの会合でどんなことがあったのかを、彼に尋ねるわけにいかなかった。最初の料理が出てくるうちに、みんなの話題はヨットのことに移ってしまった。

「二年前、アースキンは彼の兄弟と一緒に、ヨットで北海を横断したんですの」チルダーズ夫人が言った。「はるばる、ドイツのフリージア諸島まで」

「何か発見がありましたか?」ホームズが訊いた。

チルダーズは肩をすくめた。「ドイツ人がいましたよ」

「少なくともフランス人ではなかったわけね」年輩女性が言った。

「フランスを恐れる必要はありませんよ」とチルダーズ。「侵攻してくるとしたら、ドイツです」

「本当に?」モニカ・セルフリッジは息をのんだ。「来年の夏はドイツに旅行しようと思っているのに。大丈夫かしら?」

「そのときまでに戦争になっていなければ」

「どんなふうに侵攻してくると?」ホームズが訊いた。

「もちろん、海からです。方法はそれしかない。小型船の船隊をフリージア諸島に隠しておけば、北海を渡って、ぼくらが気づく前に上陸することができます」

エルヴィラ・アスコットの身体が、ぶるっと震えたように見えた。「お願い。戦争のお話はもう聞きたくないんですの。夫が義勇軍でボーア戦争に行っているというだけでも、心配なのに——
——」

チルダーズは、その話題にすぐ飛びついた。「ほう、もうあちらに着かれたんですか？　ぼくらのグループが最初の義勇軍だと思ってましたが。年が明けたらすぐに出発することになっているんです」

「夫は先週出航しました」夫人は、さらに苦しそうな表情になった。「ここにいてくれたら、どんなにかいいのに」

私は、メインコースのローストビーフを切るサミュエルズをながめていた。右手でフォークを持ち、左手で完璧に切り分けていく。肉は実に美味だったが、メインコースがすむとアスコット夫人は席をはずした。私は彼女の椅子に身を乗り出して、小声でホームズに訊いた。「契約はすんだのかい？」

「延期になったが、彼女は今夜ロンドンに帰る前に結論を出すと約束した。相手の提示した金額はかなりのもので、彼女がよく考えずに署名してしまうような気がして心配だよ」

ドブスンの隣人、ミス・セルフリッジが、私たちのテーブルを離れると、ピアノの前に座った。彼女がクリスマス・キャロルを何曲か弾くうち、ウェイターたちがテーブルのあいだを回って、ユール・ログ（クリスマスに炉に入れて燃やす大薪）の形をしたアイスクリームのデザートを置いていった。そんなものは初めて見たので、私はびっくりした。そのデザートを食べ終わるころ、ドブスンが私のところにやってきて、サンタクロースの衣裳を試してみるかと訊いた。「あのドアを抜けると、サミュエルズがあとは案内します」

執事に案内された居間に入ると、中には誰もいず、椅子に衣裳がかけてあった。靴は脱いだが、ほかの衣類は着たままにした。こういうだぶだぶの衣裳はずり落ちやすいからだ。カツラとあごひげのついた帽子が服の隣りに置いてあり、黒いブーツが一足、床にたててあった。腹に詰め物が必要なときのために、枕まで用意してある。

私はサンタクロースのズボンを自分のズボンの上からはきながら、引き受けてしまったことを後悔していた。子供たちを楽しませることには、意味がある。だが、この衣裳を着て見も知らぬ大人たちのあいだを歩くのは、まったく違うことだ。ブーツを取ろうとしてかがみ込んだとき、絨毯の上に羽根がひとつ落ちているのに気づいた。そのすぐそばに、また落ちている。そして、また。枕を調べてみたが、裂け目は見つからなかった。

羽根は絨毯の上を、クローゼットの扉に向かって続いていた。扉の前にはさらに二つ落ちていたので、私は思わずそのノブを回して開けてみた。

中には、ジュールズ・ブラックソーンのむごたらしい死体が入っていたのだった。


私はすぐ、執事にドブスンとホームズを呼びに行かせた。ほどなくやってきた二人にクローゼットの中身を示すと、ドブスンはひどく動揺した。「なぜこんなことが？　家に帰ったと思っていたのに」ドブスンは執事に向き直った。「彼はここから出ていかなかったのか、サミュエルズ？」

「私自身が玄関までお送りしたんですが」

ブラックソーンは、背中を二カ所刺されていた。羽根が点々と落ちていた理由は、ホームズが死体を少し持ち上げたときにわかった。腹の下から、切り裂かれた枕が出てきたのだ。おそらく、私の衣裳のために用意されていた枕と、二個一組になっているもののひとつだろう。

「すぐ地元の警察に連絡したほうがいいと思います」とホームズ。「彼らはスコットランド・ヤードに連絡したがるでしょう」

「しかし、誰がこんなむごいことを」ドブスンは考え込んでいた。「ブラックソーンは泥棒と出会ってしまったんでしょうか？」

「これは泥棒のしわざじゃありませんよ」とホームズ。「執事の言ったように彼が本当に屋敷を出たのなら、誰かが彼をもう一度中に入れたんです。その人物が彼を殺したというのが、理にかなった考えでしょう」

警察官の到着を待つあいだ、ドブスンは客たちに事情を説明した。「みなさん、まことに残念なことなのですが、今夜のお客様のひとり、ジュールズ・ブラックソーン氏の身に、深刻な事故が起こりました。ただいま地元の警察官を呼んでおりますので、彼の到着まで、みなさんにはお待ちいただかなくてはなりません。そのあいだ、できるだけのことをいたしますので、どうかご了承ください。ウェイターが食後酒を配るあいだ、ミス・セルフリッジが、さらにキャロルを弾いてくださることと思います」

三十人以上の客から、いっせいにつぶやきがもれた。中には、もう帰宅しなければならないと言い出す者もいた。だが、ブランデーと葉巻が出てくると、男性客たちは読書室に移動し、女性客たちは音楽を楽しみはじめた。ホームズと私は、エルヴィラ・アスコットを伴ってドブスンの書斎に移動した。

「どうかご理解ください、アスコットさん」とドブスンが言った。「あのブラックソーンが死んだことで、契約の完了がさらに緊急のものとなりました」

ホームズは微笑んだ。「説明願えますかな、ドブスンさん？　ブラックソーン氏は、土地の売買に関してアスコットさんを説得するためにあなたが使った相棒としか思えないのですが」

「ブラックソーンは、売買の当事者でした。彼の動機はわかりませんが、購入のための資金の一部を出していたんです。私としては、価値の低い氾濫原をあなたから買うために、かなりの金額を提示しているつもりですがね」

すっかり夜もふけて、窓に見えるのは、暗いガラスに映る私たち自身の姿だけだった。しばらくのあいだ、誰も口を開かなかったが、エルヴィラ・アスコットが沈黙を破った。

「土地はお売りしますわ、ドブスンさん。それでこの件はもうおしまいにしましょう」

「急ぐことはありません」ホームズが片手を上げて制した。「あなたの利益を最大限に守るためにも、結論を急がないでください」彼はポケットから小さな手帳のようなものを取り出すと、彼女に見せた。「これに見覚えはありませんか？」

夫人は手帳を手にとると、表紙を開いた。最初のページには〝靴《ブート》〟(boot) と書かれ、それに下線が引いてある。そのあとには、三桁ずつの数字が並んでいた。夫人は頭を振った。「知りませんわ。なんですの、これ？　誰のものですの？」

「ブラックソーンの身体を持ち上げたとき、見つけたものです。彼のポケットから落ちたのでしょう」

私はそのメモをじっと見た。「靴のサイズのリストじゃないかな」

「いや、ワトスン。三桁の数字で表わす靴のサイズなんて、見たことがあるかい？」

「じゃあ、どんな意味があるんだろう」

「ぼくにはわかっている」ホームズはそう言うと、ドブスンに向き直った。「さあ、ドブスンさん、あなたの知っていることを洗いざらいしゃべってもらうときが来たようですがね」

「私は何も知らん！」

そのとき、ノックの音がして、書斎のドアがほんのわずかに開くと、サミュエルズがウォレス巡査の到着を告げた。ドアが閉まったとき、ホームズが声を上げた。「サミュエルズ、ちょっと入ってきてくれないか？」

背の高い執事は、しぶしぶといった感じで書斎に入ってきた。目はうつむきかげんだ。「なんでしょうか？」

「サンタクロースの衣裳と一緒に置いてあった枕のことを訊きたいんだ。着る者が腹に詰め物を必要とするときのために用意したものだったね？」

「そのとおりです」

「で、その枕は二階の寝室から持ってきたんだね？」

「それがブラックソーンの死とどう関係するんです？」ドブスンが声を上げた。「もちろん、枕は寝室から持ってきたものです。たぶん客用の寝室でしょう。なぜそんなことを?」

「なぜなら、ブラックソーンを刺したとき枕を裂いてしまった殺人犯は、代わりの枕を用意しなければならなかったからです。二階に上がって別の枕を持ってきて、裂いてしまった枕を隠す。そういうことができるのは、客ではなく、パーティのために一時的に雇われた使用人でもありません。料理人たちも、キッチンの仕事が忙しくてそれどころではなかったでしょう」

「私を疑っているんですか?」

「いや、あなたはずっと客の応対に忙しかったはずです。それに、体格の問題もある。格闘の末にブラックソーンが刺されたとすれば、あなたでは無理でしょう、ドブスンさん。だがサミュエルズなら、ブラックソーンを実際に押さえ込んだのをみんなが見ている」

執事の顔が青ざめた。彼はののしりの言葉を吐くとドアに向かって身体をひるがえしたが、すでにホームズにつかまれていた。

「なんだっていうんだ!」

「彼を殺したのはおまえだ。そしておまえは、裂けた枕を同じものと取り替えた。警察が来たからには、おまえの陰謀もこれまでだ!」

私はあまりの急な展開にびっくりした。「ホームズ、きみは、執事がやったというのかい?」

ホームズが執事の頭から肌色の頭皮とつけ毛を引きはがすと、若い男の頭が現われた。「ある意味ではそう言えるね、ワトスン。紹介しよう。執事のサミュエルズこと、ウィリアム・アスコット。ボーア戦争に従軍したのでなく、妻から土地をだまし取ろうとした男だ」

ホームズが打ちひしがれたエルヴィラ・アスコットに一部始終を話したとき、同席した私も事件の全貌を知ることができた。エドガー・ドブスンは、ウィリアム・アスコットとともに逮捕された。私たちが駅でロンドン行き最終列車を待っているあいだ、ホームズは警察にした話を繰り返してくれたのだった。

「あなたのご主人がからんでいるのではないかと疑いはじめたのは、ドブスンが土地買い入れの話をしたその日に、あのインチキ弁護士がバレエを見に来た、と聞いたときでした。あなたは、ドブスンにバレエの話などしなかったと言われましたね。とすると、あなたがバレエを見に行くことを知っていたのは、一緒に行くはずだったご主人だけなわけです。それから、あなたがご主人はつい最近出発したと言ったとき、アースキン・チルダーズは、自分たちが最初のグループだと思っていた、年が明けたらすぐに出発することになっているので、と言いましたね。それで疑惑は深まりました。ご主人がまだロンドンに潜んでいて、年明けすぐに出発しなければならないことから、その前に土地を手に入れておきたいのではないか、と」

「わ、私には信じられませんが……ウィリアムは何が望みだったんでしょう?」

「彼とエドガー・ドブスンは、ブラックソーンと組んで、あなたの土地を手に入れる陰謀を企てました。申し上げにくいのですが、アスコットさん。その陰謀は一年以上前から、つまりあなたの結婚前から計画されていたと考えられるのです」

ホームズの言葉を聞くと、夫人は涙にむせびながら言った。「あの人が、あの価値のない土地を手に入れるために私と結婚したと?」

「彼にとっては価値のある土地だったのです。ブラックソーンは、あの土地にかなりの金を出すと彼に言っていました。しかしウィリアムは、あなたが死んだとしても、土地はアメリカにいる妹さんの子供のものになってしまうことを知りました」

「彼が土地のために私を殺したかもしれないと?」

「ありがたいことに、そういう事態には至りませんでした」

「でも、執事があの人だということが、どうやってわかったんですか?」

「いくつかの理由があります。その第一は、あなたがいると彼がすぐ顔をそむけてしまうことでした。アマチュア演劇時代に使ったカツラをかぶり、メーキャップをしていても、あなたに見破られるのを恐れていたのです。それから、彼が左利きだという明らかな事実がありました。肉を切っていたときもそうですし、ブラックソーンに首攻めをしたときも、左手を使っていました。あなたが見せてくださった写真でも、彼はサミュエルズと同じくらい長身で、左手に銃を持っていましたね」

「ブラックソーンが連中の一味なのだったら、なぜ殺されたんだい?」と私は訊いてみた。

「ドブスンの話では、契約の締結に長くかかりすぎたことが原因だそうだ」ホームズはまた夫人に向かった。「一年待ち続けたブラックソーンは、どんな手を使ってでもあなたに署名させろという命令を出しました。ところが、ご主人は反対した。今夜、ブラックソーンを排除しようと決めたご主人は、彼を玄関でなくあの居間に連れていき、返り血を浴びないように枕を使って、刺し殺したのです。そしてもちろん、サンタクロースの衣裳のために、枕を取り替えなければなりませんでした」

「でも、なぜウィリアムは執事なんかに変装したんでしょう?」

「彼はおそらく、あなたとの結婚生活のあいだに、本当にあなたを愛するようになったのだと思います。先ほども言ったように、彼はあなたに力ずくで何かさせることには、反対していました。そして、あなたがドブスンの屋敷にいるときは、自分もいると主張したのです。執事の変装は彼の目的にぴったり合いましたし、実際、彼はあなたをブラックソーンから守りました」

「なぜあの人たちは、価値のない土地を欲しがったんでしょう?」

「ドブスンにとっては、大いに価値がありました。海への水路を与えてくれるからです。誰にも警戒されずにドブスンの屋敷へボートで人を運ぶには、あの水路となる土地がどうしても必要でした」

「ボート?」

「ブラックソーンは、ドイツ政府のスパイだったのです。彼はボート番号のリストを、あの手帳に書きつけていました。ブート(Boot)というのは、ドイツ語でボートのことなんです」

「ドイツ人たちがここに上陸しようとしていたというのかい?」と私は言った。

ホームズはうなずいた。「大勢でね。ディナーで同席したチルダーズが、そのことを指摘していただろう? 彼は自分でも知らぬうちに真実を言っていたんだ。おや、もう列車が来たようだぞ!」

アスコットとドブスンは、殺人と共同謀議の罪で起訴されたが、ドイツにからんだ捜査の部分は一般大衆に公表されなかった。それから三年もたたぬうち、あのアースキン・チルダーズが、ドイツ侵攻に関する彼の疑惑を小説風に書いた作品、『砂洲の謎』(第一次大戦を予見したと言われる世界初のスパイ小説)を発表して、大成功をおさめたのだった。

# 匿名作家の事件

## The Adventure of the Anonymous Author

April, 1902

あれは一九〇二年だから、エドワード七世の御代《みよ》になって翌年のことだった。イースターから十日たち、四月になったものの、まだ外は寒々としていて、ホームズも私も暖炉の火なしには過ごせなかった。その日の午後、私は《ストランド》誌の最新号を読みふけり、ホームズはとなりの部屋で化学実験にいそしんでいた。そこへいつものように、ハドスン夫人が来客の到来を告げにやってきた。「男の方がひとりと坊やがひとり、お仕事のことでホームズさんにお会いしたいそうです」ドアをノックして入ってきた彼女は、ホームズに名刺を一枚渡した。

ホームズは実験を中断させられたので、一瞬眉をひそめた。だが、客をお通しするようにとハドスン夫人に言って、薬品のしみがついたシャツの上に、ドレッシング・ガウンをさっとはおった。「ワトスン、どうやらきみのお仲間のようだよ」

「ぼくの?」

「ミスター・ラザフォード・ウィルスン。きみの著作代理人《リテラリー・エージェント》が、ぼくの事件をけばけばしく書き立てた記事を売り込んだ先の雑誌の、編集補佐だそうだ」

「《ストランド》のことかい?」私は読んでいた最新号を掲げて見せたが、それと同時にまたノックの音がして、中年の男がひとり、部屋に通された。鼻めがねをかけて、頭には明らかにそれとわかるかつら《トゥーペ》をつけている。そのうしろから現われたのは十か十一くらいの赤毛の少年だが、グレーの冬用コートのだぶついた袖で、両手が隠れていた。

「ホームズさん」男はちょっと不安そうな微笑みをたたえながら、少年を押し出してきた。「ロディを連れてきたことをお許し願えればいいのですが。あなたにとても会いたがっていたもので。息子は私たちの雑誌で、これまでのあなたの冒険譚をすべて読んでいるのです。ロディ、こちらがあの有名なシャーロック・ホームズさんだ。そしてあなたが、ワトスン先生ですね」

そうです、と答えて、私はウィルスン氏と握手をした。「あなたとは初めてだと思いますが、私のエージェントと一緒に、そちらのグリーンハウ・スミスさんとカフェ・ロワイヤルで昼食をとったことがあります」

ウィルスンはうなずいた。「私は編集補佐にしかすぎないのです。ミスター・スミスは、ご存じのように、編集長でして。彼は、あなたの作品をもっといただけないものだろうかと、心待ちにしていますよ、先生。ホームズさんが帰られたということもありますし」

「考えておきますよ」私はホームズの顔を見ながら答えた。「ですが、もっと事件を公表することは彼の気が進まないようでしてね」

部屋に通されて以来、少年の目はずっとホームズに釘付けだった。彼が言葉を失っているらしいのに気づいたホームズは、自分から身をかがめて握手した。「お会いできてうれしいですよ、ロディ君。ぼくがお父さんと話をするあいだ、ホットココアでもいかがですかな?」

「はい。ありがとうございます」

ホームズは笑顔を見せると、呼び鈴でハドスン夫人を呼んだ。それから、客に向き直った。「上の息子さんは一緒に来られなかったのですか?」ウィルスンは、ぎょっとして口を開いた。「私の家族のことをご存じなのですか、ホームズさん?」

「いいえ、ただ、ロディ君のコートの袖がいささか長すぎるので、上の兄弟からのお下がりなのではないかと思いましてね」

「そのとおりです。リチャードは十三歳で、学校の寄宿舎におりまして。そうでなければ、一緒に来たがったはずです」彼は明るい笑顔を見せた。「ワトスン先生が書かれていたあなたの推理力は、誇張なんかじゃなかったんですね」

ハドスン夫人がホットココアを持ってきたので、私は少年に絵本を与え、父親との話のあいだに読ませることにした。

「それで、ぼくらにどんなご用でしょうか、ウィルスンさん」とホームズ。

「《ストランド》の著者のひとりについてでして。いつもお読みでしたら――」

「いや、それはワトスン君にまかせてあります」

「そうですか、ではワトスン先生」ウィルスンはやや不本意ながらという面もちで私に言った。「クリスマスの号に載った『消えた乗客』という長い作品を、覚えてらっしゃると思います。長編小説と言ってもいい長さで、匿名のまま発表されました。ここにその号を持ってきています」

私は漠然と覚えていた。「列車の中で男が――」

「そう、それです! いろいろな理由から、匿名で発表したがる著者がいることは、ご存じですよね。あなたのエージェントのドクター・ドイルも、ずいぶん前に匿名で《ストランド》に作品を載せたことがあります」

「それは初耳ですな」

「そうですか。今回問題なのは、あの作品にとても人気があって、ある出版社が単行本として出したいと言っているのに、著者のことがいっさいわからないということなのです」

「どうしてそんなことが？」ホームズが口をはさんだ。「作品を送ってきた人間は、いるはずですよね。そして金を受け取った人間も」

「著者は最初、キャサリン・バールストンと名乗りました。住所は郵便局留めなので、偽名なのではないかと思っていましたが、のちに匿名のまま載せてくれと言ってきました」

「送金先は？」

「クロイドン郵便局気付、ミス・キャサリン・バールストンです。彼女が郵便局に取りに来るようですが、私が局に行ったところ、誰も彼女については知りませんでした。これは犯罪事件ではありませんが、彼女を見つけるには、あなたが最後の望みなのです、ホームズさん。彼女の小説を読めば何か手掛かりが見つかるかもしれないと思い、その号を持ってきました」

「単行本にしたいという申し出は、手紙に書いたのですか？」

「もちろん、何度も書きました。出版社は彼女自身の名前で出したがっているし、金だけでなく何らかの名声も得られるはずだ、と。申し出に興味はないという返事が来たあと、その後の手紙は無視されてしまっています」

ホームズはちょっと考え込んだ。「いくつかお聞きしたい。その謎のキャサリン・バールストン宛ての最初の手紙を出したあと、返事が来るまでにどのくらいかかりましたか?」

「すぐに来ました。すぐ次の日に」

「するとおそらく、彼女は毎日郵便局に行っているのでしょう」ホームズはそう言うと、またちょっと考え込んでから、いきなり少年のほうを向いた。「ロディ君、こちらの先生の書いたぼくの事件記録を読んだのなら、ベイカー・ストリート・イレギュラーズのことは知っているね?」

少年はすぐにうなずいた。「あなたがときどき手掛かり探しに雇う、街の浮浪児たちですね。リーダーはウィギンズ」

ホームズはにっこりした。「ウィギンズはもう大人になってしまってね。だが、イレギュラーズの精神は引き継がれている。ただ残念なことに、彼らの見苦しい格好は労働者階級の地区であるクロイドンには不似合いだ。その点ロディ君、きみならぴったりだよ」

「でも……ぼくは何をすればいいんですか?」

「これから、クロイドン郵便局気付でミス・キャサリン・バールストンに手紙を出す。すぐに見分けのつく明るい色の封筒に入れた、偽物の手紙だ。郵便局の近くに張っていて、封筒を受け取りに来た女性を追っていけば、ごく簡単な手間で謎の著者を突き止められるというわけだ。ワトスン先生も一緒に行って、きみが安全に帰れるようにしよう」

「すばらしい考えですね!」ウィルスンが声を上げた。「彼女の家まで尾けていくんだぞ、ロディ。本名と住所がわかれば、単行本化が説得しやすくなる」

二人が帰ったあと、私はなぜこんなありふれた問題を引き受けたのかと訊いてみた。「結局、犯罪にはまるで関係ないじゃないか」

「バールストンさ」ホームズはぽつりと言った。「もう十年以上になるが、あのバールトン屋敷の事件は覚えているだろう？　ジョン・ダグラスの事件だ。いつの日かきみは、あのモリアーティがらみの一件を書くべきだ。バールトンなどという珍しい名前をなぜ選んだのか。あるいは偽名ではないのか、そこが気になるんだ」

翌日の午後、明るいブルーの封筒に入った手紙が投函された。そして金曜日の朝、私はロディとともに、ロンドンの南の端にあるクロイドン自治区に馬車で向かった。そこは工場の多い地域で、近辺には工場労働者とその家族の家が建ち並んでいる。郵便局は古い墓地のそばにあるすけたレンガの建物に入っていた。私は通りを隔てたティーショップに腰を落ち着け、少年は建物の入口近くに陣取った。幸いなことに天気がよくなりつつあり、四月のロンドンにしては珍しく、朝の太陽が輝いている。

だが、丸一時間たっても何も起こらないので、私はあきらめるしかないと思いはじめた。赤と青と金色の制服を着て、大きな郵便袋をかついだ配達員が、ロディを疑わしげな目でながめている。ホームズにしても、来ないかもしれない女を待って私たちが一日中見張っていると期待しているわけではあるまい。私はお茶のおかわりとビスケットを注文すると、もう三十分待って現われなければ中止にしよう、と心に決めた。

そのときだ。配達に出発する局員たちにまぎれて、ロディの姿が一瞬視界から消えた。すぐに見つけたのだが、なんと彼は、自分よりやや年上くらいの女の子に話しかけている。見ていると、今度は二人して通りへ歩き出した。私は勘定をすませると、急いで店から出た。任務を放棄して女の子と立ち去るとは、いったい何があったのだろう？

二人の背後五十ヤードほどを歩きながら、私は自分がわがままな甥っ子のあとを尾けまわす愚かな叔父さんになったような気がしていた。だが、そのとき青いものがちらりと見えて、何もかもはっきりした。ロディが女の子に話しかけたのは、彼女が郵便を取りに来た相手だったからだ。その封筒がいま、彼女の小さなバッグのてっぺんからはみ出して見えている。遠くから来たのではないだろうと思っていると、女の子は墓地を越えた最初の家の前で足を止め、ロディに軽くさよならの仕草をした。玄関のドアが開くと、金髪の若い女性が子どもを迎え、立ち去るロディを用心深そうな目で見つめていた。

私は目立たぬようにそのまま歩きつづけ、ロディのあとから通りの角を曲がった。私に気づいたロディが、足を止めて待っている。

「あの子が郵便を取りに来たんです」ロディは興奮の面もちで言った。「名前はジェニー。姉さんのキャサリンと一緒に住んでいるそうです。ぼく、この先に引っ越してきたんだと言っておきました」

「うまくやったな。ホームズが喜ぶぞ」

私は、近所でたまたま庭に出ていた婦人をつかまえて、もう少し情報を集めた。最初のうちは疑わしげな目で私を見ていたが、結局、墓地のそばに住んでいるのはキャサリン・クライダーと妹のジェニーだと教えてくれた。ミス・クライダーは、近隣の私立学校で教師をしているとのことだった。

土曜の朝、ラザフォード・ウィルスンがふたたび私たちの下宿を訪れたとき、ホームズは私たちの知り得たことをすべて伝えることができた。

「ロディは大いに役立ってくれましたよ」ホームズは父親に向かって言った。「いつでもイレギュラーズに迎えたいくらいです」

「なんとお礼を申し上げたらいいか！　今日の午後にでもミス・キャサリン・クライダーのところを訪ねてみましょう」

前の日に私が外出しているあいだ、ホームズは驚いたことにウィルスンの持ってきた雑誌を読んでいた。大衆小説を読むなどというのは、彼にとってめったにないことなのだ。「彼女の作品は、ローマ行きの列車の中で男が消えてしまうというものですが、じつによくできたミステリ小説ですね。いつかぜひお会いしてみたいものです」

ウィルスンはすぐに反応した。「でしたら、今いかがですか、ホームズさん。それに、ワトスン先生も！　三人で行けば、『消えた乗客』が彼女の名前で単行本にする価値のある作品だと説得できるかもしれません」

これまた驚いたことに、ホームズはしばらく考えたのち、この誘いを受けたのだった。ほどなく彼は寒さに備えた厚手の大外套と鹿撃ち帽を身につけ、私たちとともに馬車でクロイドンへ向かった。

三人の見知らぬ男たちの訪問を受けて戸口に顔をのぞかせたのは、確かに前の日に私がかいま見たブロンド女性だった。ただ、近くで見ると、あのときよりは歳が上に見える。ウィルスンは自己紹介すると、中でお話ができないだろうかと言った。彼女は気の進まぬふうだったが、とりあえず質素な客間に私たちを通してくれた。「で、そちらのお二人は?」

「こちらは有名な私立探偵のシャーロック・ホームズさん。そしてこちらは、ドクター・ワトスンです。あなたの居所を知る手助けをしてくださいました」

「私が居所を知られたくないかもしれないとは、お考えになりませんでしたの?」

「私たちのクリスマス号に載ったあなたの小説が、非常な人気を博しましてね、ロンドンの大出版社、ジョン・ミルン社が、とてもいい条件で単行本を出したいと言っているのです」

「でもそれは、私の実名で出版する場合でしょう」

「何がいけないのでしょうか?　キャサリン・クライダーというのは、とてもいいお名前だと思いますが」

「キャサリン・バールストンだって、いい名前ですわ。あの名前を使うか、でなければ《ストランド》のときと同様、匿名にしてください」

「出版社側は、インタビューを受けるときのことなどを考えているのです。あなたの小説は必ず大評判になると期待していますので」

「申しわけありませんけれど」

ウィルスンはため息をついた。「お教えになっている学校の反応が気になるのですか?」

彼女は表情を硬くした。「私のことをいろいろとお調べになってるのね。私はただ名前を出したくないだけです。どんなかたちにせよ、名前を公表したくありません」

そのとき、妹のジェニーが国語文法の教科書を手に入ってきた。歳のころは十四、姉と同じ金髪に美しい青い目をしている。「キャシー、教えてほしいところがあるの」

「今はだめよ、ジェニー。お客さんが帰ったらね」

「成長期の妹さんのめんどうを見るのは、大変でしょうね」少女が隣の部屋に戻ると、ホームズが口を開いた。

「本当に！　私たちの両親は、私が十一でジェニーがまだ一歳のときに亡くなったんです。それ以来、ずっとめんどうを見ています」

「教師をなさりはじめてから、どのくらいですか?」

「三年です。家でもジェニーに勉強を教えています」

「彼女はいくつに?　十四歳くらいに見えますが」

「ちょうど十五になったところです。女の子にとって、難しい年頃ですわ。私はずっと、あの子が音楽に愛情をもってくれるよう、努力してきました」彼女は立ち上がると、ついてくるようにと手振りで示した。ジェニーが勉強をしている居間に入ると、アップライトピアノが置いてあった。使い込まれたらしく、上塗りがはげたり、へこんだりしている。「お客さまに何か弾いて差し上げてほしいの」キャサリンが妹に言った。

ジェニーは微笑むと、ピアノの前に座った。演奏したのはオペラ『カルメン』からの曲だったが、そのみごとな弾き方に、聞き終わったときは一同拍手喝采だった。「実にすばらしい！」私は彼女に向かって声を上げた。

キャサリンもうれしそうだった。「私がまだ小さいとき、父が『カルメン』の作曲家ビゼーのコンサートに連れていってくれました。忘れられない思い出です。でも私には音楽の才能はありませんでした。ジェニーにはあります」

客間に戻ると、ウィルスンは小説の出版について、もう一度説得を試みた。「単行本で入るお金は、妹さんの音楽教育のためにもなると思うのですが」

初めて、彼の言葉がキャサリンに効果を与えたようだった。おそらく彼女は、自分よりも妹の将来を考えているのだろう。

「考えてみましょう。お約束しますわ。もしそう決めるのなら、最初にしておかなくてはならないこともありますし」

ホームズはタカのような鋭い目で彼女を見た。「ひとつお訊きしていいですか？　バールトンという名前をお選びになったのは、なぜでしょう？　サセックスにあるバールストン屋敷かバールストン村に関係がありますか？」

「私は数年前まで、あのお屋敷で家庭教師をしていました。今の教師の口がくる前です。あの名前が頭に浮かんだので、つい使いました」

「あそこの主人だったジョン・ダグラスさんとは、お知り合いですか?」

「いえ、あの方は小さなお子さんが二人いる若いご夫婦に屋敷をお売りになりました」

「そのころはあなたもかなり若かったはずですね」

彼女は顔をほんのり赤らめた。「まだ卒業してすぐのころでした」

まもなく私たちは家を辞したが、ウィルスンは彼女の言葉に自信をもったらしかった。

「ホームズさん、あなたのおかげです」ロンドン中心部へ帰る馬車の中で、彼はうれしそうに言った。

「ぼくは何もしていませんよ」ホームズは控えめに言ったが、何かが気にかかっているような表情だった。


次の週のなかばになって、予期せぬ知らせが私たちのもとに飛び込んできた。当時は電話が使われるようになってからすでに何年かたっていて、ベイカー街の下宿にさえ電話が置かれていた。ただ、ホームズはめったに使わなかった。その日もいきなり電話のベルが鳴ったので、私たちはびくっとした。ホームズがいらだったような顔で受話器をとったが、やがて、眉毛のあたりに心配そうな表情が浮かんできた。

「《ストランド》のラザフォード・ウィルスンからだ。予期せぬ展開になったようだ。ミス・クライダーの家に隣接する墓地で、男の他殺死体が発見された。彼女は郵便局からウィルスンに電話してきたのだが、すっかり動揺しているらしい。彼もすぐに行くが、ぼくらにも来てくれないかと言っている」

「どういうことなんだろう」

「おそらくは無関係な出来事さ」とホームズは言ったが、すでに外套を取り出してきていた。行くつもりなのだ。

クロイドンには、二時間以内に着いた。明け方降った雨のせいで、墓地にはまだ朝もやがたちこめている。捜査を指揮しているのは、スコットランド・ヤードのトバイアス・グレグスンだった。ヤード一の切れ者と言ってホームズがつねづね誉めていた男だ。

背が高く、亜麻色の髪をした青白い顔のグレグスンが、私たちの姿に驚いてさらに青白くなった。「なんと、ホームズさんにワトスン先生じゃないですか！　最後に捜査にご協力いただいてから、もう何年もたちますな。この一件に何か関わりが？」

ホームズは、死体のほうをながめている。「おそらくはね。被害者の身元は？」

グレグスンは手帳を見た。「名前はウィリアム・ノックス。ゲイアティ・ミュージックホールで演奏するオーケストラの一員だそうです。住んでいるのはイズリントンです」

「ここからは遠いな」とホームズ。「死因はなんだね？」

「腹に刺さったナイフですな。傷は浅いんですが、ここで倒れて出血多量で死んだようです。郵便配達が見つけたときは、死後何時間かたっていました」

そのとき、通りの向こうからウィルスンのやってくるのが目に入った。寒さから守ってやろうとするかのように、キャサリン・クライダーの両肩に片腕を回している。ホームズが駆け寄り、二人を死体のそばに近づかせないようにした。

「この一件でどんなことをご存じですか、クライダーさん？」

彼女は青ざめた顔をして、震えているのがわかった。「う……うちのすぐ外で起きたんです。犯人はまだ近くにいるかもしれませんわ。警察の話ですと、あの人は刺されたそうです。私、誰かを呼ばなくちゃと思って」

「私に電話をくださってよかったです」とウィルスン。「ホームズさん、どう思われます？」

「とにかく、クライダーさんを家に入れて、話を聞きましょう」

「私は何も知らないんです」

「ウィリアム・ノックスという名前に心当たりは？」

「ありません」

彼女が身動きしようとする前に、ホームズはさっと手を出してその手首を握ると、服の袖をめくり上げて紫色の打ち身をあらわにした。「ほかにも打ち身がありますか？」

「何ですか、ホームズさん」ウィルスンが声を上げた。「何を言っているんですか？」

「答えなさい、クライダーさん。それとも、ぼくが言いましょうか？」

彼女はわっと泣き出した。「私――」なんとか声を出した。「私、殺すつもりなんかなかったんです！」

「殺すですと！」ウィルスンの顔から血の気が引いた。「知りもしない男を刺し殺したというのですか？」

「いや、彼女はあの男を知っていたんですよ。ウィリアム・ノックスは、彼女の娘ジェニーの父親なんです」

「きみに知る手だてはなかったと思うんだが」キャサリン・クライダーが警察にすべてを話し終えたあと、私はホームズに向かって言った。「推理する手掛かりさえなかったと思うんだがね」

「いや、あったんだよ、ワトスン」ホームズはパイプに葉を詰めて火をつけ、推理の手順を説明する準備をしていた。「キャサリン・クライダーが匿名にこだわるのが、誰かから身を隠しているせいだということは、初めからはっきりしていた――警察や、親や、恋人からね。いずれにせよ相手は、彼女を傷つけるか、ジェニーから引き離そうとする恐れのある者に違いない」

「ジェニーは彼女の娘だったんだね？」

ホームズはうなずいた。「算数の問題さ。ジェニーは十五になったばかりだ。そしてキャサリンは、自分が十一で妹が一歳のときから、めんどうを見てきたと言った。ジェニーが十五歳なら、キャサリンは二十五歳で、一八七六年か七七年の生まれということになる。近くで見た彼女はもっと年上に見えたし、小さいころ父親にビゼーのコンサートへ連れていってもらったと言っていたね。だが、ビゼーが死んだのは一八七五年で、彼女が生まれたと言っている年より一年以上前だ。わざわざそんな話を作る必要は彼女にないはずだから、年齢のほうで嘘を言っていたということになる。二十五でなく、三十五に近い年齢だろう。彼女がバールストン屋敷で家庭教師をしていたのは、学校を卒業してからすぐではなく、三十に近いころだと考えたほうが妥当だ」

「だが、なぜ嘘を?」

「そうさ、ワトスン! なぜか、だ。少しでも仕事を長く続けたいという女優ではないし、ある年齢までに結婚しなくてはならない相続人でもない。妹を育てながら働いている、中流の教師なんだ。だが、二人の本当の年齢差が知られてしまったら、妹が実は娘であるということがばれてしまう。女王陛下が亡くなっても、ヴィクトリア時代はまだ過ぎ去っていないんだよ、ワトスン。子供をかかえた未婚の女性というのは、いまだに軽蔑の対象なんだ」

「わかったよ、ホームズ。著者として実名を明かせなかったのは、本当の年齢がわかってしまうからだったんだな」

「それ以上の理由からさ。なぜこんなに長いあいだ住所を知られないようにしていたのか? 彼女が最も恐れる人物、彼女やジェニーにとって脅威となる人物、つまりジェニーの父親に見つかってしまうからだ。ぼくは彼女の身に危険がふりかかるかもしれないと推理していたが、今朝まで確たる証拠はつかめなかった。殺された男はミュージシャンで、ロンドンのオーケストラにいた。殺された場所は彼の住むところからも職場からも遠く離れている。そのことからすぐにわかったよ。ジェニーの音楽的才能は母親でなく父親から継いだものだ。そしてその父親が会いに来たのだとね」

「だが、彼はなぜキャサリンを見つけることができたんだろう」

「キャサリンは愚かな間違いをしたんだ。ウィリアム・ノックスはオーケストラで演奏していて、その予定は新聞に載っているから、彼女のほうはつねに相手の居場所を知っていた。週末をかけて検討し、実名での出版を許可しようと決めたキャサリンは、これ以上ノックスに居場所を突き止められることでやきもきするよりはと、自分からゲイアティ・ミュージックホールにいる彼に電話して出版のことと居場所を教えたんだ。先週会ったとき彼女は、もし実名で出版するなら最初にやっておかなければならないことがある、と言っていたろう？　だが、ミュージック・ホールがひけたあと安ワインで酔っぱらったノックスが、会ったこともない娘をよこせと迫りに来ることなど、彼女は考えもしなかった。二人の争いは、ジェニーが階上で眠っているあいだに起きた。そのときについたのが、あの手首のあざだ。ノックスに殴られ、キャサリンはキッチンナイフで対抗した。刺された彼はよろよろと家を出ていったが、キャサリンはその傷がどの程度のものか知らなかった。墓地まで歩いていったノックスは、そこで気を失い、出血多量で息絶えた。けさ死体が見つかると、ひどいショックを受けた彼女は、すぐウィルスンに電話をして助けを求めた。おそらく、ぼくが推理をしなくても、いずれ彼女は真実を語ったと思うよ」

「彼女はこれからどうなるんだろう？」

「ウィルスンが、彼女のために腕利きの弁護士を手配している。すべての事実が明らかになれば、刑罰もゆるいものになるだろう。ジェニーのためだけにでもね」

「今回のきみの骨折りに対する報酬はあるのかい、ホームズ？」

彼はにこりとしながら手を振ってみせた。「骨折りというよりは、気晴らしさ。それに、ウィリアム・ノックスが予期せぬ死を迎える前に、もっと幸せな結末を与えられればよかったのに、と思うばかりだ」

# モントリオールの醜聞

## A Scandal in Montreal

August, 1911

# 一　犯罪

　旧友シャーロック・ホームズが引退して何年かたったころ、私はある用件をかかえ、サセックス州に住む彼のもとを訪ねることになった。別荘は小ぶりなものだが、その眼下には英仏海峡があり、思わず息を呑むようなみごとな景色が広がっている。一九一一年の八月のことで、つい鼻歌をうたってしまうような、穏やかな天気だった。

「養蜂のハチが相手では、暇をもてあましてるんじゃないかい?」庭の小さなテーブルについた私は、そう訊いてみた。

「そんなことはないさ、ワトスン」ホームズはグラスにワインを注いだ。「まあ、ここの生活は平和そのものだがね。きみは駅から歩いてきたとみえる」

「どうしてわかったんだい?」

「ぼくの方法は知っているはずだ。きみの顔は陽に当たって赤くなっているし、靴には道路のほこりが積もっている」

「変わらんね、きみは」私は思わず言った。「ここではいつもひとりなのかい? それとも、近所の人と会うことはあるのかな」

「できるだけ会わないようにしているよ。近所と言ってもかなり離れているんだが、みんながドイツの侵攻に怯えて、その気配がないかと毎朝窓の外をうかがっていることは、知っている。どうもアースキン・チルダーズが書いたことを気にしすぎているらしい」

『砂洲の謎』が出版されてから、すでに八年はたっているが、まだ読んでいる人は多いのだ。「きみも戦争が近いと思うかい?」

「しばらくは大丈夫だろう。だが、いずれ何かが起きるとは思う。それより、気持ちのいい夏の日にきみがわざわざやってきた理由を教えてくれないか? 前回ここで週末を過ごしてから、だいぶたつね」

「カナダからきみに宛てた電報が、ベイカー街の古巣に届いたんだ。ハドスンさんはここの住所を知らないので、ぼくのところに持ち込んできたというわけさ」

「彼女はどんな調子だい?」

「足腰は弱ってきているが、精神状態は元気そのものだよ」

「ここにも身のまわりの世話をしてくれる家政婦がいるが、今日は休みでね。夕食までいてくれるのはかまわんが、冷肉とパンくらいしか出せないな」

「いや、その必要はないよ。ぼくはこの電報を届けに来ただけだ」

「郵便で送ったほうが楽だったんじゃないか?」

「重要なものに思えたんでね。それに、ぼくも引退した身で、することがあまりない。ハチでさえいないんだから」

「じゃあ、その急ぎのメッセージとやらを拝見することにしよう」

ホームズは封筒を開けると、電文を読み始めた。「ロンドン、ベイカー街二二一B、シャーロック・ホームズ様。突然で恐縮ですが、至急のご助力を願いたく、ご一報します。私の息子ラルフ・ノートンがマギル大学（カナダ最古の大学）から失踪しました。警察は彼を殺人容疑で追っています。どうかこちらへいらしてください！　お願いします！」

署名はただ、「アイリーン」とだけあった。

「どういうことだろうね、ホームズ。意味がわかるかい？」

「もちろん明らかさ」彼はため息まじりに答えた。

「アイリーンというのは誰だろう。まさかアイリーン・アドラーではあるまい。彼女は二十年以上前に死んだはずだ」

「死んだとされているが、ぼくはずっとそれを疑ってきた。アイリーンはアメリカのニュージャージー生まれだ。英国でゴドフリー・ノートンと結婚したあと、ボヘミア王の事件による追及を逃れるため、アメリカ大陸へ渡ったんだと思う。生きているとしたら、ぼくより四歳下だから、今は五十三歳だ。それほどの年輩ではないものの、大学生の息子がいてもおかしくはない」

「だが、もし本当に彼女だとして、ここから何がしてやれるんだい？」

「ここからは何もできないさ」ホームズは電報にある住所を見つめながら、しばらく考えこんでいた。「すぐに返事をしなくては。この電報は四日前の十二日に打たれたものだ」

「どういう返事を？」

「彼女はぼくに助けを求めているんだよ、ワトスン。それを拒否できるとでも？」
「まさか、カナダへ行くっていうのかい？」
「行くさ。そして、きみも一緒に来てくれるなら、これ以上うれしいことはない」

それから一週間もたたないころ、私たちはセントローレンス川の河口に近づく船の上にいた。ホームズはなぜこんな遠方への旅に私を連れて行きたがったのだろう、と思ったが、その答はわかっているという気もしていた。彼がアイリーン・アドラーに再会するときは、私も一緒にいなくてはならないのだ。私自身が彼女をこの目で確かめなくてはならないのだ。

船がモントリオールの中心地に近い埠頭のひとつに着くと、私たちは馬車でホテルに向かった。私は通りを走る自動車の多さに驚き、中心街にあるぜいたくな家並みに目を見はった。ロンドンの中心街にはありえないような豪邸ばかりだ。御者の話では、どれもモントリオールにおける金融界や産業界の有力者たちの家であり、ゴールデン・スクウェア・マイルと呼ばれる一帯だとのことだった。

私たちは、建設中のリッツカールトン・ホテルの向かいにある小さなホテルに到着した。西シェルブルック通りに面しており、大学にほど近い。アイリーンに電話をかけると、ホテルに来てくれるとのことだった。再会を前にしたホームズは、なんとなくそわそわしているように思えた。

「今回の問題はきっと解決してあげられると思う」とホームズ。「あの女性《ひと》のことは、今まで決して忘れなかったよ」

ほどなくしてフロントから電話があり、アイリーン・ノートン夫人が着いたと知らせてきた。降りてみると、ロングスカートと花柄のブラウスに帽子といういでたちの女性が、ロビーのすみにあるソファに腰かけていた。ホームズがずっと持っていた写真のおかげで、すぐにそれがアイリーンだとわかった。オペラのステージに立っていたころと同じ、きゃしゃな体つきであり、美しい顔立ちもまったく変わっていない。髪にほんの少し混じる白いものだけが、過ぎ去った年月を思い起こさせた。

「こんにちは《グッド・デイ》、シャーロック・ホームズさん」彼女の挨拶は、あのとき青年に変装して私たちを尾《つ》けてきたときのものと、ほぼ同じだった。

「それにワトスン先生。お二人とも、ロンドンにいらしたときとほとんどお変わりありませんね」

「ありがとうございます、マダム」ホームズはわずかに頭を下げた。「もっと楽しい状況のもとでお会いしたかったものですが」

彼女は私たちをソファに座らせると、話を始めた。「この二週間ほどは、私にとって、とてもつらいものでした。あなたに電報を打ったとき、私はもう、どうしたらいいかわからなくなっていました。あなたがまだ私立探偵をなさっているかどうかも、考えなかったんです」

「ぼくは引退の身です」とホームズ。「ですが、あなたが必要とされるなら、いつでもお力になりますよ」

アイリーンは微笑んだ。「私のために大西洋を渡って来てくださったなんて、こんなにうれしいことはありませんわ」

「モントリオールはもう長いのですか?」

彼女はうなずいた。「結婚するとすぐ、ゴドフリーは私たちが英国を離れるべきだと考えたんです。ヨーロッパ大陸で短いあいだ過ごしたあと、彼はここで弁護士事務所を開き、成功しました。そして、ひとり息子のラルフが産まれました」

「ご主人はとてもハンサムな方だったのを覚えていますよ」

「悲しいことに、彼は三年前に亡くなってしまいました。彼が生きていたら、あなたをわずらわせてはるばる来ていただくことには、ならなかったでしょう」

「息子さんに、いったい何があったんですか? 電文からすると、殺人があったあとに失踪したということのようですが」

「そのとおりです。そもそもの初めからお話ししましょう。ラルフが変わってしまったのは、おそらく父親の死がきっかけだったのだと思います。もう、以前の彼ではありません。しょっちゅうお酒を飲むようになり、大学の勉強もしなくなりました」

「彼は今いくつですか?」

「十九歳で、もうすぐ大学でも二年目になります。一年生のときに、モニカ・スターという名の、かわいい赤毛のクラスメートと知り合いました。とてもいい娘《こ》らしく、二人がつきあうことに私は反対しませんでした。彼女のおかげでラルフが元に戻ってくれるかもしれないと、思ったのです。ですが、今年の夏になって、彼には恋敵があらわれました。大学でもうすぐ最終学年に上がるはずだった、フランツ・ファーバーというドイツ人学生です。二人は彼女をめぐって激しく争っていたらしく、数週間前に一度、ラルフが鼻血を出しながら帰ってきたことがありました。でも、それ以上のことはありません。ラルフは絶対に――」彼女は話をやめた。

「何があったんですか?」ホームズは静かに言った。

「二週間前、木曜日の夜に、フランツ・ファーバーは、マギル大学の学生がよく行くパブの外で刺し殺されたんです。大きなスキャンダルになりました。マギルはそんなことの起きるような大学ではありませんから」

「ここの大学は八月にも授業があるんですか?」

「毎年、夏期講座があるんです。ファーバーは言語の講座をとっていたんでしょう。彼はドイツ人で、英語とフランス語に関しては基礎的な知識しかありませんでしたから。息子はその日の早い時間にパブで目撃されていたため、警察官が事情聴取にうちへやってきました。その一時間ほど前に彼は帰ってきたのですが、何も言わずに自分の部屋へ行ってしまいました」

「珍しいことですか?」

「このところ、むら気なところがありましたから、とくに気にもしませんでした。ところが、警察が来たので呼びに行くと、部屋にはいなかったんです。裏口から出て行ったようでした。翌朝、モニカ・スターもまたいなくなっていることがわかりました。警察はラルフがファーバーを殺したと確信していますが、私には信じられません。亡くなった父親と同じようにむら気だったとはいえ、人を殺すなんてことはありえないのです」

ホームズは、落ち着かせようという口調で言った。「大丈夫。あらゆる手を尽くしますよ、アイリーン。二人が行きそうな場所に、心当たりは？」

「私には、二人が一緒だかどうかもわかりませんわ」

「犯罪を行なったかどうかはともかく、二人が一緒だということは大いに考えられます。彼が親しくしている教授や講師はいますか？」

アイリーンはしばらく考えていた。「スティーヴン・リーコック教授がいます。マギルで教えているほか、経済学の本とユーモア小説集を出版しています。ラルフはその教授ととても親しくしていましたわ」

「学生仲間では？」

「私の知るかぎり、モニカだけです」

「じゃあ、リーコックに会わなくては」とホームズ。「ところで、あなた自身は？　今でも歌っていますか？」

彼女は青白い顔で微笑んだ。「ほとんどありませんわ。時たま地元の劇団に出るくらい」

「いけませんね。あなたはすばらしい声をしているのに」

「息子を見つけてください、ホームズさん。助けになってくださるのは、あなただけです」

「全力を尽くしますよ」

大学までは短い道のりだった。表通りから並木の馬車道に入ると、ほどなくして石造りの建物が見えてきた。九十年前にこの大学が創立される助けとなった遺産の主、ジェイムズ・マギルの記念碑が、建物中央の張り出しの前に建っている。あたりには、秋からの新学期の準備に来ているらしい、わずかな数の学生と教員しか見えない。私たちはリーコック教授の研究室の場所を訊ね、隣接する建物にある政治経済学部へと向かった。先に立つホームズの熱心さに、私はいささか驚きを感じた。

「時間がないんだ、ワトスン。もし彼が本当に現場から逃げたのだったら、なんとかして見つけて、戻ってくるのが自分のためなのだと説得しなくちゃならない」

「彼が犯罪者だと考えているのかい？」

「判断を下すのはまだ早いよ」

リーコックの小さな研究室に着くと、そこにはやせっぽちの青年がいて、ロブ・ジェントリーだと名乗った。教授の机の上にある地図をながめていた彼は、こう続けた。「リーコック教授は席をはずされていますが、すぐに戻られるはずです。総選挙が近づいていることはご存じですよね。どうぞそちらにおかけください」

「教授は政治的な活動をしているんですか？」とホームズ。

「ええ、保守党側で。自由党である今の首相に反対する立場で運動されています」

その直後、濃い口ひげをたくわえた端整な顔立ちの、肩幅が広い男性が戸口にあらわれた。「どうした？　お客さんのようだね、ロブ。椅子を調達してきてくれないか」

「承知しました」

「教授のリーコックです」口ひげの男性は手を差し出した。見たところ四十代初めといったところだろうか。髪にはわずかに白いものが見える。「どんなご用件でしょうか」

「ぼくらはロンドンからやってきました。こちらは友人のドクター・ワトスン。ぼくはホームズといいます」

「ホームズ？　ホームズさんですって？」リーコックはびっくりしたようだった。「まさか、あのシャーロック・ホームズさんじゃないでしょうね！」

「そのホームズですよ」私は友人のかわりに答えた。

「私はあなたのすばらしいお仕事について、ちょっとしたユーモア小説を書いたところでしてね。きっと面白さをわかっていただけると思うのですが」

ホームズはその話を無視した。「ぼくらは緊急の用件でここへうかがったのです。アイリーン・ノートンさんが、息子さんのことで助けを求めてきました。殺人の嫌疑をかけられているラルフ君の行方をつきとめてほしいと」

ホームズの言葉を聞いて、リーコックの顔が青ざめたように見えた。「あれはとんでもない事件です……」

「ラルフ君の母親は、あなたが彼と親しかったと言っていますが」

「今でももちろんそうです。今回のことは、私にはまったく理解できません」教授は机の上の書類を動かした。

「彼の居場所をご存じなのでしたら、警察より先にわれわれが見つけたほうが、彼にとって一番いいはずですが」

「私は何も知りません」

「そうおっしゃりたいのでしょう。ですが、ぼくらが入ってきたとき、あなたの助手は机の上の地図を調べていましたね。そして今、あなたはそれを隠そうとしている」

リーコックは決断に迷ったらしく、しばらく黙りこんでいたが、やがて口を開いた。「さすがは名探偵ですね、ホームズさん。ええ、彼の居場所は知っています」

## 二　追跡

リーコック教授によると、彼は毎年の夏期休暇のあいだ、オリリアにあるシムコー湖北岸のコテージで執筆生活をするのだという。オリリアはモントリオールからだとかなりの距離にある都市で、むしろトロントのすぐ北と言ったほうがいい。「コチチン湖にあるオールド・ブルーアリ湾に面しているのですが、その湖も実際はシムコー湖の一部なのです」

「そこへ行く方法は？」とホームズ。

「鉄道です。トロントからオリリアを経由する路線が、私のコテージのすぐ近くを通っています。毎年八月の初めには、家族と一緒にここへ戻ってきて新学期の準備をしますが、今年は帰ってきてからほんの数日で、フランツ・ファーバーが殺される事件がありました」

「ファーバーのことはご存じですか？」

「個人的には知りません。ロブなら知っているでしょう」

ジェントリーはうなずいた。「週末になると、パブでよく出会いましたよ。彼がガールフレンドたちに囲まれているときは、一緒にビールを飲みましたね」

ホームズは考えこむような表情になった。「彼が刺された晩も、見かけましたか？」

ジェントリーは首を振った。「ぼくは友人たちとピクニックに出かけていましたから」

ホームズはリーコックに向きなおった。「ラルフ君の居場所を知っているとおっしゃいましたね」

「彼は、私が家族と一緒にモントリオールへ帰ってきたその日に訪ねてきました。新学期が始まるまでの数週間モントリオールを離れていたいのだが、どこかいい場所はないだろうかという相談でした」

「それで、オリリアのコテージを紹介したと？」

「そうです」

「それはいつのことです？」

教授は机のカレンダーを見た。「確か、九日の水曜日です」

「同じく失踪したモニカ・スターという女性も、一緒に行ったのでしょうか？」

「私の知るかぎり、ひとりでしたね」

「そして、まだそのコテージにいると？」

「私はそう思っています。彼は九月の第二週に帰ってくるつもりのはずです」

「コテージに電話はありますか？」

「いえ。妻と息子と三人、誰にもじゃまされずに夏を過ごしたいもので」

「では、鉄道での行き方を教えてください」

「ここからだと、丸一日かかりますよ。三百マイル以上ありますから」

「ワトスン君と私は、英国の鉄道で慣れています」

リーコックはにやりとした。「私も英国人ですよ。両親がカナダに移住してきたのです。当時の私は七歳で、残ることもできましたが、一緒に行くことに決めました」

「賢明な選択ですね」ホームズは微笑んだ。「ところで、そのコテージですが――」

「ラルフに何があったのかはわかりませんが、自分のコテージを使わせたのですから、私にも責任の一端はあります。あなたたちがどうしても行くとおっしゃるのなら、私も同行しますよ。見知らぬ人が二人もいきなり訪れては、彼が驚くかもしれない」

教授の言葉には、何やら言外の意味が感じられた。まるで、アイリーンの息子が暴力をふるうことを恐れているとでもいうようだ。

「わかりました」とホームズ。「一番早い列車に乗りましょう」

教授は助手に向きなおった。「二、三日ここをまかせられるかな？　ロブ」

「もちろんですとも」

リーコックは奥さんに電話をかけ、われわれの計画を話してから、ホームズに顔を向けた。「明日の朝に出る列車に乗れば、日暮れまでにコテージに着けますよ」

「それは助かります」

「列車の出るウィンザー駅は、ここから南へ数ブロックのところにあります。ピール街を下ってドミニオン・スクウェアを抜けると、右手が駅です。間違えることはないでしょう。そこで午前八時にお待ちします」

　われわれが部屋を出ようとすると、教授は自分の著書らしき一冊を私の手に押しつけてきた。

「今夜これを読んでみてくださいますか、ワトスン先生。とくに、『欠陥探偵』（一九一一年の著書『ナンセンス小説集』所収の作品）という短篇がお勧めです。あなたにもホームズさんにも、大いに楽しんでいただけると思います」

　外に出ると、ホームズは空を見上げて言った。「いささか奇妙な人物だけれど、友好的ではあるな。ところで、コテージへ行く前に地元の警察から話を聞いておくことにしよう」

　ケベック州警察は、われわれが通い慣れたロンドン警視庁よりましなところもあったし、だめなところもあった。ましなところとは、彼らがホームズに対してきちんと敬意を払って接してくれたことであり、だめなところとは、フランツ・ファーバー殺しの担当刑事がなかなかつかまらなかった点にある。ようやくのことで刑事部屋に案内されると、ジャン・ルブロンという刑事がていねいに対応してくれた。

「あなたのお名前はここでもよく知られていますよ。カナダは初めてですか、ホームズさん？」

「そうです」

「きっとこの国を気に入っていただけると思います。で、どんなご用でしょうか」

「フランツ・ファーバーというマギル大学の学生が殺された事件で、捜査を依頼されているのです。二週間前にパブの店先で刺し殺されたと聞いていますが」

ルブロンは机の上のファイルを繰った。「ちょうど二週間前、十日の木曜日のことですね。襲われたあと、数分で死亡しています」

「目撃者は?」

「いません」

「すると、なぜラルフ・ノートンを逮捕しようとしているのでしょう」

「二人はひとりの女性をめぐって殴り合いをしたことがあります。あの晩、路上に倒れているファーバーを最初に見つけたのは、巡回中の警官でした。胸を刺されてかなり出血していましたが、まだ息はありました。刺したのは誰かと巡査が訊くと、彼は〝ノートン〟と言ったんです」

この死に際のひとことを聞いて、ホームズは明らかに驚いたようすだった。「確かにそう聞いたんですか?」

刑事はうなずいた。「被害者はノートンと言ったと、巡査は確信しています。しかも、われわれが事情聴取に行ったときラルフ・ノートンが逃亡したという事実を加えると、強力な情況証拠になります」

「殴り合いの原因になったという女性は?」

「モニカ・スターという名前で、彼女も姿をくらましています」

「その女性の家族と話をしましたか?」

「実家はガスペーという北部の町にありましてね。彼女自身はキャンパスに住んでいるんです。家族は彼女の失踪のことなど知らず、この夏は一度も会っていないと言っています。特別講座のため大学に残っていたんでしょうね」

「いずこも夏期特別講座というわけか……」ホームズは何やら考えこんでいた。「問題の晩、ラルフ・ノートンはそのパブにいたんですか？」

「早い時間にバーテンダーが目撃しています。ですが、ファーバーと一緒ではありませんでした」

「凶器は見つかりましたか？」

「まだです。周辺を捜索したのですが、だめでした」

州警察署を出てから、私はホームズの考えを訊いてみた。

「ラルフが第一容疑者であることは間違いないようだ。今日のうちにアイリーンに会っておかなくては」


彼女の家は、埠頭《ふとう》からホテルへ向かったときに見えた豪華な邸宅を、小規模にしたようなものだった。夫の弁護士事務所は、かなり収入がよかったのだろう。お茶のカップを前にしたホームズは、リーコックのコテージについて説明し、われわれは翌朝そこに向かうのだとアイリーンに言った。「覚悟しておいてください。警察が集めた証拠は、決定的ではないにしても、かなり強力です。ラルフがリーコックのコテージにいるとしたら、ひとりではないでしょう」

「あの娘《こ》と――」

ホームズはうなずいた。「モニカ・スターです。彼女はこの夏中、このモントリオールで彼と一緒にいました。そして、もうひとりの青年、フランツ・ファーバーとラルフとのあいだで、何かがあった。二人は一度殴り合いをしていますが、二週間前パブの店先で、もう一度殴り合ったのかもしれません。ファーバーは死ぬ間際にラルフの名前を口にしています」

「まさか！」アイリーンは頭を振った。「息子が誰かを傷つけるなんて、信じられないわ」

「彼を見つけたら、連れて帰らなければなりません」

アイリーンはホームズの鋭い視線を避けるかのように、顔を背けた。「ラルフは、たったひとりの子どもなんです。なんとか助けてください」

ホームズはため息をついた。「できるだけのことはしますよ」

その晩、それぞれの寝室へ戻る前に、私はリーコックから渡された本の短篇を読んでみた。

「ホームズ！」私は最初の二、三ページを読んだところで叫び声をあげていた。「このリーコックの作品は、きみときみの手法を頭からバカにしているぞ！　きみのことを〝名探偵〟と呼んでいるが、首相とカンタベリー大主教の問題を解決するのに、なんともバカげた変装をさせている」

「ぼくの名前は出ているかい？」

「いや」

「じゃあ、好意的なものだと考えられる。きみのような読者が、名探偵というだけですぐぼくのことだと思ってくれるわけだからね」

そう言われても、私の怒りはおさまらなかった。読み終わったときは、ぜいぜいとあえいでいたほどだ。「話の最後で、あいつはきみを犬に変装させたうえ、野犬狩りに処分させてしまうんだぞ！　あいつは人のことを中傷する、下劣な悪党だ！」

ホームズはわずかに微笑んだ。「あるいはユーモリストか」

「こんな男と一緒に旅をしなくちゃならないのかい？」

「今回の旅はアイリーンと息子のためであって、リーコックのためじゃないよ」

翌朝、結局われわれは予定どおり駅でリーコックと落ち合った。予定と違ったのは、助手のロブ・ジェントリーも一緒に来ていたことだ。「コテージに書類が置いてありましてね」とリーコック。「少なくとも一泊はしなくてはならないので、その間ロブが書類を調べ、持って帰るべきものをより分けてくれるというわけです」

結果的に、ジェントリーが同行したのは正解だった。長い道中で私の話し相手になってくれたし、彼と話をしていれば悪党のリーコックと口をきかないですんだからだ。カナダ東部の景色は絵のように美しいもので、リーコックはなぜモントリオールから遠く離れた場所に夏の別荘をもったかということを説明していた。「英国から移住してきたあと、私はこの地方で育ちました。家はシムコー湖の南岸に近いイージプトという町にありました。夏はとくに、色彩に富んだ景色を見せる地方です。冬のモントリオールは時として厳しすぎますがね」

「大きな国だ」ホームズはつぶやいた。

「そうです。西部カナダなど、何百マイル行っても小麦畑以外何も見えませんよ。きっと、〝神は小麦あれと言われた。するとサスカチュワン（カナダ南西部の州）が生まれた〟ということなのでしょう」

オリリアに着いて列車を降り、馬車で何ブロックか離れたコテージに向かったのは、午後も遅くなったころだった。コテージに電話がないので、リーコックはわれわれの到着をあらかじめ知らせておくことができなかった。うす茶色の髪で顔にそばかすのあるハンサムな青年が、コテージのポーチに座っていた。われわれが馬車から降りると、彼は読んでいたライダー・ハガードの小説を置いて立ち上がった。

「リーコック教授！　いったいなぜここへ？」

「悪い知らせがあってね。きみがモントリオールを発つ前の晩、フランツ・ファーバーが殺された。警察はきみに話を聞きたがっている」

そのとき、彼のうしろの網扉が開いて、赤毛のかわいらしい女性が姿をあらわした。青いゆったりしたワンピース姿で、あごにひとつあるえくぼが愛らしく、その微笑みはどんな男性も魅了してしまいそうだ。「ラルフはずっと私と一緒にいましたわ。誰も殺したりできるはずがありません」

ホームズが会話に加わった。「こちらが行方不明のミス・スターですかな？」

「あなたは？」とラルフ。

「シャーロック・ホームズといいます。あなたのお母さんの古い友人で、あなたを探すために英国から呼ばれました」

ラルフは頭を振った。「ぼくは誰も殺していませんし、警察に行く気もありません。二人ともここを離れることはないんです」彼の視線が私に移った。「こちらの方は？」

「友人のドクター・ワトスンです」とホームズ。

彼はじっと私を見つめた。「お医者さんなのですか？」

「もちろん」

「私の助手のロブは知っているだろうね」今度はリーコックが言った。

ラルフはかすかに微笑んだ。「パブでよく会いますよ」

リーコックはまわりをさっと見まわした。「寝室は三つしかないが、私たちがひと晩泊まる場所はあるかね？」

「もちろんですとも」とラルフ。「こちらへどうぞ、ホームズさん。みなさんが落ち着かれたら、夕食にしましょう。列車の長旅でお腹がすいているでしょうし」

ホームズと私はコテージの裏手にある小さな寝室を割り当てられた。二人きりになってから、私はホームズに訊いてみた。「彼はなぜぼくが医者だということに関心を示したんだろうね」

「もっと観察力を駆使したまえ、ワトスン。モニカがこの夏を両親のもとで過ごさなかった理由が、ようやくわかった。あのゆったりしたシフトドレスを着ていても、ぼくの目はごまかせないさ。モニカ・スターは少なくとも妊娠六カ月だよ」

## 三　逮捕

その晩、夕食のテーブルにつく彼女を見ていた私は、ホームズの診断に同意せざるをえなかった。彼女は確かに妊娠していて、おそらくは妊娠三半期の第三段階に入っている。そのためにラルフは大学へ戻らず、ここにいようと決めたのだろう。彼女の身体のことを、リーコックとジェントリーもわかっているのだろうか。

　食事が済んでもまだ外が明るかったので、オールド・ブルーアリ湾にそって散歩しようということになった。湾といっても湖の小さな入江で、リーコックの家はその最も内側の部分に建っている。ラルフとモニカの二人は、思いがけない客が来たというのに、このうえなく幸せそうな雰囲気だった。二人は赤い革のボールを投げ合って遊び、時おりリーコックやジェントリーに向けて投げることもあった。あるとき、ラルフが先に立って走ると、モニカに向かってこう叫んだ。

「ノース！　キャッチだ！」

「ノース？」モニカがボールを受けてジェントリーに放ると、ホームズが彼女に訊いた。

「私が北の地方の出身なので、男の子たちはいつのまにか〝ノース・スター〟（北極星）とか、単に〝ノース〟と呼ぶようになったんです」

「大学は気に入っているのかね？」

「もちろん。嫌う理由などありませんわ。ラルフと出会った場所ですし。私たち、みんなに知らせたらすぐに結婚するつもりなんです」

「きみが幸せになるよう、祈っているよ」

　リーコックは会話の聞こえる距離にいたらしく、私に向かって警句めいたことをつぶやいた。

「えくぼに恋した男の多くは、その持ち主の女性と結婚してしまうという過ちを犯す」

「二人の結婚に反対なんですか？」私はこの旅に出て以来初めて、彼と口をきいた。

「自分のために言っているわけではありませんよ。人はしばしば理解するのが遅すぎますが、人生は日々の生活のなかにあるのです」

日が暮れていくにつれ、私はリーコックとの会話に思わず引き込まれていった。「私の『欠陥探偵』をお読みになる時間はありましたか、ワトスン先生？」

「読みましたとも。ぼくに言わせれば、あなたはご自分の才能をもっと重要なことに注ぎ込むことができると思いますが」

「なるほど。しかしですね、私はブリタニカ百科事典を全巻書くよりも、『不思議の国のアリス』を書きたいと思っているのですよ」

私はどう答えたらいいかわからなかった。

その晩、ホームズと私はぐっすりと眠ることができた。湖の波は静かで、大西洋を横断したときとは大きな違いだった。だが翌朝、朝食が終わったあたりから、われわれの会話は深刻さを帯びてきた。口火を切ったのはリーコックだ。「ラルフ、やはりきみは私たちと一緒に帰るべきだ。そうでないと、私は警察にきみの居場所を教えなければならない」

反論に立ったのは、モニカだった。「なぜ警察に教えなければならないんですか？　彼は何も悪いことをしていないのに」

リーコックが訴えるような目をホームズに向けると、彼はおだやかな口調で言った。「フランツ・ファーバーは、死に際にラルフの名前を口にした。彼は警察官に、やったのはノートンだと言ったんだよ」

「そんなことはあり得ません！　あの晩私は、彼とずっと一緒にいたんですから」

「いや、ずっとじゃないよ、モニカ」ラルフが口を開いた。「あれは木曜日で、ぼくらが出発する前の晩だ。覚えているだろう、ぼくはうちからいくつか荷物を持ってこなくちゃならなかった。一時間ほどきみと離れていたはずだ」

「あなたは誰も殺せたはずがないわ、ラルフ」モニカはため息をついた。「フランツは殺した相手を見なかったのかもしれない。あなたたちはケンカをしたことがあるから、あなたの名前を彼が口にしたとしても、おかしくないじゃない」

「ファーバーは胸を刺されていたんだ」とホームズ。「彼が殺人者の顔を見ている可能性は大きいよ」彼はラルフに向きなおった。「きみとファーバーがケンカをした理由はなんだね?」

ラルフは鼻息も荒く言った。「モニカのことです。ハイスクールのガキみたいな気持ちになってしまって」

「本当かね?」ホームズはモニカに訊いた。

「そうだと思います。私、フランツとほんの一時期つきあったことがあって、彼は私のことをあきらめなかったんです」

その晩のうちにモントリオールに帰るなら、すぐにでも出発しなければならなかった。ロブ・ジェントリーはすでにリーコックが持ち帰りたい書類をまとめ終わっていたが、ラルフはまだ承諾しなかった。「無知な警官たちに自分の無実を説明するため丸一日列車に乗るなんて、バカげてますよ」

「私は、ひと晩くらいひとりでいても大丈夫よ」とモニカが言った。

「あるいは、きみもラルフと一緒に来るかだ」とリーコック。

「それが一番いいはずだ」

モニカは頭を振った。「いいえ、私がここへ来たのは――」

ホームズが優しく声をかけた。「身体の調子が気になるのなら、ワトスン先生に診てもらうこともできるよ」

「いいえ、そうじゃなくて、とにかくあそこへは戻りたくないんです」

「ぼくもです」とラルフ。

リーコックが説得を試みる。「遅かれ早かれ、モントリオールの警察はきみたちの居所《いどころ》をつきとめるだろう。そうなったらラルフ、きみは逮捕されて、手錠をかけられた姿で戻ることになるんだぞ。きみのお母さんに見せたい姿じゃないだろう?」

「ぼくが殺したという証拠はありません」

「きみは彼とケンカをしている。そして彼は、刺した相手としてきみの名をあげているんだ」とホームズ。

「ぼくらがケンカしたのは何日も前のことです。それを蒸し返すとか、刺す理由なんてありませんよ。モニカは一緒に行くと言ってくれました。ぼくがこのコテージについて訊ね、教授が鍵を渡してくださったのは、ファーバーが殺される丸一日前のことです」

「確かに、きみは自分の無実についてうまく主張できるかもしれない」とホームズ。「だが、警察は殺人犯人を欲しがるものだし、きみは彼らにとって唯一の容疑者なんだ」

モニカが口をはさんだのは、そのときだった。「もうひとりいますわ」と彼女は静かに言った。「私がフランツ・ファーバーを殺しました」

「モニカ！」ラルフが叫んだ。「そんなこと、二度と言うんじゃない！　信じるやつがいるかもしれないじゃないか！」

リーコックとジェントリーの顔には、まったく信じられないという表情が浮かんでいた。だがホームズに目を転じると、彼の表情はまるで違っていた。満足しているとでもいうような顔なのだ。「もちろん、殺したのは彼女です。ぼくにはゆうべからわかっていました。だが、彼女自身の口から聞く必要がありました」

「なぜわかったんです？」とラルフ。「ゆうべ、何があったんですか？」

「きみは彼女のことを、〝ノース〟というニックネームで呼んだね。瀕死のフランツ・ファーバーは、自然に母国語へ戻っていたんだろう。刺したのは誰だと巡査が訊いたとき、彼は〝ノートン〟でなく〝ノルデン〟、つまりドイツ語で〝北方《ノース》〟を意味する単語を口にしたんだ。彼はきみのことを言ったんだね、モニカ。なぜそんなことをしたのか、話してくれるかな？」

彼女は誰とも目を合わせられず、床をじっと見つめていた。やがて、ゆっくりと話し始めた。

「私はラルフを、ラルフだけを愛しています。フランツとほんの短いあいだでもつきあったのは、私の大きな過ちでした。でも、私が妊娠すると、フランツは、お腹の赤ちゃんがラルフの子でなく自分の子だと言うって脅したんです。そんなことを言われるのは、絶対にいやでした。何度もお願いしましたが、聞き入れてもらえません。そこで、ナイフを見せれば脅かせるんじゃないかと、持っていきました。ところが、彼はナイフを見たとたんに笑い出しました。思わず刺してしまったのは、そのときなんです」

「モニカ――」ラルフの口から洩れたのは、ほとんど泣き声だった。

六人でモントリオールへ戻る列車の旅は、長くて重苦しかった。途中の駅からホームズが警察へ電話を入れておいたので、到着したわれわれはルブロン刑事に迎えられた。

ホームズと私は、さっそく馬車でアイリーン・ノートンの家へ向かった。ホームズは自分の口から彼女に結果を伝えたいと考えたのだ。「あなたの息子さんは、まもなくここに帰ってくるでしょう」とホームズは言った。「彼はモニカ・スターと一緒に警察へ行っています」

「事件は解決したのですか？　息子は無実なのですよね？」

「無実です。若者の恋にありがちな失敗はありましたが。彼の心を癒してくれるのは、時間だけでしょう」そして、ホームズはモニカの告白を説明した。

「それで、赤ちゃんは？　誰が父親なのでしょう」

「それは訊きませんでした。でもファーバーには、自分がそうだと信じるだけの理由があったようです。ラルフが立ち直るには、かなりの時間がかかるでしょう」

アイリーンは目をぬぐった。さきほどから涙があふれていたのだろう。「モントリオールの醜聞《スキャンダル》というわけね。まさかこんなことになるなんて。最初が私で、何十年も前のボヘミア。そして今度は私の息子の番」

「誰もあなたや息子さんを責めたりしませんよ」

彼女は頭を上げて、ホームズをじっと見つめた。「なんとお礼を言ったらいいか……。もう英国に帰られてしまうんですの？」

ホームズはうなずいた。「ぼくは引退の身で、サセックスで養蜂をしているんですよ。近くに来られるようなことがあれば、ぜひお見せしたいですね」

「そのお言葉、忘れませんわ」アイリーンはそう言うと、片手をホームズに差し出した。

# 瀕死の客船

中井京子訳

## The Adventure of the Dying Ship

April, 1912

晩年に至ってぼくはこれを書く。一九一二年四月に起きた驚愕すべき出来事を、なんらかの形で記録に残さねばならないと思うからだ。ぼくの冒険を記録するという点に関しては、わが旧友ワトスンのほうが明らかに優れているのだが、一九〇四年の末に諮問探偵として現役の活動を退いてからは、あまり彼と会うこともなかった。イギリス海峡を一望するサセックスのわが家まで、時おり週末に訪ねてくることはあったが、それを除けばわれわれは互いに別個の隠退生活に入っていた。われわれがふたたび最後の冒険に乗りだすのは、世界大戦が勃発する一九一四年のことになる。

だが、それより二年あまりも前に、ホワイトスターライン社の社長から、大西洋を越えてニューヨークへ向かう豪華客船タイタニック号の処女航海に招かれ、思いがけないことではあったがぼくは招待に応じた。数年前、その社長のために尽力したことがあるのだが、ワトスンの記録に載せるまでもない些細《ささい》な出来事で、ましてこれほど豪奢《ごうしゃ》な報酬に値することではなかった。招待に応じた理由はいくつかあるにはあったが、要するに、隠退生活に飽きが来ていたというのが正直なところだろう。まだ五十代なかばで体もいたって健康だったが、養蜂という仕事にはたとえ繁忙期でもたいした労働力を必要としなかった。冬場の月日はもっぱら熱心な養蜂家たちとの文通や、過去の事件の再検討と分類に費やしていたのだ。わずかばかりの家事は年老いた家政婦が引き受けてくれていた。

招待を受けた当初は無視しようと思った。チベットと中東で数年を過ごしはしたものの、元来、旅行家というわけではない。しかし、アメリカ再訪にはふたつの理由から興味をそそられた。ユタ州のアルカリ大平原やペンシルヴェニア州の炭鉱地域といった、過去の事件にゆかりのある場所を訪れることができるだろう。また、文通を通じて親しくなったアメリカの養蜂家にも会えること。そこでぼくはひとつだけ条件をつけて招待に応じることにした――つまり、偽名で乗船すること。その船旅でぼくはごくありふれたミスター・スミスになった。同じ名前の乗船客がほかに五人、そして、船長の名もやはりスミスだった。

四月初旬はまだ気温が低く風の強い時期だった。ぼくはいささかの不安を覚えつつ、サウサンプトン行きの一等臨港列車でロンドンを発ち、十日水曜日の午前十一時半に現地へ到着した。幸いにも、列車内で相席だったのは、若いアメリカ人の作家でジャーナリストのジャック・フットレルという男だった。小太りの体格に丸い童顔、黒っぽい髪を額の右側にふっさりと垂らしていた。鼻眼鏡をかけ、胸もとにはゆるやかなボウタイ。旅装としてはいささか堅苦しく思える白手袋まではめていた。その名前から最初はフランス人かと思ったが、すぐに勘違いだとわかった。

「ぼくはジョージア州の生まれですよ。ボストンにもいましたがね」と彼が言った。「妙なアクセントがあるのはそのせいかもしれない」

「しかし、お名前からてっきり……」

「フランスのユグノー派教徒の末裔《まつえい》なんです。で、あなたは……？」

「スミスです」

「ああ、なるほど」彼はわれわれの向かい側にすわっている魅力的な女性を手振りで示した。「家内のメイです。やはり文章を書いています」

「ご主人と同じジャーナリストで？」

メイ・フットレルはにこやかな笑みを見せた。「主人もわたくしも小説を書いています。わたくしの初めての作品は数年前、《サタデー・イヴニングポスト》に掲載されたんですよ」そこで彼女は付け加えた。「タイタニック号の処女航海なら、あなたが以前に勤めていた新聞社向けの記事になるかもしれないわね、ジャック」

夫は笑い声を立てた。「《ボストン・アメリカン》には、新聞王ハースト御用達の記者がいくらだっているさ。ぼくの出る幕はない。しかし、勤務していたころ、ぼくの短編小説を発表させてくれたことには大いに感謝しているけどね」

「ひょっとしたら、ぼくもあなたの作品を読んでいるかもしれないな」サセックスに隠退したおかげで、昔なら見向きもしなかった人気小説のたぐいを読む時間ができていたのだ。

メイ・フットレルが夫の代わりに答えてくれた。「三年前、『ダイヤモンド・マスター』という小説が出版されています。わたくしはあれが最高の作品だと思ってますけど、世間では主人の探偵小説のほうが人気がありますのよ」

それを聞いてひらめいた。「そうだ！　フットレル！　あなた、あの『十三号独房の問題』の著者でしょう。あれはすばらしい。ぼくも何度か読み返しましたよ」

フットレルは薄く笑みを見せた。「恐れいります。あれは人気が出ましてね。六日間にわたって新聞に連載され、正しい解答者に賞金を出したんです」

「あなたの探偵はあの有名な〝思考機械〟ですね」

微笑が少しばかり広がった。「オーガスタス・S・F・X・ヴァン・ドゥーゼン教授です。この七年間で教授を主人公にした短編を五十編ほど発表しました。今回の旅行中に書きあげたものがほかに七編あるんですよ。もっとも、人気の点では第一作をしのぐ作品がいまだに生まれていないんですがね」

五十編とは！　これまでにワトスンが発表したわれわれの冒険譚の数を上回っている。だが、フットレル本人が認めるとおり、最も世評が高いのは最初の作品だった。「ご夫妻で共作なさったことはないんですか？」とぼくは尋ねた。メイ・フットレルが笑った。「絶対にそういうことはやらないって主人と誓い合ったんですけど、でも、一度だけそれらしいことをやりましてね。わたくしが幻想小説めいたものを書き、ジャックがそれに〝思考機械〟を登場させて、わたくしの物語に論理的な解答をつけたんです」

話は弾み、話題は著作から夫妻の旅行へと移った。ジャック・フットレルは実に心地よい座談の名手だった。列車内での時間はあっというまに過ぎ、まもなくサウサンプトン港の桟橋に着いた。ぼくらは船上での再会を約束して別れた。

ぼくはしばし桟橋にたたずみ、巨大な客船の勇姿を見あげた。そして、タイタニックに乗船し、客室へと案内された。ぼくの客室はブリッジデッキBの右舷側B57で、壮麗な大階段も小型エレベーターも利用できる。客室内には、真鍮とエナメル装飾のヘッドボードとフットボードが付いた快適なベッドが一台。ベッドの横にはウォークインクロゼットがあり、反対側には贅を凝らしたソファセットがあった。暖房用の電気ヒーターも完備されている。ふたつの窓は輝くばかりの真鍮で縁取られていた。浴室には大理石を張った流し台。一瞬、旧友のワトスンにもぜひこれを見せたいものだと思った。

乗船して三十分もたたないころ、船はゆっくりと動きだした。ちょうど正午だった。タグボートが巨大客船を曳航《えいこう》し、桟橋からテスト河へと導いていく。ぼくはブリッジデッキの客室から甲板に出て煙草に火をつけると、見送り客が連なる河岸をながめた。やがて、船体の動きが止まり、別の船との接触をかろうじて回避した。一時間ばかりたってようやくまた動きだしたが、その後の二十四時間はかなりいらだつ航行となった。まずイギリス海峡を横断し、シェルブールで二百七十四人の客がはしけから乗船した。さらに、一夜をかけてアイルランドのクイーンズタウンまで行くと、約二マイル沖合いに停泊し、そこでもまたはしけで案内された客が乗船してきた。

やがて、いよいよ錨《いかり》があがると、正確な数は不明だが、船客および乗組員を合わせておよそ二千二百二十七人になる、というスミス船長の告知があった。最大収容力三千三百六十人の三分の二だった。

四月十一日木曜日の午後一時半、進みはじめた船の動きを甲板からながめていたとき、いつのまにか美しい赤毛の若い女性がそばにいることに気づいた。

「初めての大洋航海ですか?」と女性が口を開いた。

「ええ、大西洋を渡るのは」ぼくは自分の過去を話題にするつもりはないという口調で答えた。

「わたし、マーゴ・コリアーです。わたしも初めてなんですよ」

ぼくは女性に惹かれることはめったにないが、しかし、例外もあるにはあった。マーゴ・コリアーの深い知的な眼差しを見つめるうちに、もし自分が父親ほどの年齢でなければ彼女もその例外でありえたかもしれないと思った。「どうぞよろしく。スミスと申します」

彼女はまばたきをした。あるいは、ウインクしたのだろうか。「そうよ、ミスター・ジョン・スミスでしょう。一等船客ですよね？」

「ええ。そういうあなたは、アクセントから考えてアメリカの方ですね」

「この赤毛でわかるんじゃないがと思ってましたわ」

ぼくは笑みを浮かべた。「アメリカ人はみんな髪が赤いんですか？」

「面倒なことにあう人はそうみたい。わたしがトラブルに巻きこまれるのは、この赤毛のせいじゃないかと思うときがあるんですよ」

「あなたのようにお若い方がいったいどんなトラブルに巻きこまれるというんですか？」

とたんに彼女の表情が変わり、やけに深刻な面持ちで口を開いた。

「わたしをずっとつけてきた男がこの船に乗っているんですよ、ミスター・ホームズ」

その名前を告げられてぼくは驚いた。「ぼくをご存じなんですか、ミス・コリアー？」

「船員が教えてくれたんです。乗船している有名人についてね。たとえば、ジョン・ジェイコブ・アスター、ベンジャミン・グッゲンハイム、シャーロック・ホームズ、ほかにもいろいろと」

ぼくは思わず笑い声を立てた。「ぼくの業績など、そういう方々とは比べものになりませんよ。それはともかく、あなたをつけているという男について聞かせてください。なにしろ、船上のことですからね。あなたと同じように、ただ甲板をぶらついているだけかもしれない」

彼女はかぶりを振った。「あの男はわたしがシェルブールで乗船する前からあとをつけてきてました」

ぼくはそれについて考えた。「確かですか？　つけまわしている女性が乗船したからといって、いきなり処女航海のタイタニックに乗りこんだりはしないでしょう。もしあなたのおっしゃることが本当なら、男は事前にあなたの予定を熟知していたにちがいない」

マーゴ・コリアーはとたんに不安そうな表情を見せた。「今はこれ以上申しあげられませんの。Aデッキの一等船客用ラウンジで会っていただけます？　明日の午前十一時、読書室でお待ちしています」

ぼくは軽く会釈を返した。「では、そのときにあらためて、ミス・コリアー」

金曜日の朝、穏やかに晴れわたってはいたが、空気は冷え冷えとしていた。スミス船長の報告によれば、クイーンズタウン港を出てからタイタニックの航行距離は三百八十六マイルだそうだ。ぼくは一等船室のダイニングサロンで早めの朝食をすませ、甲板を散歩したあと、ボートデッキにあるジムで時間をつぶした。遠洋航路の巨大な船内でローイングマシンを漕ぐという面白さに心惹かれたが、きっとワトスンなら歳を考えろと言ってたしなめることだろう。やがて、十一時少し前、ぼくは読書室に通じる階段をおりた。

マーゴ・コリアーはひとりきりでテーブルに向かい、紅茶を飲んでいた。読書室は一等船室のラウンジに隣接していた。広々とした心地よい室内には、ゆったりとした椅子やテーブルが適当な間隔をおいて並べられていた。ぼくは微笑を浮かべながら女性の向かい側に腰をおろした。「おはよう、ミス・コリアー。よく眠れましたか？」

「ええ、おかげさまで」つぶやくような低い声はテーブルごしにかろうじて聞き取れた。「わたしをつけまわしている男が今ラウンジにいますのよ。あそこのガラス窓のそばに立っている男ですわ」

さりげないそぶりで振り向くと、黒いスーツ姿の年配の男性と一緒にすわっているフットレル夫妻が目に入った。ラウンジへ移って、マーゴが指摘する男を観察するには、ちょうどいい口実になる。ぼくは彼らのテーブルで足を止めて挨拶したが、年配の男性はカップに残った紅茶の葉をしげしげと見つめているところだった。

「まあ、ミスター・スミス！」とメイ・フットレルが言った。「ご紹介しますわ、こちらはフランクリン・ベインズ。イギリスの心霊家でらっしゃいますのよ」

男はもったいぶった面持ちでぼくを見つめると、立ちあがって握手を求めた。「ミスター・スミス？　ご職業は？」

「研究職でしたが、今は隠退の身です。今回の船旅はただの遊びでね。しかし、あなたはお仕事をなさっているようだ。ティーカップのなかに世界を見ようとなさっている」

「やってみてほしいとフットレルご夫妻から頼まれたのでね」

「では、失礼」そう言ってぼくは鏡板張りのラウンジの奥へと進んだ。マーゴ・コリアーが示した男は、今は窓から少し離れたところに立っていた。頭はほとんどはげ、顎のあたりに白髪まじりのひげを生やしている。左の手が太いステッキの握りをつかんでいた。ぼくが近づいていくと、険しい目つきでにらみ返した。

「彼女に頼まれてきたのかね？」

「シェルブールからずっとあなたにつけまわされているとミス・コリアーが訴えてらっしゃる。あなたのせいであの気の毒なご婦人は死ぬほど怯えてるんだ。いいかげんで名乗ってはどうです？」

顎ひげの男はすっと背すじを伸ばし、ぼくとほぼ同じくらいの背丈になった。「私はピエール・グラセ。シェルブールに住んでいる。あんたの同類だよ」

「で、なぜ彼女をつけまわすんだ？」ぼくは男の発言に首をひねりながら尋ねた。

「彼女がわたしから逃げたからだ。マーゴ・コリアーはわたしの妻だ」

これに驚かなかったと言えばさすがに嘘になる。彼女の左の薬指に残ったかすかな指輪の跡に気づいてはいたが、もっと若いころに婚約が破綻したのではないかと推測していたのだ。しかも、ぼくに近づいてきた彼女の態度に偽りはなかったように思えた。

「それは信じがたいがね」とぼくはグラセに言った。

「彼女に訊いてみろ！　今は別居しているが、結婚して一年あまりになるんだ」

「別居の原因は？」

「それはきわめて個人的な問題ではないかな」

「彼女を追いかけるためとはいえ、出航ぎりぎりになってよく乗船できたものですね」

「値段が値段だけに、この船は満室というわけではないんだよ」

「ご迷惑をおかけしたならお詫びします」ぼくはマーゴ・コリアーが待つ読書室に引き返した。

「話していただけました、ミスター・ホームズ？」すぐさま彼女が問いかけてきた。

「ええ。あの男はあなたの正式な夫だと主張してますよ。本当ですか？」

「今は別居してます。わたしをつけまわす権利なんて、あの人にはありませんわ！」

「申しわけないが、ミセス・グラセ、ぼくは探偵でしてね。いや、だったと言うべきか。いずれにせよ、結婚カウンセラーではありませんから」

「ミスター・ホームズ……」

「失礼、マダム。これ以上のお力添えはできません」ぼくは背を向けて立ち去った。

その日も次の日もぼくはマーゴ・コリアーとピエール・グラセには会わないようにした。二日間でタイタニックの航行距離は五百十九マイルになったが、かなりの流氷があるという警告を他船から何度か受けていた。だが、スミス船長は四月の航海に流氷は珍しくない、と掲示を通じて客に安心感を与えた。

土曜日の晩、ぼくはフットレル夫妻と心霊術師のフランクリン・ベインズとともに、一等船室のダイニングサロンで夕食を取った。ベインズはなかなか興味深い人物で、オカルト伝承にのめりこんでいた。フットレルは特に関心を示している様子だった。作家として探偵小説に使えそうなアイディアを模索しているのかもしれない。ベインズは心霊術に関する講演と実演のためにアメリカへ行くのだそうだ。

「つまり、興行というわけですな」ぼくはけしかけるように言った。

「いや、それは違う！　心霊術というのはキュリー夫人の放射線学と同様の科学ですよ」

ここでメイ・フットレルが口を開いた。「わたくしたち、ミスター・ベインズにお招きを受けて、このあと、お部屋でいくつか装置を見せていただくことになってますの。あなたもご一緒にいかがですか、ミスター・スミス？」

「ぜひともどうぞ！」とベインズが言った。

あまり気は進まなかったものの、ぼくはその招待に応じ、デザートが終わったあと、エレベーターで三階のプロムナードデッキにある彼の客室へ向かった。そこはぼくの部屋よりもはるかに広かった。これもホワイトスターライン社の社長からの返礼なのだろうか、とぼくは思った。ベインズはまっすぐトランクへ向かい、それを開いた。彼は直径十五センチほどの水晶玉を出し、電気コードの付いた木枠にのせた。そして、ベッドわきの電気ヒーターのプラグを手早く引き抜くと、装置のプラグを差した。水晶玉からまばゆい強烈な光があふれた。

「ほら、ごらんなさい、ミスター・スミス。ただし、あまり長く見つめると目がくらみますよ」

「何が見えるんですか？」

「すでにあの世へ旅立った人びとの姿とか」

ぼくはまばゆい発光体に一瞬、目を留めてから視線をそらした。網膜にその映像が焼きついた。

「過去については何も見えませんね。もっとも、こういう光には未来らしきものが映るかもしれないが」

フランクリン・ベインズは水晶玉のコードを抜くと、今度は特大のカードを持ちだした。心霊術師というより手品師なのではないか、とぼくは思いはじめた。「あなたは来世を信じてはいないようですね、ミスター・スミス。あちらの世界では先祖たちがわれわれを待ち受け、季節は常に春、草地には妖精やエルフたちが飛びまわっているんですよ」

ぼくはかすかに微笑を浮かべた。「来世についてはぼくなりのヴィジョンがありましてね、ミスター・ベインズ。あなたとそっくり同じというわけではない」

メイ・フットレルはこの客室訪問が誤りだったと気づいたようだ。「そろそろ失礼しましょうよ、ジャック」と彼女は夫に言った。

ベインズは彼らと握手を交わした。「ご一緒できてなによりでした。とても楽しかったです。それに、ミスター・スミス、あなたも。ニューヨークへ到着するまでに、われわれの見解の相違についてまた話し合いましょう」

「ええ、そのうちに」

ぼくはフットレル夫妻とともに客室をあとにすると、エレベーターへ向かった。「あの人はどうやらにせ者のようね」とメイが言った。「でも、ここから何かジャックの小説のアイディアが生まれるかもしれません」

「ありえることですよ」ぼくは相づちを打った。

エレベーターまで来ると、ぼくは折りたたみ式の扉を開けた。ジャック・フットレルがぼくを見つめながら尋ねた。「ミスター・スミス、個人的なことをお訊きするようですが、あなたは探偵ですか?」

「どうしてまたそんなことを?」

「あなたはあの有名なミスター・シャーロック・ホームズだと客室係が教えてくれたんですよ」

ぼくは笑いながら夫妻とエレベーターに乗りこみ、扉を閉めた。

「ぼくの秘密はもはや秘密でもなんでもなくなってしまったらしい。ぼくの身元をただしたのはあなたがふたりめですよ」

「わたくしたちは誰にも申しませんわ」とメイがきっぱりと言った。「ただ、ミスター・ベインズもこの話を聞いてますけど。お会いできて本当に光栄ですわ。ドクター・ワトスンが書かれた事件簿に触発されて、ジャックは探偵小説を書きはじめたんですのよ」

「いや、ワトスンはぼくを美化してますから」

「彼はお元気なんですか?」フットレルが訊いた。

「ええ。たまに会いに来てくれます。もっとも、最近はごぶさたでしてね」ぼくはひとつ下のブリッジデッキで降りた。「では、また明日」

フットレルがにこやかな笑みを見せた。「おやすみなさい、ミスター・スミス」

四月十四日、日曜日——ぼくの人生で最も長い一日——は一等船室のダイニングサロンで開かれた礼拝で始まった。寝過ごして十時半に朝食を取りに行くと、すでに礼拝が行なわれていた。そのおかげでマーゴ・コリアーと出くわすことになった。食堂の後方に立っていた彼女はめざとくぼくを見つけると、遅く現われた人びとのあいだを縫ってぼくのそばにやってきた。「こんにちは、ミスター・ホームズ」

「こんにちは、ミセス・グラセ」

「どうかその名では呼ばないで。時間さえいただけたら、きちんとご説明できることなんですから」

その口調がせっぱつまったものだったので、ぼくは二日前に冷たく突き放したことを後悔した。「わかりました。では、今夜、夕食のおりに。八時にダイニングサロンの控えの間でお待ちしています」

「必ず参りますわ」彼女の顔色がとたんに明るくなった。

その日、流氷の目撃談をほかの乗客たちから次々と聞かされた。土曜日の正午から二十四時間のうちにさらに五百四十六マイル進み、地図によると、船はニューファンドランド沖のグランドバンクスに近づきつつあった。気温は午後のうちこそ摂氏十度近くはあったものの、五時半を過ぎて暗くなってくると一気に零度まで下がった。スミス船長は航路を南西寄りに少しだけ変更したが、おそらく氷山を避けるためだろう。マストの上の見張り台には終夜勤務で乗組員が氷山を見張っている。トップデッキから上を仰いでみたが、たとえ二名で見張りについているとはいえ、船内で最も孤独な仕事にちがいない、とぼくは思った。

きっかり八時にマーゴ・コリアーがダイニングサロンの控えの間に現われた。「私の客室は二等なんです」と彼女は打ち明けた。「知らない女性と相部屋になるのではと不安だったんですけど、幸いひとりです」

「それはなによりですね」われわれはテーブルに案内された。

「乗客に付き添ってきたメイドや召使いたちはシェルターデッキCにある食堂で食べてるんですけど、ご存じでした？　昨日、船内を見学してまわったときに見かけたんですよ。もちろん、長いテーブルでみんなが一緒に食事するんですけど」

「この船に関してはもう何があっても驚きませんね。これほど壮大華麗な客船はほかにないでしょう」ダイニングサロンの奥ではオーケストラの演奏が始まっていた。

今回の船旅では夜ごとの食事が大きな楽しみだったが、この日のメニューも逸品ぞろいだった。マーゴ・コリアーはアップルソース風味の仔鴨のローストを注文した。ぼくは仔羊か、それとも、フィレミニョンにするかしばらく迷ったすえ、後者にゆでた新ジャガとニンジンのクリームあえを添え、前菜には牡蠣、スープは大麦のクリームスープを選んだ。

「さてと、本題に入りましょうか」ぼくは若い女性に向かって言った。「ピエール・グラセとの結婚について話してください」

マーゴ・コリアーはため息をつくと、話を始めた。「見てのおわかりのとおり、私たちの年齢はかけ離れていますす。去年の休日、シェルブールで出会ったんですけど、彼のところで働かないかと強く勧められました」

「働く？　どんな仕事ですか？」

「あの人はあなたと同じ探偵なんですよ、ミスター・ホームズ」

「あんたの同類だよ」と言ったあの男の言葉の意味がようやく理解できた。つまり、彼もぼくの正体を知っていたというわけだ。どうやら、乗船客にはほとんど知れわたっているらしい。「しかし、雇われたからといって結婚する必要はないでしょう？」

「あの人の専門は家族問題なんです。対象者を監視するためにホテルに泊まることがよくありましてね。わたしの仕事は彼の妻を装うこと。彼は道義をわきまえた人だから、ホテルで同じ部屋に泊まるからには結婚すべきだと思ったようです」

「あなたはそれを承知したんですか？」ぼくはいささか驚きながら尋ねた。

「最初は断わりました。倍以上も年上で、白髪まじりの顎ひげを生やし、ステッキをついて歩くような人と結婚するなんて、想像もできませんでしたから。ただ、結婚といっても形だけで、あくまで仕事のためだからと言われて承知したんです。報酬がとてもよかったですし、とりあえず一年間ということで同意しました」

「で、それから？」

「役所で簡単な結婚式をやりました。いつでも破棄できると言われて。でも、ミスター・ホームズ、とんでもない間違いを犯したことに私はすぐ気づいたんです。ある人物の尾行のために初めてホテルの部屋で一緒に泊まったときは、あの人も完璧な紳士でしたわ。一台しかないベッドは私が使い、彼はソファに寝たんです。でも、そのあと、少しずつ様子が変わってきました。脚が痛いとか、ホテルのソファは寝心地が悪いとか言いだしましてね。だから、ベッドを一緒に使うことは認めましたけど、それ以上の気持ちなんてまったくありませんでした。でも、彼はだんだんなれなれしくなってきて、私が抗議すると、自分たちは法的に正式な夫婦なんだからと言い返される始末なんです。数カ月して私は彼のもとを離れました」

「それ以来ずっとあなたにつきまとっているわけですか？」

「いいえ、冬のあいだは私もシェルブールにおりましたが、特にいやがらせを受けるようなことはありませんでした。ところが、アメリカへ行こうと決心してタイタニック号のチケットを買ったら、彼がふたたび姿を見せたんです。シェルブールにいてほしいと言われましたわ」

デザートのウォルドーフ・プディングを食べながら、フランス人の探偵が扱った事件についてさらに訊いた。「離婚がらみの調査ばかりだったんですか？」

「いいえ。なかには裕福な未亡人を狙う詐欺師もいました。コゼルとサンビという二人組がいましたわね。組んで仕事をするんですよ。パリまでふたりを追っていったことがあります。私がミスター・コゼルをカフェで足止めしているあいだに、ピエールが彼の部屋を調べたりしましてね」

彼女は思い出にふけるように微笑んだ。「あのころは楽しかったわ」

「だったら、なぜぼくに助けを求められたんですか？」

「私にはできないことを要求されたからです」マーゴ・コリアーはため息をついた。「この船内で姿を見かけたとき、彼を遠ざけるためにいやな思いをするのではないかと不安でした」

「ニューヨークへ到着する前にもう一度、話をしてみましょう」とぼくは約束した。「あなたにつきまとわないよう説得することができるでしょうからね」

彼女と別れた十一時ごろ、オーケストラは『ホフマン物語』を演奏していた。ぼくはボートデッキにあがって少し散歩することにした。気温は零度を下まわり、もやが視界を遮っていた。見張り台にいる気の毒な乗組員のことを考えると、彼らの分まで寒さが身にしみた。そのあと、ぼくはAデッキにある一等船客用の喫煙室に行った。まだオーケストラは演奏していた。メイはすでに客室に戻っていたが、フットレルはひとりでナイトキャップを楽しんでいた。ぼくは彼の席に加わり、酒を注文した。探偵小説についてフットレルと盛んに話し合っていたとき、かすかな衝撃とともに船体が揺れた。「氷山だ!」という叫び声が聞こえた。われわれ数人は急いで外へ見に行った。ボートデッキとほぼ同じ高さの巨大な氷山が後方のもやに消えていくところだった。

「危ういところでしたね」とフットレルが言った。「あれは少しこすってますよ!」

われわれは船内に引き返してふたたび飲み物に口をつけた。十分ほどたったころ、グラスの液体が船首の方向に少しばかり傾きはじめていることに気づいた。この事実を心に留めるひまもなく、いきなりマーゴ・コリアーが駆け寄ってきた。「どうしたんですか?」彼女の蒼白の顔を見てぼくは尋ねた。

「あちこち探しましたわ、ミスター・ホームズ。主人がエレベーターのシャフトに落ちたんです!あの人が死にました」

彼女の言うとおりだった。トップデッキでエレベーターの扉が開いていることに一等船室の客室乗務員が気づいた。彼がシャフト内をのぞきこむと、四階下に止まったエレベーターボックスの屋根に遺体が横たわっていたのだ。ぼくとフットレルが現場へ駆けつけると、ピエール・グラセの無惨な亡骸がちょうど運びだされているところだった。

ぼくは通路に横たえられた遺体に目を凝らしてから口を開いた。

「ちょっと通してくれたまえ」

乗組員が行く手をふさいだ。「申しわけありません。シャフトに近づくと危険ですから」

「調べてみたいんだ」

「なかには何もありません。エレベーターのケーブルが通っているだけです」

もちろん、彼の言うとおりだった。エレベーターボックスの天井にも何も見当たらなかった。

「シャフトの底を見たいんだが、ボックスを上に動かしてくれないか?」

フットレルが笑みを見せた。「凶器を探そうというわけですね、ミスター・ホームズ?」

ぼくはこれには答えず、エレベーターボックスの上昇とともに現われたシャフトの底をじっと見つめていた。推測したとおり、そこには何もなかった。一等船客がエレベーターに乗ろうと近づいてきたが、乗務員が中央階段か船尾のエレベーターを使うように指示した。「なぜ船が傾《かし》いでいるんだね?」とひとりの紳士が尋ねた。

「ただいま調査中でございます」と乗務員が答えた。船が船首側に傾いていることにぼくはこのとき初めて気づき、あのグラスの酒を思いだした。不意に、どこか遠くから、オーケストラが演奏するにぎやかなラグタイムの曲が聞こえてきた。

心霊術師のフランクリン・ベインズがボートデッキから階段をおりてきた。「いったいどうなってるんだ？　クルーが救命ボートの覆いをはずしているぞ」

その疑問に答えるようにスミス船長本人が階段に姿を現わした。

「一応、用心のためです。浸水がありますのでね」

「さっきの氷山のせいか？」とフットレルが尋ねた。

「そうです。皆さん、ご家族を集め、乗務員の指示に従って救命ボートのところまでいらしてください」

マーゴ・コリアーは呆然とした様子だった。「でも、この船は沈まないんでしょ！　客室は防水になっているはずだし。私、パンフレットは隅々まで読んだわ」

「どうか指示に従ってください」船長は語気を強めて言った。「遺体はそのままでいいですから」

「メイのところへ行かなくては」とフットレルが言った。ぼくも急いで彼のあとを追った。ほかのことはあとまわしだ。

数分後、われわれはメイとともに甲板に出ていた。彼女は夫にしがみついて離れようとはしなかった。「全員が乗れるだけの救命ボートはないの？」その答えはすでに明らかだった。タイタニック号は沈みかけているが、救命ボートの数は乗客の半数分しかないのだ。午前零時二十五分、女性と子供に避難命令が下った。氷山にぶつかってからわずか四十五分後のことだった。

「ジャック!」メイ・フットレルがかん高い声で叫んだ。フットレルは妻を手近の救命ボートへ押しこむように乗せた。

「さて、どうしましょうか?」彼はぼくに向かって言った。まだ半分ほどしか客を乗せていないボートが、激しくうねる暗い海へおろされていく。「われわれの殺人事件に戻りますか?」

「では、あなたも気づいたんですね?」

「そう、ステッキがなかった。ぼくはグラセに一度しか会っていないが、彼は頑丈なステッキにすがって歩いていましたよ」

「そのとおり。それに、彼はいつも杖をついていたそうですからね。それがエレベーターボックスの天井にもなかったし、シャフトの底に落ちてもいなかった。つまり、彼はシャフトのなかへ誤って落下したわけではなかった。ほかに人がいたんだ」われわれは大階段まで戻っていた。そこにその人物がいた。「そうなんでしょう、ミスター・ベインズ?」

彼は名前を呼ばれて振り返ると、コートの下から拳銃を引き抜いた。「クソッ、ホームズめ!この船と一緒に沈んじまえ」

「みんな沈むんだよ、ベインズ。女性と子供は避難している。残るわれわれは船と運命を共にするんだ。グラセは君を詐欺師だと見破った。かつて調査したことのあるサンビ(Sanbey)という男だとね。ベインズ(Baynes)の簡単なアナグラムだ。今夜、君はグラセをうまく自分の客室へ誘い、あの電気仕掛けの水晶玉をのぞかせた。強烈な光に目がくらんだ彼をエレベーターまで連れて行き、エレベーターを降下させてから彼を突き落としたんだ。しかし、君はステッキを忘れた。そのことに気づいて、おそらくステッキを海に捨てたんだろうな」

このとき突然、船体が大きく傾き、われわれは階段の手すりに投げ飛ばされた。「おれは逃げてみせるぞ、ホームズ！　たとえ女装してでも救命ボートに乗りこんでやる！」彼は拳銃を構えて撃った。

その瞬間、フットレルがぼくとベインズのあいだに身を投げだした。彼はぼくを狙った銃弾をその身に受けたままベインズに体当たりし、もろともに大階段の手すりの向こうへ姿を消した。

ぼくはどうにか夜気のなかへと出ていた。一時過ぎだった。オーケストラはボートデッキに場所を移して演奏を続けていた。残った乗客たちはパニックに陥りはじめている。そのとき、不意に誰かがぼくを救命ボートのほうへと乱暴に押しやった。「右舷側の一号艇にはまだ十二人しか乗っていません。あなたが乗りこむ余地は充分にあります」

「ぼくは残る」と言ったが、そうはならなかった。海へとおろされていくボートにぼくは強引に押しこまれた。

それから一時間後、巨船タイタニックは被害者と殺人者とミステリ作家を乗せたまま、波間に姿を消した。さらにそれから二時間後、カルパチア号という船が、浮氷や残骸の漂う海からわれわれを救出した。マーゴ・コリアーも生存者のなかに入っていたが、ぼくは彼女の姿を二度と見ることはなかった。

〈ワトスン博士による追記〉世界大戦が終わった一九一八年、私は旧友ホームズからこの原稿を託された。当時、私の著作権代理人であるアーサー・コナン・ドイルはすでに心霊主義を信奉していた。心霊術師が実は詐欺師で殺人者だったという内容から、彼はこの原稿の取り扱いを拒んだ。したがって、このドラマティックきわまりない冒険譚は今日もなお未発表のままである。

# 編者あとがき

ホームズ・パスティーシュ集を編もうという企画をエドと最初に話し合ったとき、まさかこれが彼の追悼本になるなどとは思ってもいなかった。だが、最後の本が彼の愛するシャーロック・ホームズもののコレクションになったのは、まさにぴったりなのではなかろうか。

感謝の言葉——少なくとも何らかの感謝の言葉を、冒頭に書くはずではあった。だが、エドが亡くなったという悲しい事実を序文として載せるのは、読者が彼のすばらしい作品を楽しむうえでの妨げになるかもしれない。そう思って、このささやかなあとがきにさせてもらった。

エドワード・ホックは、非常に才能のある、しかも多芸な作家であった。特に短篇を得意とし、多くの作家が難しいとしてあきらめるような、内容的に厳しい条件のついたエンターテインメント作品を書くことも多かった。彼のストーリーはつねに質が高く、思索に満ちた、娯楽性の高いものだ。一九五〇年代に書き始めた短篇は、商業誌に発表されただけでも、これまでで千篇近くにのぼっている。特に、『エラリー・クイーンズ・ミステリ・マガジン』には毎月新しい作品を発表しつづけ、それが三十五年も続いたのだった。サイモン・アークやニック・ヴェルヴェットなどのシリーズも、多くの読者に熱心に読まれ、かつ蒐集されてきた。エド・ホックこそまさに、伝説の作家なのである。

エドはひとりの男としてもすばらしかった。優しさをそなえた、親切な男である。彼と知り合い、メールをかわし、この本のための作業をするのは、実に楽しいことだった。最終的に完本を見てもらうことはかなわなかったが、カバーのイラストをとても気に入ってくれていた。

エドワード・ホックは、二〇〇八年一月十七日の木曜日、心臓発作でこの世を去った。本書の完成する、ほんの少し前のことである。七七歳という年齢での彼の死は、世界中の多くのファンや友人たちにとって大きな衝撃であった。

二〇〇八年二月

ニューヨーク州ブルックリンにて

ゲアリ・ラヴィシ

## 解説

編者ゲアリ・ラヴィシがあとがきで書いているように、本書の著者エドワード・D（デンティンジャー）・ホックは、二〇〇八年一月に惜しくも急死した。享年七七歳。〝短篇の名手〟としてすでに伝説的な存在になってはいたものの、本当の〝伝説〟になってしまうにはまだ早過ぎた。

本書は、そのホックが書いてきたホームズ・パスティーシュを十二篇収録したアンソロジー、〝The Sherlock Holmes Stories of Edward D. Hoch〟の全訳である。原書は二〇〇八年に、ニューヨークのグリフォン・ブックス（Gryphon Books）から出版された。時系列的には、ホックの序文が二〇〇七年九月付、亡くなったのが二〇〇八年一月、ラヴィシのあとがきが二〇〇八年二月付、本書の刊行が二〇〇八年八月（奥付に相当するページの記載）ということになる。

収録された十二作のうち、十篇は国内のアンソロジーや雑誌に訳出されたものであり、二篇は今回が初訳。ただ、既訳のものでも「マナー・ハウス事件」は完全な新訳であるほか、同じく既訳の「匿名作家の事件」も、ホック自身による原文の大幅加筆・改稿に伴って改訳してあるので、ご注意願いたい。また、単行本未収録作品は合計六篇である。

筆者以外の訳者のものについては、今回の収録における改訂は一部の固有名詞の表記統一のみにとどめた。したがって、全体では若干の表記不統一も見られると思うが、ご容赦いただきたい。

このアンソロジーの特徴は、ホックが生前に書いたホームズがらみのストーリーのうち、〝オーソドックスな〟ホームズ・パスティーシュと言えそうなものをすべて収録したこと、しかもそれを事件発生の年代順に並べたことにある（最初の作品だけは「プロローグ」として別格）。後述するように、ホックはこのほかに五篇のホームズ関連短篇を書いているが、いずれも「コナン・ドイルもの」だったり「イレギュラーズもの」だったり、あるいはホックの別のシリーズ・キャラクターの作品だったりで、〝パスティーシュ〟としては変格と言えるだろう。

ホック自身のプロフィールについては、いくつもの本や雑誌に書かれていると思うので、ここでは省略させていただいた。資料としては月刊誌『ミステリマガジン』二〇〇八年五月号のホック追悼特集が充実していることを、申し添えておく。

その追悼特集でも書いたことだが、ホックのホームズ・パスティーシュを読んでいると、ホームズ物語に対する深い愛情と知識を感じることが多い。だが、ホック自身はいわゆる〝シャーロッキアン〟にならなかった。彼ほどの知識と愛情をもつ人格者の作家であれば、世界で最も入会の難しいホームズ団体BSI（ベイカー・ストリート・イレギュラーズ）にも、望めば入れたはずだ。そのあたりの理由は、ホックがあるホームズ研究書（兼パスティーシュ）に寄せた序文に、垣間見ることができる。

「なぜ私はイレギュラー（BSI会員）にならなかったのか？　確かに、なるためのきっかけはあった。ずっとホームズ物語を称賛してきたし、ティーンエイジャーだった一九四〇年代後半には『ベイカー・ストリート・ジャーナル』（BSIの機関誌）を購読していたくらいなのだ。だが、そのころも今も、シャーロッキアンたちが正典について書くときの知識の量や、研究のためのエネルギーには、驚嘆し圧倒されつづけている。自分自身がそういうものを書けるとは、とても思えないのだ。……私の書いてきたものは単なる〝ストーリー〟であって、退屈な〝研究〟に命を吹き込むイレギュラーたちの魔法の資質はないのである」――ウィリアム・ダドリー著"The Untold Sherlock Holmes"（一九八三年）より。

つまり、自分はホームズの〝研究家〟よりもパスティーシュの作り手に向いているのだということを、ホックは自ら気づいていたわけである。それを思うと、もっと長生きしてたくさんのパスティーシュを書いてもらいたかったという気持ちが強くなる。

編者として序文を書いているゲアリ・ラヴィシ（Gary Lovisi）は、本書の出版社であるグリフォン社のオーナーだが、もともとはペーパーバックやパルプマガジンのコレクター。その手のマニアックな資料本を、自分の出版社で出している。また作家としても、『ミステリマガジン』二〇〇五年九月号掲載の「消えた探偵の秘密」など、ホームズ・パスティーシュを数多く書いている。最新作は長篇ホームズ・パスティーシュ"Sherlock Holmes: The Baron's Revenge"（英国版は"The Plot Against Sherlock Holmes"二〇一二年刊）。

なお、インターネット上のいくつかのサイトでは、編者としてダリル・マレット（Daryl F. Mallett）の名が出ているが、ラヴィシ本人に聞いたところでは、マレットは本文をタイプ入力しただけで、〝編者〟ではないとのことだ。

以下、本書に収録された各作品について説明しておこう。

◎「いちばん危険な人物」（The Most Dangerous Man）山本俊子訳

初出は〝Ellery Queen's Mystery Magazine〟（以下ＥＱＭＭ）一九七三年二月号で、Ｒ・Ｌ・スティーヴンスという別名義で発表された。邦訳はハヤカワ文庫『愉快な結末　アメリカ探偵作家クラブ傑作選10』（グレゴリー・マクドナルド編、一九八七年）所収。ホックは〝The Most Dangerous Man Alive〟という似たようなタイトルの短篇も書いているが（「最も危険な男」酒匂真理子訳、『ＥＱ』一九八一年九月号）、そちらはレオポルド警部ものなので、注意されたい。

タイトルページにあるように、事件発生日は一八九一年一月二十二〜二十三日。本文には「明日が一月二十三日金曜日」という記述しか見当たらないが、シャーロッキアンならぴんとくることだろう。

ホームズもの全篇の中で、ホームズがモリアーティ教授と直接対面するのは『最後の事件』（『シャーロック・ホームズの回想』所収）しかない。このとき教授は、日付を書き込んだ手帳を取り出して、ホームズにこう言っている。「きみは一月四日、私にちょっかいを出した。二十三日、私のじゃまをした。二月半ばまで、きみのおかげでずいぶん迷惑した。……」

そう、この一月二十三日こそ、本篇の事件が起きた日であり、したがって年代はライヘンバッハの滝での対決があった、一八九一年なのである。ちなみに、グリフォン版の原書では目次にそれぞれの事件の発生年月が書かれており、この事件は一八九〇年となっているが、『最後の事件』があったのは一八九一年だし、一八九〇年では一月二十三日が木曜日になってしまう。おそらく入力ミスであろう。

◎「まだらの紐の復活」(The Return of the Speckled Band) 高橋豊訳

初出は"The New Adventures of Sherlock Holmes" edited by Martin H. Greenberg, Carol-Lynn Rossel Waugh & Jon L. Lellenberg (一九八七年)。初訳は菊地よしみ訳「第二の〝まだらの紐〟」(『ミステリマガジン』一九八七年九月号) だが、ここではハヤカワ文庫『シャーロック・ホームズの新冒険 (上)』(グリーンバーグ他編、一九八九年) 所収の高橋訳を収録した。

題名どおり、あの『まだらの紐』の後日談とでも言うべき作品。〝オーソドックスな〟ホームズ・パスティーシュとしては、まず第一に、後述する「〝語られざる事件〟もの」があるが、それに対し、正典の事件そのものをいじり、後日談をつくったり、「実はそうでなかった」という別解釈のストーリーを生み出したりするものがある。その後者に入るのが、この作品だろう。

〝オーソドックスな〟、つまり〝正統派〟パスティーシュは、厳密には「書き手がコナン・ドイルの文体やキャラクター、設定、構成を正確に再現したために、正典との区別がつかないところまで達しているもの」を指すが、ホックの作品の場合は、そのあたりがややゆるいと言える。

ただ、先ごろイギリスで出版された「コナン・ドイル財団からお墨付きを得た六一篇目の正典」という売り文句の長篇にしても、ワトスンによる序文からして、コナン・ドイルなら書かないはずの内容と文章になってしまっていて、「正典との区別がつかない」というレベルにはほど遠かった。それを考えたら、必ずしもホックが「ゆるい」とか「手ぬるい」とかは言えないかもしれない。

◎「サーカス美女ヴィットーリアの事件」(The Adventure of Vittoria, the Circus Belle) 日暮

雅通訳

初出は"The Mammoth Book of New Sherlock Holmes Stories" edited by Mike Ashley（一九九七年）。邦訳は原書房『シャーロック・ホームズの大冒険（上）』（マイク・アシュレイ編、二〇〇九年）所収。

これがいわゆる〝語られざる事件〟の典型。ワトスンが正典六十篇の中に事件名のみを記していたり、「こんな事件があった」と言っているだけのものに対し、事件の中身を創作してつくるパスティーシュだ。本作が収録された「マンモス・ブック」こと『シャーロック・ホームズの大冒険』（上・下）は、この〝語られざる事件〟を書き下ろしてホームズの学生時代から隠退後まで、六十篇しかない正典の隙間を埋めようという大きな試みであった。

なお、この〝サーカス美女ヴィットーリア〟は『サセックスの吸血鬼』冒頭でホームズが読み上げる、索引帳に書かれてある事件名のひとつ。

◎「マナー・ハウス事件」（The Manor House Case）日暮雅通訳

初出は"Resurrected Holmes" edited by Marvin Kaye（一九九六年）。初訳は垣内雪江訳「マナー・ハウスの秘密」（『ミステリマガジン』一九九八年五月号）だが、今回は諸事情により新訳となった。

掲載されたアンソロジー"Resurrected Holmes"は、二〇世紀の有名作家たちがワトスンのメモをもとにホームズ物語を書いたらどんなものになるか、という趣向で各作家が書き下ろした作品集だ。ここでホックが挑戦しているのは、〝エラリー・クイーン風〟のホームズ物語。ダイイング・メッセージをはじめ、冒頭の題名に関する話などの楽屋オチもある。

これも〝語られざる事件〟だが、事件名を口にしたのはワトスンでもホームズでもなく、ホームズの兄マイクロフトだった。『ギリシャ語通訳』の冒頭で、ホームズと一緒にディオゲネス・クラブに行ったワトスンは、初めてマイクロフトに会う。そこでマイクロフトは、シャーロックに向かってこう言うのだ。「ところでシャーロック、マナー・ハウス事件のことで、先週、私のところへ相談にくるのかと思っていたんだがね。少々手こずっているんじゃないかと思って」

ホームズが嘘をついたのは、この言葉にカチンときたからなのか、それとも長年にわたるライバル意識の蓄積のせいなのかは、わからない。

◎「クリスマスの依頼人」(The Christmas Client) 日暮雅通訳
初出は"Holmes For the Holidays" edited by Martin H. Greenberg, Jon L. Lellenberg & Carol-Lynn Waugh（一九九六年）。邦訳は原書房『シャーロック・ホームズ　クリスマスの依頼人』（グリーンバーグ他編、一九九八年）所収。
これは実在の（歴史上の）人物が登場するので厳密には〝オーソドックス〟パスティーシュでないが、ホームズとワトスンがきちんと登場し、正典らしい展開をする〝未発表事件〟ものという意味では、〝変格〟でないと言えよう。この手法のパスティーシュは非常に多いのだが、単に奇をてらって当時の有名人を出すだけでは、素人芸の域内。たとえばこの作品のように、ドジスン（キャロル）と数学者つながりでモリアーティ、となれば犯罪は……というふうにつながっていくことが必要だろう。

◎「アドルトンの悲劇」(The Addleton Tragedy)日暮雅通訳

初出は"Sherlock Holmes@35" by Edward D. Hoch, et al.(二〇〇六年)。邦訳は『ミステリマガジン』二〇〇九年十一月号。

初出誌は、カナダのトロント・レファレンス・ライブラリで二〇〇六年秋に開催された〈ACD@35〉というカンファレンスに合わせて発行された小冊子で、本作を含めた三篇のパスティーシュのほか、スティーヴン・リーコックのユーモア小説論などから成っている(リーコックについては後述)。

これも〝語られざる事件〟で、『金縁の鼻眼鏡』の冒頭にあるワトスンの記述、「アドルトンの悲劇と呼ばれる、英国古代の塚から発掘された奇怪な品々にまつわる事件」を扱ったもの。ただし、「アドルトンの悲劇」と「英国古代の塚から発掘された奇怪な品々にまつわる事件」を、別の二つの事件と解釈することもでき、それぞれを単独テーマにしたパスティーシュも書かれてきている。

なお、訳注で書いたように、スコットランド・ヤードがホワイトホールからテムズ河畔のヴィクトリア・エンバンクメントに引っ越したのは、一八九〇年であった。この作品は一八九四年の六月、つまりヴィクトリア女王即位五十周年(ゴールデン・ジュビリー)の七年後という設定だが、まあ、ホックの勘違いということでご容赦願いたい。一八八八年の設定になっている「クリスマスの依頼人」のほうでは、レストレードに「新しい庁舎がもうすぐできる」と言わせており、そちらは正しいのだから。

◎「ドミノ・クラブ殺人事件」(The Adventure of the Domino Club) 日暮雅通訳

初出は"The Strand"二〇〇五年二―五月号(第十五号)。今回が初訳。

ご存知と思うが、この作品が掲載された《ストランド》誌は、正典が連載されて爆発的な人気となったあの《ストランド》とはまったく別物であり、現代のアメリカで刊行されている季刊誌だ。とはいえ、逆に当時の《ストランド》とは違う、まっとうなミステリ専門誌であり、ほぼ毎号に近い頻度でホームズ・パスティーシュを掲載している。

この作品と次の作品は、いずれもカジノが舞台で、しかも〝シュマン・ド・フェール〟というバカラの原型ゲームが出てくる。ホックがこのゲームを好きだったかどうかは、残念ながら確認できていない。

◎「砂の上の暗号事件」(The Adventure of the Cipher in the Sand) 日暮雅通訳

初出は"Mysterious Sherlock Holmes Series"四号(一九九九年)。再録EQMM二〇〇〇年二月号。今回が初訳。

ニューヨークにある有名なミステリ専門書店、ミステリアス・ブックショップは、一九九九年から二〇〇一年にかけてホームズ・パスティーシュの小冊子を不定期に出していた。短いものでは十六ページ、長いものでも三十六ページという同人誌的なつくりの冊子で、一冊に一篇のパスティーシュが収められ、いずれも限定二二一部。「ザ・ミステリアス・シャーロック・ホームズ」というシリーズ名が付けられていた。筆者の知る限りで十七冊あり、ジョン・ケンドリック・バングズやO・ヘンリーなどによる古典作品から、このホックのような現代作家による書き下ろしまで、さまざまだった。つまりこの「砂の上の暗号事件」は、このミステリアスのシリーズに書き下ろされ、その後EQMMに再録されたわけである。
◎「クリスマスの陰謀」（The Christmas Conspiracy）日暮雅通訳
初出は"More Holmes For the Holidays" edited by Martin H. Greenberg, Jon L. Lellenberg & Carol-Lynn Waugh（一九九九年）。邦訳は原書房『シャーロック・ホームズ　四人目の賢者』（グリーンバーグ他編、一九九九年）所収。

アースキン・チルダーズ著『砂洲の謎』は、このあとの「モントリオールの醜聞」にも出てくる。一九〇三年に刊行された小説で、ドイツによるイギリスへの侵攻を警告して当時ベストセラーになったが、十年後には実際に第一次世界大戦が起きた。残念ながら、彼が書いた小説はこれ一作のみで、あとはイギリス軍やアイルランド自治問題に関する論文しかない。

チルダーズはボーア戦争で南アフリカに従軍したあと、一九一〇年には母親の出身地アイルランドの自治法確立運動に参加した。彼が一九一一年に書いた論文『英国機甲部隊に対するドイツ軍の影響』で批判を受けたとき、コナン・ドイルはその内容を擁護する投書を《サタデー・レヴュー》に送っている。
◎「匿名作家の事件」（The Adventure of the Anonymous Author）日暮雅通訳
初出は"Murder In Baker Street" edited by Martin H. Greenberg, Jon L. Lellenberg Daniel Stashower（二〇〇一年）。邦訳は原書房『シャーロック・ホームズ　ベイカー街の殺人』（グリーンバーグ他編、二〇〇二年）所収。

前述したように、この作品の原文には大幅な加筆修正があった。特にキャサリンの偽名とそれにまつわる『恐怖の谷』がらみの部分。最初のバージョンであるアンソロジー版をお持ちの方は、比べてみるとよくわかると思う。

◎「モントリオールの醜聞」(A Scandal in Montreal) 日暮雅通訳

初出はEQMM二〇〇八年二月号。再録"The Improbable Adventures of Sherlock Holmes" edited by John Joseph Adams (二〇〇九年)。邦訳は『ミステリマガジン』二〇〇八年五月号。

二〇〇八年六月にカナダで行なわれたスティーヴン・リーコック記念ユーモア小説賞のディナーで配布するために書かれたもの。ホックは二〇〇七年春にこの作品の刊行をカナダのシャーロッキアン出版者ジョージ・ヴァンダーバーグ(本書のホックの序文に名がある)に依頼したが、その前に自分からEQMMへ送ったのだった。

スティーヴン・リーコックは、今でこそ日本ではあまりポピュラーでないが、一九一〇年から二五年にかけて、英語による作家としては世界で一番多く読まれていたというユーモア作家だ。作中の「欠陥探偵」は彼が実際に書いたホームズ・パロディで、エラリー・クイーン編のかの有名なパロディ/パスティーシュ集、『シャーロック・ホームズの災難』に収録されている。……ここで"パロディ"と書いたのは、リーコックの作品は"パスティーシュ"(贋作)というより"バーレスク"(元作品を茶化した寸劇)と言ったほうがぴったりしたりするからだ。

◎「瀕死の客船」(The Adventure of the Dying Ship) 中井京子訳

初出は"The Confidential Casebook of Sherlock Holmes" edited by Marvin Kaye (一九九八

年）。邦訳は『ジャーロ』二〇〇一年夏号（第四号）

あまりにも有名なタイタニック号の遭難。あのときホームズがタイタニックに乗り組んでいて、しかも殺人事件に遭遇したら……というストーリー。あの〝思考機械〟の生みの親であるジャック・フットレルとその妻がタイタニックに乗っていて、妻だけが助かったというのも、今では有名な話だろう。

タイタニックの事件（シチュエーション）は、ホームズ・パスティーシュの書き手にとって魅力的であるらしく、ホックのほかにも何人かの作家が長篇を書いている。また、ホームズもの以外でも、ジャック・フットレルを主人公にしてタイタニック号上の殺人を描いた長篇ミステリとしては、マックス・アラン・コリンズの『タイタニック号の殺人』がある。

以上が本書の収録作だが、ホックはこのほかに、五篇のホームズ関連ストーリーを書いている。以下、最初の二篇は未訳、残り三篇は邦訳あり。

◎Five rings in Reno

R・L・スティーヴンス名義。初出EQMM一九七六年七月号。再録〝The Mammoth Book of Historical Whodunits〟（一九九三年）。登場人物＝コナン・ドイル、ジャック・ロンドン。

◎A Parcel of Deerstalkers

初出EQMM一九九五年一月号。登場人物＝ベイカー・ストリート・イレギュラーズ。

◎The Theft of the Sherlockian Slipper

初出ＥＱＭＭ一九七七年二月号（のちにThe Theft of the Persian Slipperに改題）。再録"The Thief Strike Again"（一九七九年）、再々録"The Game Is Afoot" edited by Marvin Kaye（一九九四年）。邦訳「シャーロック・ホームズのスリッパー」木村二郎訳『怪盗ニックを盗め』（一九七九年ハヤカワ・ミステリ、二〇〇三年ハヤカワ文庫）所収。怪盗ニックもの。

◎An Irregular Christmas

初出"The Strand"二〇〇六年十一一月号（第二十号）。邦訳「イレギュラーなクリスマス」日暮雅通訳、『ミステリマガジン』二〇〇七年十二月号。ＢＳＩを扱った現代もの。

◎The Problem of the Vanishing Salesman

初出ＥＱＭＭ一九九二年八月号。邦訳「消えたセールスマンの謎」木村二郎訳『サム・ホーソーンの事件簿Ⅳ』（日本オリジナル・アンソロジー、二〇〇六年創元推理文庫）所収サム・ホーソーン医師もので、〝語られざる事件〟もの。

最後になったが、本書の原書入手および編者ラヴィシとの出会いは、亡きホックの親友で日本におけるホック紹介の第一人者、木村二郎氏から教えていただいた情報により可能になった。この場を借りてお礼を申し上げておきたい。また、既訳の再録を快諾いただいた各訳者の方々にもお礼申し上げる。

二〇一二年五月

日暮雅通

既訳初出一覧

「いちばん危険な人物」山本俊子訳（ハヤカワ文庫『愉快な結末　アメリカ探偵作家クラブ傑作選10』
　グレゴリー・マクドナルド編、一九八七年）
「まだらの紐の復活」高橋豊訳（ハヤカワ文庫『シャーロック・ホームズの新冒険（上）』
　グリーンバーグ他編、一九八九年）
「サーカス美女ヴィットーリアの事件」日暮雅通訳（原書房『シャーロック・ホームズの大冒険（上）』
　マイク・アシュレイ編、二〇〇九年）
「クリスマスの依頼人」日暮雅通訳（原書房『シャーロック・ホームズ　クリスマスの依頼人』
　グリーンバーグ他編、一九九八年）
「アドルトンの悲劇」日暮雅通訳（早川書房『ミステリマガジン』二〇〇九年十一月号）
「クリスマスの陰謀」日暮雅通訳（原書房『シャーロック・ホームズ　四人目の賢者』
　グリーンバーグ他編、一九九九年）
「匿名作家の事件」日暮雅通訳（原書房『シャーロック・ホームズ　ベイカー街の殺人』
　グリーンバーグ他編、二〇〇二年）
「モントリオールの醜聞」日暮雅通訳（早川書房『ミステリマガジン』二〇〇八年五月号）
「瀕死の客船」中井京子訳（光文社『ジャーロ』二〇〇一年夏号）

**【著者】エドワード・D・ホック　Edward D. Hoch**

1930-2008年、アメリカ。エラリー・クイーンに師事し短編を中心に数々の名作を生んできたミステリ界の大御所。アメリカ探偵作家クラブ（ＭＷＡ）会長などを歴任、2001年にはアメリカ探偵作家クラブ（ＭＷＡ）賞巨匠賞を受賞。邦訳された主な作品に「サム・ホーソーン」シリーズ、「怪盗ニック」シリーズなど多数。

**【訳者】日暮雅通　ひぐらし・まさみち**

1954年生まれ。日本推理作家協会、日本シャーロック・ホームズクラブ会員。シャーロキアンの国際団体ＢＳＩ正会員。主な訳書に『光文社版　シャーロック・ホームズ全集』『シャーロック・ホームズ　クリスマスの依頼人』『シャーロック・ホームズ　アメリカの冒険』『ダイヤモンド・エイジ』など多数。


エドワード・D・ホックの
シャーロック・ホームズ・ストーリーズ

●

2012年6月26日　第1刷

**著者**…………エドワード・D・ホック
**訳者**…………日暮雅通《ひぐらしまさみち》他

**装幀**…………松木美紀
**装画**…………西山クニ子

**発行者**…………成瀬雅人

**発行所**…………株式会社原書房

〒160-0022 東京都新宿区新宿 1-25-13
電話・代表 03-3354-0685
http://www.harashobo.co.jp
振替・00150-6-151594

**印刷**…………シナノ印刷株式会社
**製本**…………東京美術紙工協業組合





**ISBN978-4-562-04846-5, Printed in Japan**